你从我的这辈子路过

孙思诗 / 著

山西出版传媒集团
北岳文艺出版社
BEIYUE LITERATURE & ART PUBLISHING HOUSE

图书在版编目（CIP）数据

你从我的这辈子路过 / 孙思诗著. — 太原：北岳文艺出版社，2017.4（2025.6重印）
ISBN 978－7－5378－5181－7

Ⅰ.①你… Ⅱ.①孙… Ⅲ.①长篇小说—中国—当代 Ⅳ.①I247.5

中国版本图书馆 CIP 数据核字（2017）第 061202 号

书名：你从我的这辈子路过	策　划：商爱欣	责任编辑：李向丽
	书籍设计：宗彦辉	
著者：孙思诗	印装监制：巩　璠	助理编辑：畅　浩

出版发行：山西出版传媒集团·北岳文艺出版社
地址：山西省太原市并州南路 57 号　邮编：030012
电话：0351－5628696（发行部）　0351－5628688（总编室）
　　　0351－5628695（编辑室）　传真：0351－5628680
网址：http://www.bywy.com　E－mail：bywycbs@163.com
经销商：新华书店
印刷装订：三河市天润建兴印务有限公司

开本：710 毫米×1000 毫米　1/16
字数：200 千字　印张：15.25
版次：2017 年 4 月第 1 版
印次：2025 年 6 月河北第 4 次印刷
书号：ISBN 978－7－5378－5181－7
定价：49.80 元

第一章

方童在做了一个星期的思想斗争后,毅然决然地辞了办公室白领的工作,投身于报效祖国的伟大事业中——支教。

她觉得作为一个刚毕业的大学生,要有理想有目标,朝九晚五的都市化工作固然很美好,但是可以等两年再去沦陷,现在要趁年轻做一番惊天动地的事情。夏淼淼听见她这样说,白了白眼:"那你应该去伊拉克援建,异国同胞会感激你的。"

"夏淼淼,你当初也是说为了实现人生价值而来的!"

"我总不能直接表达,因为有寒暑假,所以我义无反顾地来了吧。"夏淼淼说得振振有词,方童觉得好笑又好气。

方童的家乡是在被国家评为国家级5A的景点内,那里青山绿水,空气清新,所以每次一到节假日,那里就人满为患。

方童说以前在半山腰有个隐蔽的小峡谷,夏天一到晚上,就是一片山谷的萤火虫,她幼小的心灵震撼得不得了,于是洋洋洒洒地写了一片关于因地制宜,突出风土特色,怎么开发利用这片美丽的世外桃源的推荐信,顺便还附上了手绘地图和自我感觉良好的风景写生图。对于一个初三学生的激情和澎湃的心理,当地政府通报表扬后并没有理会。

在三年后,景区没有了娱乐项目,有人想到了当时的推荐信,于是发动一切力量把那封信找了出来。然后政府开会研究,派人考察,发现确实是一个可以开发的项目，于是大规模地修建、打造和推广，以至于在第二年夏天，没有一只萤火虫到来。可是有人的地方就有人才啊，他们将萤火虫特色改成孔明灯和一地的小灯，真是又浪费电又不环保。

方童对自己当初年少无知的举动很后悔，于是她大学毕业后来到了C市，想实现自己的人生价值然后回去改变家乡。

方童一大早就到市支教办报到，这次和她一起去无溪河村小学支教的还有另外两个女孩，其中一个叫楼筱的已经坐在办公室里等她们了。支教办主任刚介绍完她们两个互相认识后，一个女孩风风火火地冲了进来。"哎哟，这个办公室怎么藏在这里，找死我了。"说完把双手的包裹一丢，跑到饮水机前咕噜咕噜地接水喝了。

"你是夏淼淼？"支教办主任是个老头，他有些不确定地问。

夏淼淼摆了摆手，示意自己还在喝水，主任有些尴尬："你慢慢喝，慢慢喝，姑娘家家的，斯文点。"

夏淼淼"砰"的一声放下杯子，笑嘻嘻地说："您是李主任吧，我是夏淼淼，去无溪河村小学支教的老师。"方童和楼筱都看向了她，夏淼淼大方地向她们俩挥挥手，"你们也是吧，我听说这次有三个女生一起。"

方童微笑着向她点点头："我叫方童，也是去无溪河村小学的。"

"我是楼筱。"楼筱放下手中的书。

"三个女人一台戏，看样子无溪河村小学这下子要热闹了。"夏淼淼语不惊人死不休地说了一句，顿时在场的另外三人不知道怎么接。

"哈哈，我开玩笑的。我们的目标是，好好地误人子弟！不对，是育人子弟。"夏淼淼看见李主任又瞪大了眼睛看着她，忙改口。

"走吧走吧，拿好你们的东西我们就可以出发了。"李主任今天刚好要去她们支教的邻镇办事，提前约好了她们三个，顺路捎过去。

其实她们支教的地方就是C市的一个偏远再偏远一点的山区，虽然条件不好，但是环境很好，溜达溜达就可以走到一条宽敞的无溪河，真是山清水秀好恋爱啊。可是，她们的梦想是培育祖国的花朵，完成自己的理想——桃李满天下。

一路上说说笑笑，风景美好，到了镇上，主任放下她们一溜烟就走了。

太阳已经开始下山了，看着冷冷清清的街道，夏淼淼有些欲哭无泪："这个时间是饭点吧？怎么街上人都没有？要不然我们叫住主任吧。"三人的心都凉了半截，突然方童发现了一家面店，老板娘已经在扫地了，她们三个面面相觑，"冲"，不知道是谁喊的，反正三人抱着大包小包的行李就冲了过去，老板娘表示已经收拾打烊了，在三个女孩泪眼婆娑的哀求下，老板娘给她们一人下了一碗面。

"好久没有吃到这么好吃的面了。"夏淼淼满足地将汤都喝光了。

方童急忙点头："是啊，没想到这个小地方还有这么深藏不露的面馆。"

"你们是新来的支教老师吧。"她们三个还在意犹未尽地喝着面汤，店门口响起了一个男声。

他打量着三个打扮完全不像本地人的姑娘，看着她们身旁放的大包小包，就更加确定了自己的判断。"你们好，我是无溪河村小学的老师，我叫郭放，校长让我来接你们。"

付了面钱，方童她们开始扛起行李跟在郭放后面走。突然郭放停了下来，三个女生面面相觑。

"车呢？"楼筱问。

"我的是摩托车，想着你们女生肯定行李比较多，我专门找村主任借了三蹦子来帮你们拖行李。"郭放指了指停在路边的一辆三蹦子。

"不会吧！"夏淼淼发出惊叹。

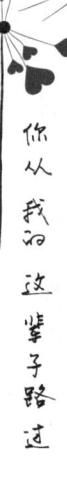

方童扯了扯她,然后开口道:"谢谢郭老师,夏淼淼同学没有见过那么酷的车,所以发出了惊叹,您别介意。"

郭放哈哈笑了起来:"你们这些城市来的姑娘,没有见过也很正常。村里的路都是泥巴路,还有碎石,路也不宽敞,有很多的路车子都开不过去,所以汽车反而不太实用,村民一般都用这种三蹦子拉拉肥料或者粮食,挺扎实的。"说完,帮她们把行李一件一件往车上装。

方童以为郭放会因为她们三人的娇气而有所不满,但是一路上都笑嘻嘻地给她们讲村上的趣事,引导她们去发现淳朴的美好。

她们坐在完全敞篷的车里,伴着刚刚落下的夜幕和一路的蟋蟀声,还有郭放爽朗的笑声,方童突然觉得这一切好像没有那么糟糕。

校长在学校旁边的村办公室楼房里收拾出一个房间,给她们三当宿舍。

"校长让我去采购了一些小电器,我也不知道你们具体需要些什么,就买了电饭煲、电磁炉、电水壶,还有锅,学校没有食堂,所以只能你们自己动手做饭,过两天看看还缺什么,跟我说一声,我再去帮你们买。"郭放边下行李边对她们三个说。

房门口的灯光不是很亮,各种飞蛾围绕着灯光嗡嗡地飞着。郭放的五官分明,额头冒着细密的汗珠。方童看着他,侧脸有点像某个香港明星。可是她一时又没有想起是谁,于是盯着他仔细地想。好像是感受到了她的目光,郭放突然回过头看着她:"东西都放进去了,方童,这个是门钥匙,我已经给你们配了三把。"说完递出了一串钥匙。方童这才反应过来一直盯着他,有些不好意思地接过钥匙。

"你们舟车劳顿了一天了,早点休息,明天中午我来接你们去学校。"郭放跟她们挥手准备离开。"还是坐这个三蹦子吗?"夏淼淼忙问。

"哈哈，不是。学校离这里很近的，到时走路过去。"郭放爽朗地笑道。

"不是的，我觉得这个三蹦子挺拉风的，以后可以借给我骑一下吗？"夏淼淼眼睛放光地问道。

郭放爽快地答应了，然后骑着三蹦子离去。

忙碌到了大半夜，她们才收拾好行李铺好了床铺。各自简单洗漱后便沉沉睡去。

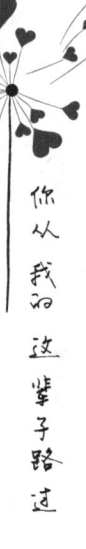

第二章

因为郭放说中午来接她们,于是三人便睡了个懒觉。刚收拾好,就听见敲门声了。夏淼淼开了门,突然沮丧地说:"怎么办,郭老师?我们还没有吃饭!"

郭放笑呵呵地说,"就是猜到你们肯定还没有吃饭,所以来接你们去吃饭。"说完便领着她们往自己家走去。

郭放的家离村办公室很近,四人说说笑笑转眼就到了。郭放的母亲已经做好了饭菜,热情地欢迎她们的到来,一直询问菜饭是否合口。

方童有些感动:"阿姨您太客气了,饭菜很好吃,这么热的天,还麻烦您给我们准备了那么多好吃的。"

"阿姨你看,我都吃第二碗饭了,这说明你的饭菜非常好吃。"夏淼淼向郭放妈妈竖起了大拇指。

"我妈就最喜欢别人夸她做的菜好吃了。我们吃惯了,总是挑剔她,所以你们没事就常来家里吃饭吧,然后夸夸她,她就高兴了。"

郭放拉着郭妈妈坐下,郭妈妈高兴得直乐呵:"你们以后一定要经常过来吃饭啊,别怕麻烦,就是多几双筷子,我也不是长住这边,反正只要我过来了,就让郭放叫你们来家吃饭,只要你们不嫌弃。"

"好啊好啊,反正我不会做饭,我可是脸皮很厚的。"夏淼淼率先表态。

这顿饭吃得很热闹，饭后楼筱和方童坚持要帮郭妈妈收拾碗筷，郭妈妈却威胁说："如果那么客气，下次就不欢迎来吃饭了。"她们只好放弃了洗碗，告别了郭放妈妈便和郭放一起往学校走去。

无溪河村小学在村子的中央，村头有一个棵大大的皂荚树，谁也不知道它多少岁了，村里的老人说他们小的时候，这棵树好像就已经这么高大了。

村尾有一条河，是长江支流的一个分流，很宽很宽。"明明有河，为什么要叫无溪河呢？"夏淼淼好奇地问。

"很久很久以前，这里没有河流也没有溪水的，人们只能靠老天爷下雨吃饭。好像有一次山崩还是地裂了，就突然有了一条很宽的河，可是无溪河这个名字已经叫了这么久了，大家都习惯了，也就没有去改了。"郭放突然很严肃地停下来看着她们，"这里还有一个传说。"三人好奇地看着他，"哈哈，以后再告诉你们吧，到学校了。"郭放顽皮地笑着

"切……"夏淼淼很不满意地切了一声。

到了校长办公室，里面已经有几个老师坐着了，见到她们进来，都站了起来。

校长高兴地招呼大家："这三个是今年新来的支教老师，大家先相互认识认识，"

然后对着她们三个说："我姓刘，是这所学校的校长，你们叫我刘老师就是了。这个是郭老师，你们都认识了吧，等下他会带你们三个去我们的学校参观，介绍介绍我们学校的情况。"

"刘校长好。"三人齐声叫，刘校长听见她们直接叫的校长，心里乐呵呵的。

学校一共四位老师，刘校长教语文和历史。一位头发花白的老刘老师是被返聘回来教数学的老教师，还有一个是高中毕业后回来准备

务农的，由于村上读过书的人很少，高中毕业已经是很高的学历了，于是校长把他请来看守学校，同时教教体育；另外一个就是郭老师了。

本来还有两个支教老师，由于服务期满了，上学期结束就都回去了。

老师们陆续地介绍了自己，然后轮到她们三个，楼筱简单地介绍了自己，方童也只是简单地介绍了一下，并表示自己一定好好工作，做一名合格的教师。

夏淼淼清了清嗓子："大家好，我叫夏淼淼。才毕业，学中文的。我觉得现在的大学生越来越懒惰，而且没有目标没有梦想，物质化太严重了。为了锻炼自己，实现自己的人生价值，所以义无反顾地选择了支教，希望这三年里，在给小朋友们带去更多知识的同时，也能不断提高自己的思想品质磨炼自己的意志。希望校长和各位老师能多多指教。"说完，还煞有介事地鞠了一个躬。

楼筱目瞪口呆，方童忍着笑意，这小妮子怎么来了这么一出？她什么时候准备了那么一大段发言？大概其他老师都没有想到会有这么一段慷慨激昂的自我介绍，没有人说话，气氛有些尴尬。郭放嘴角带笑，然后带头鼓掌，其他老师也呵呵大笑，纷纷夸奖这次来的三个老师都特别有活力，相信她们可以实现自己的理想。

自我介绍结束后，郭放带着她们三个参观学校。

学校是一栋三层楼的红砖房，每层楼有三个房间，一楼和二楼用作教室，三楼是老师办公室和校长办公室，以及一个备用教室。

郭放指着教学楼旁边的一块空地，说："本来那里是要新修一栋三层楼的小楼房，然后向政府申请购置一批电脑，给学生们增加电脑课的。"

"那怎么还空着？"夏淼淼好奇地问。

"因为募捐者突然取消了募捐，所以当时只是把地划出来了，没有钱买水泥和砖。"郭放的语气非常失望。

方童想了想说："不要放弃，我们可以继续找募捐者，现在网络发达，如果一个全资的募捐者不好找，那我们发动群众的力量，在网上将我们的实际情况告诉大家，这样可以动员广大群众，一人出一份，我相信这栋楼会建成的。"她坚定地看着郭放。

郭放也不是没有想过这个方法，但是现代社会，没有媒体的推动，仅仅只靠网络筹款作用不大。他心里知道此事不是那么容易，叹了口气，看向方童："现在有你们帮忙集思广益，事情肯定可以办成的。"

遇到一群热血的青年，郭放心中痛快，爽朗地笑了，落日的余晖从树梢洒下，幻为一道射光，刚好打在郭放的侧脸。方童突然想起那个明星不是香港的，应该是台湾的。

晚上校长安排了接风宴，在村上唯一一个饭店——无溪河村大饭店。

当夏淼淼去厕所回来后，整个人都不好了——她发现厕所居然和猪圈在一起。

她战战兢兢地解决完三急之事，冲到了方童身边："方童，你说要不然咱们回去吧，这个实现人生价值吧，其实还有很多种方法可以选择，不一定非要把青春献给这种鸟不拉屎的地方吧！"

方童很奇怪地看着她，楼筱笑嘻嘻地伸手搂住夏淼淼："夏小姐，不就是一群猪吗？哪儿至于那么夸张！这些猪都是老板自己养的，绝对纯天然，不含添加剂和防腐剂哦！"

方童总算明白夏淼淼一副欲哭无泪的表情是为什么了，她也好笑地说道："我还以为遇到母猪上树这种奇观了，结果是你和猪哥哥一起拉屎！没事，难得有缘相遇，你应该和它合照一张。"

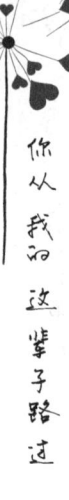

夏淼淼伸出手就去扯方童耳朵，方童笑哈哈地往后退着躲开。突然身后撞到了人，还没有来得及回头看是谁，声音就在头顶响起："你们玩什么呢？这么开心。"

方童心跳漏了一拍，她突然发现自己现在遇到郭放，竟然开始有些紧张了。

夏淼淼已经蹦蹦跳跳地跑到郭放身边，拍着郭放的肩："郭老师，今晚不醉不归啊！"

"那可不行，明天你们就要上任了，就要去各自所在的班级报到了，要是喝醉了，那还怎么上课！"

"我可是千杯不醉，明天绝对没有问题。"夏淼淼说完，为了表示自己没有问题，加大力气拍了拍郭放。郭放哈哈大笑着和夏淼淼进了饭店。

方童突然很羡慕淼淼这种大大咧咧的性格。楼筱碰了碰她："想什么呢？我都快要饿死了，进去吧。"

给她们搞欢迎会的不只是学校的老师，还有村办公室的同志，以及各同志的家属们，热热闹闹地坐了两大桌。等大家就座后，老校长站了起来，象征性地理了一下已经为数不多的头发。然后举起酒杯："来来来，我先代表我们无溪河村小学欢迎这三个姑娘的到来。我们大家一起举杯，干了。"大家纷纷举杯，一饮而尽。

酒过三巡，气氛开始热闹了，夏淼淼先是腼腆地推脱校长和其他人的敬酒，但是几杯下肚后，她就搂着郭放的肩要拜把子了。

方童喝了几杯酒后就开始头发晕脚无力，她侧头望去，看见楼筱正优雅地端着酒杯，然后豪气地一饮而尽，脸不红气不喘的，方童悄悄地吐了下舌头。

夏淼淼端着酒杯跑了过来，方童反应有些迟钝，推开了夏淼淼递过来的酒杯。夏淼淼严肃地说："方童，以后我们要在这里扎根三年，把最美好的青春献给这片荒寂的土地，我们以后就是穿一条裤子的战友了，为了我们的革命友谊，这杯必须干了。"说完，又跑去把楼筱也拉了过来，方童脑袋有些发涨。这即将开始的挑战，有多少意想不到的惊或者喜在等着她呢？

方童给自己倒满了酒："以后，我们三个就是好姐们了，有福同享有难同当！"

"对，有福同享有难同当！"三个女孩清脆地碰杯，然后用力地拥抱。

夏淼淼和楼筱刚走开，方童就有些体力不支。她忙坐下，这已经到了她的极限了。当初大学毕业吃散伙饭时都没有喝这么多。

"喝点蜂蜜水，解酒的。"一杯蜂蜜水放在了方童的面前。她抬头，是郭放。已经不受控制的脑袋还是浮现出了"糗大了"三个字。

方童理了理自己的头发。"我居然还能在意自己的形象。"方童心里一边迷糊地想着，一边端起杯子，浅浅地抿了一口，好甜，她从来没有喝过这么甜的蜂蜜水。

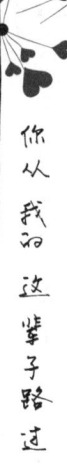

第三章

　　第二天一早,方童醒来,头晕晕的。突然想到今天要到班级报到,慌乱地找出手机看时间,才七点,"呼",方童吐了口气,转头看见旁边还睡得四仰八叉的夏淼淼,起身帮她盖上被子。方童揉了揉头,昏昏沉沉的,决定起床去呼吸一下新鲜空气,清醒一下大脑。

　　楼筱刚好跑步回来,看见方童已经穿戴整齐:"起来了?"

　　"恩,睡不着了。筱筱,昨天我们什么时候回来的啊?"方童拿着牙刷问到。

　　"昨天啊,凌晨了吧,我也不清楚了,不过你喝醉了。没想到你酒量那么差,早知道就帮你挡挡了。"

　　楼筱插上了电水壶,她一直有晨跑的习惯,这个习惯从大三开始,不管严寒酷暑,居然让她坚持了下来。

　　"昨天夏淼淼同志也喝多了。不过她和你不一样,你是完全不省人事,她是载歌载舞。"说完,楼筱扭动身体学夏淼淼昨晚的动作,方童和楼筱都笑了。

　　"我记得昨天你好像状态挺好的,原来你才是千杯不醉!"

　　"我是还好,虽然晕晕乎乎,但是还没有到你们两那么壮烈的地步。"

　　"那我,我们是怎么回来的?你一个人把我们两个弄回房间的?"方童看了看娇小的楼筱,一个大大的问号写在脑袋上。

"怎么可能，当我是大力水手啊！而且我也喝酒了的。"楼筱边说边收拾好自己的洗漱用品并换洗衣服，靠在门边，"夏淼淼一直拉着我唱《情深深雨蒙蒙》，我哪儿有空照顾你啊。是郭放郭老师送我们回来，而且他还负责把你背回来了。"电水壶里的水开始咕噜咕噜响，楼筱拔了插头拿着电水壶出去了。

方童揉了揉自己的头，想到昨晚喝过蜂蜜水，不知道是不是那杯水起了作用，头好像没有那么难受了。

夏淼淼很不情愿地被楼筱打断美梦，没睡醒就去洗脸刷牙，不过当楼筱把早饭放在夏淼淼面前时，她立马又精神活泼了。夏淼淼高高兴兴地和方童她们一起吃了老师生涯第一天的早饭，虽然只有一盒牛奶和一个白水煮鸡蛋。牛奶都还是楼筱来时准备的，不过清新的空气加上为教育事业奋斗的激情，她们觉得这顿早饭非常美味。

三个女孩刚走出宿舍，就看见郭放已经站在门口了。"郭老师，你来接我们了啊！"夏淼淼两步跑到了郭放的面前。

"你怎么样了？昨天喝那么多，没事吧？"

"没事没事，我是打不死的小强体质，睡一觉起来就又是一条好汉。"郭放呵呵大笑起来。

"郭老师，昨天谢谢你送我们回来了。"楼筱将手上的牛奶递给郭放，"这个表示感谢，小小礼物不成敬意，一定不能嫌弃。"

郭放接过牛奶："谢谢。"

方童也想到昨晚，感谢地说道："谢谢郭老师了。牛奶我没有了，改天我下厨做一顿大餐来表示我的谢意。"

"好啊，吃饭这种事我一般不会拒绝的，而且还是美女亲自下厨。"

几个人说说笑笑一起走往学校。

三个女孩跟着郭放到办公室放了东西就一起到操场集合，参加星

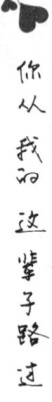

期一早上的升旗仪式。

升旗仪式结束后，夏淼淼很激动地拉着方童和楼筱："我从上大学开始就没有这样正式地参加过升旗仪式了，看着被革命烈士鲜血染红的国旗，我感觉自己胸腔有团火焰在燃烧！"

看着夏淼淼激动的样子，方童搂着楼筱笑个不停，一转头看见郭放正朝她们走来，并说："现在我带你们到各自的班级。"

夏淼淼被分在二年级一班，楼筱是三年级一班，方童则被分在了四年级一班。其实每个年级只有一个班，但是参加市里小升初考试时需要填写班级，所以他们就把每个班都叫一班。

方童的教室在二楼，郭放把夏淼淼和楼筱送到了各自班级，然后带着方童上楼。

方童抿着嘴一路上没有说话，郭放以为她在紧张，于是停下来看着她："你不用紧张，四年级一班是最好带的一个班级，你按你的方式去和同学们相处就是了。"方童看着他，点了点头。

到了班级门口，郭放先一步跨进了教室，站在讲台上："同学们，你们的新班主任来了，你们要好好听老师的话，知道了吗？"

"知道了。"一群孩子奶声奶气地回答道，坐在前排的同学，大胆的已经探出身子往教室外看。

方童深呼吸了一口气，带着笑容走了进去。教室里大概十几个孩子，郭放把讲台让给了她。她站上去望了一眼，十几双好奇的眼睛盯着她，她木讷地笑了笑，然后开口道："同学们好，我是你们新的班主任，我叫方童，你们以后就叫我方老师。我很高兴认识你们，我希望你们不只是把我当成老师，更能把我当成一个知心大姐姐，无论你们在学习上或者生活上遇到任何困难，我欢迎你们随时来找我。"方童转身将自己的名字写在了黑板上，然后回头看见郭放站在教室最后对她点头，她微微一笑，彻底放松了，突然又想到了什么，说，"哦，我现在住在村办公室那里，如果你们在课外时间有问题需要我帮忙的，可以来找我。"

大家依旧眨着眼睛望着她，气氛有些尴尬。"方老师，你好漂亮。像那个画报里的姐姐。"一个男生调皮地说道。

班上的同学哄堂大笑，开始叽叽喳喳地讨论了，她看见郭放对她一笑，便走出了教室。她有些茫然地站在讲台上。

"安静，安静。"一个长相秀气的女生站了起来，"方老师，我是班长，我叫李安安，我提议先让大家自我介绍吧。"对，她怎么把这个给忘了。

"谢谢李安安同学的提醒，这样吧，每个同学上台来自我介绍，然后告诉老师自己的特长和爱好，当然，如果你们愿意，也可以现场表演给老师看。"说完，方童走下了讲台。

她示意由班长李安安先开始。

李安安不愧是班长，落落大方声音洪亮地介绍了自己，喜欢跳舞和画画，说完，还做了两个新疆舞的动作。

班长起了一个很好的开头，其他同学的自我介绍也变得很有趣，其中有个男生为了证实自己的确实会侧空翻，还在现场表演了一个。气氛活跃到了极点，甚至下课铃响了大家都不愿离去，在等最后两个同学的介绍。

"我叫郭果，我的特长是吹口琴，但是我今天没有带，所以不能给大家表演了，等明天我带来了再吹给方老师听。"说完有些懊恼地回到位置上。

方童笑了，孩子们就是这样天真和美好，总是希望表现自己，也希望自己受到别人的关注和肯定。特别是在这个教育环境和质量都不健全的地方，自己能有一个特长，那是让人多么骄傲的事。

最后一个同学介绍完毕，方童说了一些感谢大家积极配合的话，然后下课了。

方童往楼上办公室走去,班长李安安跟了上来:"方老师,我能问问你是从哪儿来的吗?"李安安很小心地问。

方童笑着回答:"老师的家乡是Y市,那里是一个著名的旅游胜地,熊猫你知道吧,那里有熊猫。"

"那等我以后长大点了,你能带我去看看吗?我从来没有看过熊猫。"安安有些期待地看着方童。

方童的心抽了一下,这个地方在省与省交界的边缘,由于环境恶劣,土地土质不好,群山阻挡,两个省都无力去投入建设。在村头的公交站牌处坐村际公交车近一个小时才能到达镇上,从镇上又要坐两个小时的车才能到县上,再从县上转车到C市,一整天的时间差不多就用完了。方童蹲下身,拉着安安的手:"老师会尽自己最大的努力,帮你们实现愿望。"安安高兴地点点头,然后转身回了教室。

方童心中感慨地来了三楼办公室。三楼只用了两个教室,一个是校长办公室,另外一个是教师办公室,还有一个是备用教室,现在被当作仓库。

第四章

　　办公室里，夏淼淼已经叽叽喳喳地和楼筱聊着刚刚班级里发生的事了。看见方童来了，夏淼淼急忙拉过她，问："怎么样？你们班学生怎么样？调皮不？有没有小鲜肉和小美女？"

　　方童笑着敲了一下夏淼淼的脑袋："小鲜肉！他们才多大啊！收起你的哈喇子。不过，小美女还真有，我们班的那个女班长李安安，长得可是非常的我见犹怜哦。"

　　"真的？"夏淼淼眼睛放光。

　　"嘿，你个女流氓，怎么女生都感兴趣？"方童顺手又敲上了夏淼淼的头。

　　"哎哟，方童，我警告你，不要再敲我的头了，那么冰雪聪明的头，要是被你敲傻了怎么办啊？"夏淼淼边揉头边后退，然后说，"俗话说得好，美女与帅哥乃人生的精神支柱，就是因为有这些美好的人存在，才能使我们对明天充满希望。"

　　"为什么充满希望？"楼筱问道。

　　"嘿嘿，这你就不知道了吧，因为人们会幻想，那些美女帅哥总有一天会是自己的。"夏淼淼握紧拳头充满斗志地说。

　　"哈哈，这个观点和想法很好啊，夏淼淼老师，可是他们才十岁，等他们二十五岁可以娶你的时候，你都成黄脸婆了。"方童无情地嘲笑她。

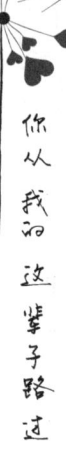

"谁说的？我夏淼淼永远十八岁！我是青春美少女的代言人好不！"夏淼淼自信地宣布着。办公室一片笑声，因为她们三个的到来，给这个宁静的小学带来了无限生机。

方童大学是学旅游的，于是被安排教高年级的语文、历史、地理。虽然学校教学条件很艰苦，可是在郭放的努力下，学科还是参考镇上的学校来开展的。

郭放其实不是本村人，他是在镇上长大的，因为母亲是本村的，所以小时候会经常跟着母亲来看望外公外婆。

在村尾有一条很宽很宽的河，河的对面就是另外一个省，一样是贫困省，土壤不肥沃，所以种不出好庄稼，收入微薄，人们也越来越穷。外公外婆靠母亲的接济日子过得还算舒坦，每天日出而作日落而归，虽然不是靠地吃饭，但是一辈子忙碌也闲不下来。

郭放有几个玩得很好的小伙伴，以前都在村上的小学读书，可是基本上一毕业就回家帮父母种地或者跟随邻居的叔叔伯伯们外出打工了，有些只读到了四年级就辍学务工了。每次郭放来，小伙伴总是越来越少，以至于后来他考上了C市的中专后，便提议母亲把年迈外公外婆接到镇上住，反正他住校，房间可以腾给两个老人，就算他偶尔回来也可以去二叔家和弟弟睡，所以他上了中专后便没有再回过这个村子了。

中专毕业后他选择了去当兵，军营的地点在偏远而艰苦的深山里，由于交通不便利，那几年他都没有回家，平时放假了就和战友一起帮当地老乡修房补路。

那个村子也有一个小的小学，学生很少，整个学校只有十几个人，每次郭放去学校帮忙，同学们就会围着他叽叽喳喳地问很多问题。他忽然想到了自己以前的小伙伴，他们并不是自己不愿意继续读书，而是没有条件继续读书，再加上教学质量不佳，就算继续上学，估计也只能在镇上混到初中毕业。

离退伍还有半年，在大家都迷茫退伍后的工作时，他已经下定决心要回到家乡去把村小学给办起来，让村上的小朋友可以读书，一个个可以走出那片土地，走得远了，他们的人生才会有希望。

在最后的半年里，郭放买了一堆和教育有关的书，开始专心研究教育。结果还真让他考了一个教师资格证。退伍时，部队领导希望他能留下，当个指导员，帮忙管理新兵。可他决心已定，谢绝了好意，回到了家乡。母亲对他的选择很不理解，认为好不容易走了出去，而且还有一个看似那么好的前程，为什么要放弃？外公却夸赞他，说他长大了，知道男人就应该有责任感和使命感了。

他顺利地进入了非常缺少老师的无溪河村小学。学校老师只有三位，校长、一位濒临退休了的老教师、一位看守学校兼体育的老师。校长负责教语文、政治，老教师教数学还有物理，一共只有四门课程，哦，还有一门体育。

当时学校一共只有两个年级，年幼的一个年级，年长的一个年级。其实政府本来都打算将学校关闭了，一是完全没有升学率，二是觉得浪费师资力量。领导们刚商讨结束就接到了国家颁布的《中华人民共和国义务教育法》，这是国家实行九年义务教育制度的根本大法。于是领导们忙做了调整，动员村上适龄儿童去上学，也开始向省上申报增加老师。可是这穷乡僻壤的地方，刚毕业的大学生不愿意来，教学经验丰富的老师别的学校又不放，郭放的到来，给了学校很大的鼓励，听说还是自动申请要来的，校长心里可是乐开花了。所以当郭放提出要对学校做出改革时，校长欣然同意了。

郭放参考镇小学的课程，增加了历史、地理、美术、音乐，还有英语。当然，增加的课程都是郭放来教。历史和地理很简单，就是讲故事；美术就让同学们发挥想象，天马行空地画；音乐比较麻烦，因

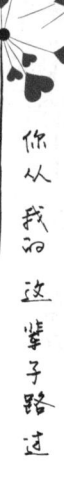

为他们四个大男人谁也不会乐器，郭放就去买了一个录音机，买了儿歌磁带，音乐课时就放给他们听，让他们跟着学；英语是最困难的，因为郭放的英语水平也是半壶水，只能简单地教大家认识26个英语字母，然后教一些"thank you"这种再简单不过的英语单词。学生们觉得这些新开的课程非常有趣，学校的改革开展得如火如荼。

虽然无溪河村是贫困村，但是村的实际面积很大，人口也很多。在越穷越要生这种现象很普遍的地方，适龄儿童非常多。

刚放暑假，郭放就开始每家每户地拜访。凡是看见有到上学年龄却没有上学的孩子的家庭，他就找到孩子的父母进行游说，讲解读书的好处和国家推行的九年义务教育的好处。小孩子其实对于一群小孩每天在一起嬉闹是非常向往的，特别是听那些在上学的小孩回来炫耀昨天学了什么歌，今天知道了什么历史，明天老师要教什么单词，这让还没上学的孩子们羡慕不已，所以在新学期开学时，居然有三十几个小孩来报到。

郭放和校长都很激动，老教师也决定接受校长的邀请，继续留在学校给同学们上课。

郭放将所有的孩子们进行了测试，然后根据测试来分年级，所以当夏淼淼看见班上有十二岁的同学才上二年级时很吃惊。方童她们在听了校长讲了学校和郭放的这段历史后，很震惊，打心底敬佩着郭放。

吃过午饭，她们借着了解学校情况的名义进了校长办公室吹风扇。九月的太阳非常毒辣，她们却不经意间听了这样一个故事，夏淼淼感动地拉着方童和楼筱要去找郭放，因为她决定将本打算自己喝的果汁给郭放。

刚出校长办公室，就看见郭放踏上楼梯的最后一步台阶。夏淼淼冲了过去："郭老师，我代表广大人民群众对你表示衷心的感谢，这个给你。"说完，鞠躬敬了一个礼，转身离去。

郭放拿着果汁目瞪口呆地看着逐渐走远的人，等夏淼淼走回了教师办公室也没有反应过来究竟是怎么回事。

楼筱笑得直不起腰，郭放看向方童，方童笑着走向他："刚刚校长给我们讲了你的伟大事迹，夏淼淼对你的敬佩和崇拜犹如滔滔江水连绵不绝，你现在对她来说就像九月的太阳，光芒万丈。"

郭放也笑了："原来是这样啊，我以为她受什么刺激，走火入魔了。不过我的事也不是什么伟大的事，换做是你，你也会这样的吧？"郭放眼神温柔地看着方童，方童突然语塞，然后点了点头。

上午都没有给她们三个安排正式的课程，只是作为班主任到班上和大家相互认识及制定班规等。

下午第一节课，夏淼淼打着哈欠进了教室。刚刚还青春激昂的她，一下子就成了瞌睡虫的手下败将。方童却不一样，她依旧热血澎湃，她觉得要改变当初来时的想法。

方童的父亲是在家乡镇政府工作的，在他们那个年代，俗话说，有关系的进供销社，没关系的进政府。可是几十年过去了，供销社取消了，政府工作反而吃香了。可是现在想进去工作不像以前那样简单，要参加各种公务员考试或者事业单位考试，为了在考试中能多加分，方童在父母的鼓励下参加了支教。她想着混三年后就回家乡去考公务员，然后像父母一样为人民服务。现在，她突然觉得自己当初的想法太幼稚了，人不能只为了自己，命中注定她要来这里接受支教这个挑战，那么，她就应该奋力完成，这样才对得起自己这几年的付出。

方童斗志昂扬开始了她人生的第一堂课。第一课的内容是《观潮》，她用字正腔圆的普通话给同学们示范朗诵了后，又带着同学们一起朗读了一遍。方童的教学方法是：让同学们熟悉课文后根据自己

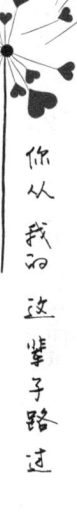

的想法先去理解课文,然后再对课文中不懂或者不理解的地方提出疑问,最后她来解答。

方童抛出问题后,同学们都眨巴着眼睛望着她,可是没有人提问。方童感觉有些尴尬,于是叫道:"李安安,你先来说说对这篇课文的感受或者阅读了之后有什么无法理解的地方,提出来我们一起讨论。"

李安安有些不情愿地站了起来,想了半天,问道:"方老师,钱塘江在哪儿啊?"

方童一时卡住,糟了,钱塘江是在杭州还是苏州呢?该死,怎么突然忘了!方童稳了稳情绪,笑着说:"我们先给李安安同学掌声鼓励。大家都应该像她学习,要善于发现问题,找出问题,然后提出问题。"她走到讲台上,赶快翻查教案,然后又走到教室中间,"钱塘江在浙江省杭州市,离我们这里,大概两千多公里。"

"两千多公里是多远呢?"一个男孩问到。

"呃,两千多公里啊?这两千多公里就是如果从我们这里坐汽车过去的话,大概要三天以上的时间吧。"方童有些不确定自己的答案,她从家来到这里都得花了一整天的时间,更别说那个处在祖国最东边的地方。同学们惊叹起来,他们中间最远的也只是到过C市,所以对那么遥远的地方格外向往和好奇。

方童希望同学们勇于提问的局面终于打开了,不过问题却从课本的内容衍生到了课外的内容,五花八门的。她突然觉得自己的脑子好像有些不够用了,就在她快要招架不住的时候,下课铃响了,她带着像是回到学生时代一样热爱下课铃声的心情逃出了教室。

第五章

　　方童很沮丧地回到办公室，想当年上知天体运行原理，下知有机无机反应，前有椭圆双曲线，后有杂交生物圈，外可说英语，内可修古文，求得了数列，说得了马哲，溯源中华上下五千年，延推赤州陆海百千万，既知音乐美术计算机，兼修武术民俗老虎钳，怎么现在连一群四年级的小学生都搞不定？

　　楼筱冲进了办公室，然后抱着杯子咕嘟咕嘟地喝光了里面的水才停了下来。"筱筱你怎么了？我记得你应该上的是数学课啊，怎么感觉你去参加了马拉松似的？有那么费体力啊？"方童怕楼筱的水不够，忙将自己杯子里的水倒给了楼筱。楼筱也不客气，又喝了一大口，这才缓过气。

　　"我的那些小祖宗呀，你是不知道这个班男生多。男生多，意味着什么？意味着调皮捣蛋的就多。那个谁，李亮，他在来上学的路上抓了一只土拨鼠！对，你没有听错，是土拨鼠。他说要拿回去给他家大黑当晚餐，然后就装包里了。刚刚开始上课，那个土拨鼠也不知怎么就跑了出来，然后女生尖叫，男生争先恐后地去逮，你是没有看见那个场景，鸡飞狗跳！折腾了半天，好不容易逮住了，这个还不算完，我才开始教育他们，这种小动物呢，上学时就不要去抓了，等周末放假或者放学的路上去抓，回家就可以直接上桌，又新鲜又不碍事。可是你猜怎么，他们不听我教育就算了，居然嘲笑我连土拨鼠都

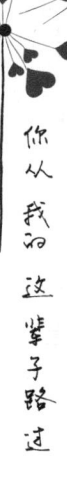

不认识！"楼筱激动地对方童张牙舞爪地比画着，"我居然被一群青屁股孩子嘲笑，这都还不算，他们为了开阔我的眼界增长我的知识，就把数学课变成了动物启蒙课，然后给我普及了大半节课的常见动物知识。"楼筱说完一屁股坐了下去。

方童憋着笑意，突然觉得自己的遭遇好像也没有那么糟糕。"对了，我班上的那些捣蛋鬼说，让我们不要到那些草长得很茂盛的地方去，那里可能有蛇。"楼筱边用手扇风边跟方童说。"什么？有蛇？怎么办？我最怕蛇了！"夏淼淼一回来就听见楼筱说有蛇，然后放下书本，在办公室里转悠。

方童奇怪地问："你干啥呢？"

"我看看办公室里有没有放雄黄啊，蛇不是最怕那个吗？当年白素贞不是喝了一杯雄黄酒就显出原形了吗？对了，我们宿舍周围也要多放一些。"夏淼淼边转悠边碎碎叨叨。

"你放心啦，要靠近潮湿的地方，而且还要稍微阴暗的地方才会有蛇，你们一般不会走到那种地方去的，再说学校这种地方阳气太重，蛇喜阴，肯定不敢来的。"老刘老师也看不下去一直转悠的夏淼淼，悠悠地开口安慰道。

"那就好，那就好。"夏淼淼终于停止了踱步，坐到了位置上，"你们第一节课怎么样啊？"

"唉！惨败！"楼筱翻了翻白眼。

"我也以失败告终。下课铃响了，我逃一样地出来的。"方童情绪有些失落。

"没关系的，第一节课，难免同学们比较兴奋，而且你们也才开始摸索你们的教学方法，所以会有一些小摩擦。不要放在心上！"郭放突然出现，笑吟吟地递上了三个冰棍。

方童想了想："郭老师，他们现在应该只是对我们有新鲜感，还没有到排斥我们的阶段吧?"

"孩子们没有那么排外的,他们非常喜欢你们这些外来的老师,因为你们有很多新鲜的东西是我们没有办法带给他们的,虽然他们很调皮,但其实是很善良、单纯的。只是你们才开始相处,都是在摸索合适的相处方式,不然上两位支教的老师也不会待满了服务期才走啊。你们不要有太大的思想压力,就按你们的方式和他们沟通交流就可以了,我相信你们可以做得很好的。"郭放安慰着方童。

方童得到了鼓励,也有了些底气,之后的一节课,她还是按照她之前的模式,让同学们对课文不懂的地方提出疑问,她来解答,然后再全文通讲。方童试着在同学问到与课文关系不大的地方及时停住,然后以另外一个点又回到课文中。总的来说这一节课比上一节课好了很多。下课铃响的时候,方童觉得意犹未尽。

放学后,三个女孩说说笑笑地往宿舍走去。郭放已经在她们宿舍门口站着,旁边还有一辆高大的摩托车。

"这两天也忘了带你们熟悉一下村子的环境了,所以你们肯定也不知道在哪儿买菜吧。我从家里拿了一些菜过来,这些都是我妈自己种的,纯天然无公害。"方童忙掏出钥匙打开门,郭放将放在脚边的菜还有蛋拿了进去,"哦,这个蛋也是我妈自己养的鸡下的蛋,所以是纯正的土鸡蛋哦。"郭放说完自己先哈哈笑了起来。

方童她们急忙道谢:"太谢谢阿姨了,这两天我们多熟悉熟悉,应该很快就能适应了。"方童倒了一杯水递给郭放,"听老刘老师说,村头的那个空坝子里早上会有一些农民把多余的菜拿来卖?"

"嗯,是的。有时我妈也会拿去卖一些,其实更多的是置换,换一些自己家里没有种的菜。"

方童点了点头,突然对郭放说:"这样吧,今晚我下厨,你在这里吃饭吧。"夏淼淼超级同意,然后拉着楼筱说要趁小卖部关门前去

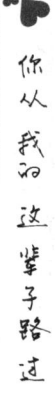

买一些饮料话没说完就跑了。

方童有些不好意思地看着郭放:"看来,只能请你帮忙打下手了。"

"没事,反正我在家也经常给我妈打下手的。你打算做些什么菜?我来洗。"说完已经去拿菜了。

楼筱和夏淼淼采购回来就看见这样一幅很和谐的画面:"哟,你们两个配合得还真好啊,一个洗菜一个切菜。"夏淼淼边吃着冰淇淋边调戏着方童。

"偷懒的人还好意思在那里说风凉话。"方童白了一眼夏淼淼,又偷偷看了一眼郭放。郭放好像没有听见,乐呵呵地在水池边洗菜。

夏淼淼忙把手上的冰淇淋递给方童,然后讨好地说:"美丽的方童姑娘,不是我不想帮忙,是我什么也不会,只能帮倒忙,所以啊,我就帮忙给你们加油助威吧。"楼筱看不下去了,于是也跟着郭放一起洗菜,让夏淼淼去隔壁办公室把小茶几抬出来,然后摆放碗筷。夏淼淼对于这个安排还比较满意,屁颠屁颠地去了。

方童的手艺很不错,四菜一汤,这顿饭吃得很满足。夏淼淼和楼筱收拾了碗筷在水池边洗,郭放在小茶几上切西瓜,顺便把切好的西瓜摆在白瓷碗中,煞是好看。天边的日落把白云染得鲜红,闻着西瓜的清香,方童突然想到了"岁月静好"这几个字。她红着脸看向郭放,郭放只顾埋头切西瓜,什么也没有察觉。

四个人消灭完西瓜,夏淼淼嚷着要骑郭放的摩托车,在郭放简单的教授后,她载着楼筱一溜烟儿地跑了。

"要不要去走走?"郭放问刚刚收拾好碗筷的方童。

"好啊,我都还没有怎么转过呢。想去看看村尾那条很宽大的河。"

"无溪河,和这个村的名字一样。不过有一点儿远,没有车,我们只有走过去了。"

"就当饭后散步,走吧。"方童锁上了门,和郭放一起向村尾走去。

太阳还没有完全落下,借着日落余晖,方童和郭放一前一后地走着。小路的两边庄稼已经成熟。

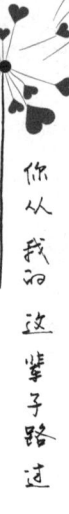

第六章

"以前小的时候,最爱到地里玩,因为会遇见各种各样的小动物,有时遇到泥鳅或者鼹鼠,我们抓回去就是一顿大餐了。"郭放边说边捡了一根树枝,在刚浇灌了水的田地里翻找。方童也凑了过去,突然一个黑黑的小东西往她脚边跑来,她本能地跳起来躲闪,可是一下没站稳,整个人栽进了田地里。

郭放也没有反应过来,等他伸手去拉方童时已经来不及了。由于重力原因,郭放也踩进了田地里。田地里刚刚浇灌了,方童整个人都湿透了,郭放只是把脚踩了进去,所以只是鞋子湿了。方童懊恼地撅着嘴,郭放突然大笑起来,然后拉起方童,让她爬到了小路上。方童看着郭放也是湿漉漉地爬了上来,也跟着笑了起来。

"看样子,今天的无溪河是去不了了,改天我再带你去吧。现在我先把你这个落汤鸡送回去。"郭放把T恤外的衬衣脱了下来披在了方童身上,"你都湿了,不要着凉了。太阳一落山气温就下降了。"

方童突然感觉自己心跳加速,已经很久没有一个人对她那么体贴了,当时大学交往的那个男友总是自己照顾他,他除了游戏就是篮球。方童觉得是不是冥冥之中就注定了她的支教生涯不光是渡人成才,也许是为了让她遇见某个人。想到这里方童嘴角带上了笑意。郭放见她没有那么沮丧了,也舒了口气,说:"方童同志,刚刚因为我的疏忽大意,让你受到了伤害,所以为了补偿你,我决定下次带你去无溪河游泳。"

"可是我不会游泳啊!"方童很想去,可是想起自己不会游泳。

"那有什么关系,我来教你。我可是村里有名的游泳高手,一定可以把你教会的!"郭放突然伸手摸了一下方童的头,然后笑着看着她。

"我……"方童的话还没有说,一阵汽车排气筒的轰鸣声从远而近地飘来。

"你们怎么在这里啊?"夏淼淼骑着摩托车向他们招手。然后一眨眼的工夫就停在了他们面前,"怎么样,我的车技不错吧,郭老师?"

楼筱刚从车后座下来,便大叫起来:"方童,你怎么了?"这时夏淼淼才注意到方童披了一件男士衬衣。

"没事,刚刚不小心栽到那个才浇灌了水的田地里了。"说完指了指郭放,"郭老师为了救我,自己也打湿了。"

"你们是发现什么稀奇的事了,居然可以掉到田里?方童,你肯定耳水不好。"夏淼淼忙把车钥匙给郭放,然后和楼筱一起扶着方童往宿舍走,"哦,郭老师,我们就不送你了,你自己骑车小心一点啊!"夏淼淼转过头对还站在那里的郭放说。

"你们快回去吧,然后烧点热水让她好好洗个澡。这个水虽然不是很脏,但是也是河水直接引入,别招惹了虫子。"郭放发动了车,掉头离去。

回到宿舍,楼筱就开始烧水,夏淼淼守着方童:"我说你们俩也太浪漫了吧,好好的路不走,非往泥地里钻。"方童有些委屈,她也是被不知道什么东西的动物给吓了一跳,才会变成现在这样子。

"对了,今天我们骑车居然骑到无溪河了,嘿,河里还有人在游泳。没想到这里的河水挺清澈的。我说方童,干脆我们直接去无溪河里洗澡吧。"夏淼淼蠢蠢欲动。

"夏淼淼你还真来劲了，方童你是不知道，要不是我刚才拼命拉住她，她就和那些光屁股小孩一起跳河了。"楼筱打趣地说道。

"郭放本来说带我去无溪河走走的，结果还没有走到，就摔田地里了，然后就灰溜溜地回来了。那个河很宽吗？郭放说他们小时候就在那里游泳。"方童打了两个喷嚏。楼筱忙把熬好的姜汤端来。

"谢谢筱筱。"方童感动地接过姜汤。

"方童，这个是我熬的耶！"夏淼淼急忙跳到方童面前邀功。

"谢谢淼淼。"

"嘿嘿，小意思啦。你快喝吧。"夏淼淼又突然有些不好意思地挠挠头。

方童喝了姜汤洗过热水澡后，便美美地睡了一觉。第二天一早她就去了学校，她不知道郭放怎么样了，憋了一晚上，又不能打电话去询问。为什么不能打电话呢？等她意识到这个问题的时候，她已经坐在办公室了。郭放还没有到，她却突然有些坐立不安。

"你昨天没事吧？有没有摔伤？"忽然声音从身后响起，她回头看见郭放已经站在办公室门口了。

方童站起来冲到了郭放面前："你没事吧？昨天都没有来得及问你怎么样了。"

"我没事，就是一身泥。"郭放笑着从方童身边走进办公室。

"我在担心他！"终于，方童意识到了问题的严重性。她茫茫然地走到自己的位置上坐下，才意识到，我居然心心念念地担心他，怎么办？

方童浑浑噩噩地上完了两节课，刚走到三楼走廊，就看见郭放迎面走来。她慌张站定，突然身后一股力量推了她一把，她身不由己地向前扑去，心想完了完了，一个狗吃屎，形象全没有了。她还来不及尖叫，就被一双手扶住了。

"你没事吧?"方童睁开了眼,郭放大力地抓着她的手臂,她以为自己肯定摔得很惨,全身的力气都往地下送,所以现在是紧紧地依偎在郭放的怀里。方童感觉这个姿势有些尴尬,但是又可以这么近地靠近郭放,她又不想起身。

"方童,你干吗突然停下来了啊?我可不是故意撞你的!"原来夏淼淼是罪魁祸首,她一边解释一边歉意地去扶方童。

方童摆摆手,表示自己没事,赶紧说:"谢谢郭老师了。要不是你,我肯定摔得很惨。"说完她看了一眼站在旁边的夏淼淼,夏淼淼吐了吐舌头,然后转头笑嘻嘻地对郭放说:"郭老师,明天周末,带我们去游泳吧,听说那条无溪河的水很不错啊!"

"好啊,明天下午我去你们宿舍接你们过去。"

"可是,我不会游泳。"方童急忙说道。

"没事,我这个游泳公主来教你。"夏淼淼搂过方童的肩说道。

第二天方童她们刚刚午睡起来,郭放就来接她们了,无溪河在村尾,是一条很宽的河,因为是长江上游分支出来的,所以水质清澈,而且水量较大,夏日的太阳照着河面,波光粼粼。方童她们在出发前就换好了泳衣,郭放又开着三轮车,车上还放了一个大西瓜。

夏淼淼一路上哼着小曲,和郭放讨论着无溪河历年鬼怪事件,听得方童在旁边心里直打鼓。

一到河边,夏淼淼拉着楼筱蹦蹦跳跳地下了水,方童站在河边有些发怵。

"你别信,刚刚我们瞎扯的,那都是逗夏淼淼好玩的。"郭放碰了碰站在那里不动的方童,然后把车上的西瓜拿口袋套着,放进河水里,"等一下拿出来吃,冰凉冰凉的,很解暑的。"然后又回到车边,拿出一个东西在那里鼓捣。

"方童,方童,快下来,好凉快的。"夏淼淼游到了方童站的岸

边,然后朝方童泼水。

"那你要一直在我旁边哦。"方童有些心动,试探地往水里走去。

"方童,这个给你。"郭放在后面喊道。方童转身,看见郭放拿了一个游泳圈过来,"你拿着这个,这里有些地方水还是挺深的,等一下我要去前面转悠一下,看看有没有学校的学生在这里游泳,叫他们注意安全,不能一直看着你。"方童接过游泳圈,点头道谢。

郭放没有跟她们一起下水,先去上游转了一圈,他习惯每次到河边时都到处转悠一下,看看有没有自己学校的学生或者其他小朋友在这里游泳。

等郭放转悠回到方童她们那里时,就看见夏淼淼使劲朝他挥手。他扑通跳进河里,急忙游了过去,抓住夏淼淼:"怎么了?抽筋了?"

"郭老师,你终于来了,教方童这个学生比抽筋还难受,我实在是教不了了,累死我了,我把她交给你了。"说完就把方童往郭放那里一推,拉着楼筱赶忙游走。

郭放又好气又好笑,方童有些尴尬地看着他:"郭老师,要不然你带我到岸边吧,我在岸上等你们。"

郭放笑了笑,推着方童游到了河水较浅的地方:"这里可以踩到底,你试着踩踩,不要害怕,我会一直在你旁边的。"方童望着郭放诚恳的眼睛,鼓起勇气踩了下去,惊喜地发现水只到她胸口,于是高兴地对郭放傻笑。

郭放伸出了手,方童看着郭放的手,有些期待又有些不知所措,往前迈了一步,突然脚下一滑,人就往水里沉,郭放急忙拉住她。虽然有游泳圈在身上,方童还是呛了口水。郭放把方童的游泳圈取下,然后轻拍着她的背。没有了游泳圈,方童有些慌张,顺势搂住了郭放,郭放一只手环着她,另外一只手继续帮她轻拍着背。当方童发现这个姿势很是暧昧的时候,有些放也不是不放也不是。她边咳嗽边偷偷瞄了一眼郭放，他还是很自然地帮她拍着背。

　　夏淼淼和楼筱听见了方童那边的动静，急忙游了过来，得知方童呛水后就一起把她送到了岸边。郭放把方童安置好后，到河边捞起了西瓜，找了个尖锐的石头砸开了，扳下一大块递给了方童。方童笑笑地接过。

　　"好甜！"方童咬了一口后转头高兴地对郭放说，"夏淼淼最喜欢吃西瓜了，这个西瓜这么甜，她肯定高兴死了。"

　　郭放也高兴地指了指剩下的大半个西瓜："那剩下的那些都给她留着，让她吃个够。"说完两个人相视而笑。

　　"我在读小学之前是跟着外公外婆一起生活的，一直待在这个地方，小时候有几个玩得好的小伙伴，其中一个是我邻居，比我大一岁。你别看我现在挺结实的，小时候瘦黄瘦黄的，都说我像个小女生。"方童转过头看着郭放，郭放笑了笑，"小时候总是被其他小朋友欺负，我的邻居大哥就保护我，带着我和他们一起玩。那个时候的夏天，我们最爱来河边游泳了，我的游泳也是他教会的。"郭放说完又掰了一块西瓜递给方童，方童没有接，他笑着说，"放心，那里还有很多，够她们俩吃了。"

　　方童接过西瓜，轻轻地问："然后呢？那个邻居大哥现在还在村里吗？"

　　"不在，他现在在哪儿我也不知道。他小学一毕业就被他父亲带去外省打工了。"郭放重重地叹了口气，"其实他很喜欢读书的，我上小学后每次回来都会带课外书给他，他宝贝得不得了，还告诉我，如果有机会，一定要考上镇上的初中。可是却一直没能实现。他外出后就没有回来过，两年后，他母亲也去了他们打工的城市，然后就都没有再回来了。我们也就再也没有联系了。"郭放很是无奈，捡起了一块小石头，打起了水漂子。

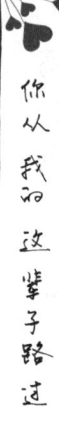

你从我的这辈子路过

"所以,你就回到了这里,当了老师,想帮助那些像你邻居大哥一样的孩子,是吧。"方童伸出了一只手,轻轻地握住了郭放的手臂。

"我希望他们能走出去,但是我希望他们是通过读书走出去,而不是什么都不懂,只能外出做苦力。这个世界这么大,是应该去看看,可是走到了西安,只知道羊肉泡馍,而不知道六朝古都的历史;到了成都,只知道火锅,而不知道三国争霸的雄风。那么这样的走出去,又有什么意思呢?"

方童有些心疼地看着郭放,拍着他的手臂安慰道:"你已经在做了,而且做得很好了,我一定会支持你的。"郭放温柔地看着方童,握了握她的手。

"哎呀,还有西瓜啊。"夏淼淼还没有上岸,在水里看见方童手上拿的西瓜,就开始欢呼了。方童忙抽回了手,站了起来,朝她们挥手,然后指了指手中的西瓜。郭放将西瓜掰成一小块一小块的,夏淼淼上来后拿起一块就啃。"哎哟,累死我了,好久没有游泳了,姐的体力已经有些跟不上了。"楼筱在后面慢悠悠地走过来,谢过了郭放然后坐在旁边吃西瓜。夕阳开始西下,四个人说说笑笑地吃完了西瓜,郭放收拾好后,便送她们回去。

方童中午去买了水面,然后自己做了凉面,下午游泳回来后刚好可以吃。

晚饭后郭放骑着三蹦子离开了。方童她们搬了凳子坐在屋前的空地里乘凉,天空中有许多一闪一闪的星星,她突然想起了很多年前自己的家乡也是抬头就能看见闪亮的星星。

在夏淼淼的无比期盼中,国庆长假终于来临。放假的第一天,郭放借了村主任的小奥拓把方童她们载到镇上去坐大巴车。

"郭老师,谢谢你,我们会想你的。"夏淼淼夸张的告别惹得郭放他们哈哈大笑。

"谢谢你送我们过来，假期愉快。"方童笑吟吟地跟郭放告别。

"你们一路顺风。哦，你们回来的时候给我电话，我来接你们。"郭放朝她们挥挥手，然后对着方童说道。方童点了点头，还想说些什么，还没有张嘴就被夏淼淼激动地拉进了候车室。

方童站在靠窗边，等着排队买票的楼筱，看着郭放的车子转了个弯就不见了，忽然思念蔓延。

她想起了大二时的那个男朋友，刚在一起没多久就放寒假了，男生是外省人，放假就回老家了。于是晚上方童躲在被窝里给男友打长途电话。那个时候总有说不完的话，经常一聊就是一个小时。那一个月方童的话费快赶上以前小半年的费用了，不过能听听对方的声音，去找老妈撒娇多要零用钱也不是什么丢脸的事。

在两个人的期盼中，寒假终于结束了。方童从来没有这么满心欢喜地期待过开学。学生时代的恋爱是最单纯的，就是简单到只因为喜欢而在一起，但是也是最脆弱的。过了半年，方童和男友的电话越来越少了，见面也越来越少了。直到有一天她在图书馆看见自己的男友和另外一个女生亲昵地坐在一起时，才知道自己的爱情完结了。

她在寝室里大哭了两天后就想通了，少年时代的爱情总是一碰就惊天动地，其实只是看清一个不珍惜自己的人，也没什么大不了的。

方童看着窗外掠过的树影，叹了口气，原来已经过了那么久了。

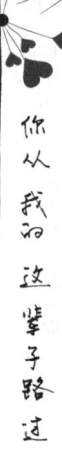

第七章

　　七天长假方童在家好好地陪父母，偶尔还陪母亲去景区卖些小食品。她在思念着郭放，她每天都会特别在意手机，怕自己会在不经意之间错过了他的电话，可是到了最后一天也没有郭放的电话。方童有些失望，想问问他这么几天是怎么过的，有没有外出旅游，有没有遇见新奇的事，可是每次编辑了短信都取消了发送。

　　假期最后一天她便早早地往学校赶。上了大巴车，在她犹豫要不要给郭放打电话的时候，郭放的电话进来了，她有些激动和紧张。

　　"喂。"她觉得自己的声音怎么有些奇怪，忙调整了一下语气，"郭老师。"

　　"方童，你回来了没？我去车站接你。"

　　"我，我刚上大巴车，淼淼和楼筱还没有联系，我不知道她们什么时候到。"方童有些纠结是否要麻烦郭放来接自己。

　　"夏淼淼给我来了电话了，她们要晚上才到，我先去接你吧。"郭放挂了电话，方童心中有一些高兴，七天的相思终于要相见了。她理了理自己的头发，迷迷糊糊地睡着了。到了车站已经下午了，方童走出车站就看见郭放靠着车门立着。方童高兴地朝他走去。

　　"等了很久了吧？"方童有些不好意思地说。

　　郭放顺手接过了方童手中的行李，然后打开副驾驶的车门，说："我也刚到，下午一直在朋友家待着。"

方童坐好后，郭放也上了车。

"我们是直接回去还是等淼淼她们到？"

"先带你去个地方，等晚上她们到了我们再来接她们吧。"郭放朝方童神秘地一笑。方童有些期待。

车子晃晃悠悠地开了半个小时后在一片草地边停了下来。"到了，可以下车了。"郭放松开了安全带，侧头对方童说。

方童下了车，脚下是软绵绵的青草，她好奇地抬头，看到一望无际的绿，她满是震惊地看着眼前的一切。

"漂亮吧？这个是没有被开发的小草地。再过一段时间，草枯萎了，就没有这么壮丽的景观了。"郭放笑着走到方童身边，伸出了手，"这草深深浅浅的，往里走的路坑坑洼洼，我牵着你走吧。"方童点了点头，伸出手握住了郭放的手。她好像听到了自己的心跳，看着被郭放握紧的手，嘴角难掩欢喜。

慢慢走到了草地浅一点的地方，郭放放开了她，然后脱了鞋子，开始奔跑。方童看着跑得像孩子一样的郭放，也脱了鞋子，学着郭放一样张开双手奔跑。听着风的声音和郭放的笑声，方童心里很满足。岁月静好，如是而已。突然郭放朝他跑来，拉着她转了一圈，然后倒在了地上。方童也学着他躺在了地上。

"我很喜欢青草的味道，很纯净，像小溪一样沁人心脾。"方童大声地说，"我好喜欢这里，这里好安静，也好干净。"

"这里也是我最喜欢的地方。"郭放淡淡地说。

两个人没有再说话，就这么安静地躺着。直到夕阳西下，方童不想开口打破这份宁静的美好。她看着远方渐渐落下的太阳想到，要是时间能慢点走该多好，如果以后能经常一起来这里该多好。以后！她突然意识到自己居然在幻想和郭放的以后，她很想问一问郭放有没有在刚刚或者现在会突然脑袋抽风似的幻想和她的以后。

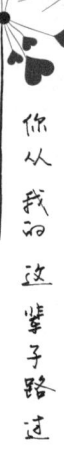

方童还没能问出口郭放的手机就响了,电话那头夏淼淼中气十足的声音响起:"郭老师,我和楼筱到车站了,你在哪儿啊?"

有些时候方童挺羡慕夏淼淼的,总觉得夏淼淼这人单纯痛快,这样没心没肺没烦恼的活法真让人很痛快。

到了车站,方童感觉像做了亏心事一样缩在了后排。楼筱放好行李后非常礼貌地跟郭放道谢,夏淼淼则不客气地一屁股坐到了副驾驶,嚷着说肚子饿,让郭放带她们去吃好吃的。

一路上夏淼淼叽叽喳喳地跟她们说着长假期间的趣事,郭放偶尔回应一下。方童终于忍不住呵斥夏淼淼:"我说夏淼淼同学,你这样吵吵闹闹万一影响司机怎么办?车上还有两个如花似玉的美人儿!"说完方童抬头看向郭放,郭放抬头看了后视镜一眼,对方童微微一笑。夏淼淼安静地闭嘴了,悄悄地问:"那两个如花似玉的美人儿是包括了我的吧?"方童和楼筱都扑哧笑了出来。

夏淼淼消停了不到十分钟,又开始嘻嘻哈哈。方童叹了口气,看见郭放从后视镜对她轻轻摇头,好像在告诉她没有关系,不用担心。于是方童便安心地看着窗外,甜丝丝地回味着郭放对她的小动作。

吃完夜宵回到宿舍都已经入夜了,方童躺在床上后才发现好像一晚上楼筱都没有怎么说话。

"筱筱,你怎么了?今晚你一直没有怎么说话,东西也没有怎么吃。不舒服吗?"方童翻过身问楼筱。

"我没事,就是今天坐车有点儿累了。"楼筱淡淡地回答。

"是啊,骨头都坐散架了。快睡吧,我都困死了。"夏淼淼说完便关了灯,方童本来还想问什么的,也就只好作罢。

第二天一早,方童起来后看见楼筱还在床上。楼筱一直有晨跑的习惯,虽然那几天不太方便时会放弃晨跑,但是也会早起。方童以为是她昨天坐车太辛苦了,便由她睡。等夏淼淼都起床洗漱完毕后楼筱都还在床上，方童才觉得有些不对劲，忙去看个究竟。

方童掀开被子，露出了楼筱的脑袋，整个脸红彤彤的。"大热天的，你干吗拿被子盖着脑袋？"方童说完伸向楼筱的额头，"呀，这么烫，都可以煎鸡蛋了。筱筱，你还能坚持吗？我们送你去卫生院。"

楼筱艰难地伸出手，瓮声瓮气地让方童帮忙请一天的假。夏淼淼听见了动静，手忙脚乱地找了一颗退烧药给她喂下。

"怎么说病就病了啊？昨天不是还好好的吗？"夏淼淼着急地在屋里走来走去，"你先不要着急，我们还是得先去学校，我上午只有两节课，完了我就回来看看，如果还是这么烫，我们就送她去卫生院吧。"方童给楼筱敷上了一条冰毛巾，给她盖好被子，然后拉着夏淼淼去了学校。

方童到学校跟郭放说了楼筱的情况，心不在焉地上了两节课后就急忙赶回宿舍。郭放怕楼筱没有退烧需要送卫生院，而方童一个人没有办法，便跟着方童一起回到了宿舍。楼筱已经清醒一些，烧也退了大半了，郭放说已经帮她向校长请假了，让她安心休息。

突然楼筱的手机响了起来，楼筱看了一眼，便挂了。方童给楼筱换了一条冰毛巾敷上，手机铃声又响起了，楼筱再一次挂掉。

"谁的电话呢？"方童轻轻地问。

"骚扰电话，今天已经打过了一次了。"楼筱淡淡地说。

方童觉得楼筱肯定是遇到了什么事，因为她这两天的表现太奇怪了。"筱筱，你好好休息，我去煮点粥，等一下你要吃了饭再吃药，"然后方童又对郭放说，"郭老师今天中午就在这里一起吃饭吧，外面那么热，你也不要东跑西跑的了。"说完便到隔壁去忙了。

"筱筱，你好点了没？"夏淼淼风风火火地跑进屋，"郭老师，你也在啊"。

方童听见夏淼淼的声音，忙冲过来一把抓住她，把她拖进厨房。

"淼淼，你小声一点，我觉得筱筱肯定是遇到什么烦心的事了，这个病来得太诡异和突然了，你不要没心没肺的，一会儿加重她病情了。"

夏淼淼张大了嘴："啊？她遇到什么事了呢？怎么也不告诉我们呢？我还以为她就是身体不舒服。"

"她既然不想说，我们就别问，等她身体好点了再说。"方童开始洗米，夏淼淼则若有所思地洗着菜。

第八章

午饭后,郭放便先回了学校,夏淼淼在一旁给楼筱换冰敷的毛巾,方童坐在楼筱床头,轻轻吹着手中的粥。

"筱筱,起来吃点粥。"

"我不想吃。"楼筱闭着眼睛说。

"筱筱,身体是自己的,不管遇到什么事,首先要保护好自己,才能遇鬼杀鬼遇神杀神。"在放假回去的路上,方童隐约记得楼筱提了一句要去远方一趟,虽然不知道是去了哪儿,发生了什么,但是她知道楼筱肯定是遇到了什么事,不然以她国防身体的状态,怎么可能那么轻易地就病倒了。

楼筱睁开了眼:"我知道的,只是现在还不是很想吃,你先放一边吧,等下我自己起来吃。你们不用担心我,我可以照顾自己的。"

方童叹了口气,把粥放在了楼筱的床头,收拾了东西便和夏淼淼一起去学校了。方童心里一直惦记着楼筱,一放学就拉着夏淼淼往宿舍赶。

刚到村办公室大门口,就看见一辆斯柯达停在那里,一个男人站在车边焦急地打着电话。他看见方童她们走近,便冲了过去问道:"美女你们好,请问你们认识楼筱吗?"

"你是谁?干吗找筱筱?"方童警惕地问。

男子一听她们认识楼筱,激动地拉起了方童的手,说:"快带我

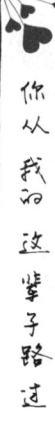

去看看她,她好像生病了。"方童甩开了他的手,男子有些不好意思地挠挠头,"不好意思啊,我是楼筱的高中同学,我听说她生病了,专门从C市开车过来的。你们不了解她,她是不病则已一病惊人。麻烦你们带我去看看她吧。"

方童看着男子说得很真诚,看了夏淼淼一眼,夏淼淼点了点头,说:"我觉得他挺着急筱筱的,应该真的是高中同学。"于是两人便带着男子到了宿舍门口。

"你先等一下,我们先进去看看筱筱怎么样了。"方童说完不等男子回答便开门进了房间。

过了一会,门开了,夏淼淼做了一个请的动作,男子便冲了进去。房间里楼筱已经穿戴整齐地坐在床上,虽然气色还是很虚弱,但是已经有了些精神。

"楼筱,你怎么样了?是不是发烧了?烧退了没?难不难受?要不要去医院啊?"男子像机关枪一样问了一堆问题。

楼筱眼眶有些湿润,笑了笑:"我没事,吃了药,烧也退了。你也真是的,早知道我就不接你那个电话,干吗跑那么远?"男子已经坐在了楼筱床边,用手摸了她的额头,发现真的已经退烧了,才松了口气。

"你吓死我了,消失了那么几天,我就让你不要去不要去,你不听,就算你要去,也应该拉上我啊!对了,他怎么说?"楼筱看了方童她们一眼,然后对着男子摇了摇头,"我就知道他那个王八蛋就是个负心汉,你就应该带上我,我肯定当场给他两拳。"男子握紧了拳头,非常气愤。

方童知道自己的敏感是对的,楼筱肯定在长假时发生了什么。方童找了一瓶饮料递给了男子,男子忙站了起来,不好意思地接过说:"谢谢,我都还没有自我介绍呢,我叫林杰,是楼筱的高中同学大学同学兼死党。"

"哦，原来你们关系这么好，怪不得你大老远地跑来。"夏淼淼笑嘻嘻地说。

"我去做饭了，你在这里陪筱筱吧。哦，对了，现在天也晚了，你要是开车回去楼筱肯定不会放心，等下我去跟村主任说一声，把办公室借你睡一宿。"方童走到还坐在床边的夏淼淼前面，踢了踢她的脚，"走吧，去帮我洗菜。"夏淼淼奇怪地看了一眼方童，突然明白了方童的用意，赶紧说："你们慢慢聊，我去洗菜了。"

夏淼淼满脸媚笑地跟着方童走到了厨房。

"淼淼，我觉得筱筱肯定遇到了非常难过的事，不然你看林杰也不可能那么远地跑过来。你呀，别冒冒失失地问一些乱七八糟的问题。"夏淼淼点了点头，坚决保证再也不犯。

方童去找村主任要了办公室的钥匙，给林杰简单地铺了沙发，点了蚊香。

晚饭时郭放给方童发了短信，有个学生家里有事，他去帮忙了，就不过来了，问了一下楼筱的情况，让方童也好好照顾自己。方童知道自己已经完全沦陷了，她现在心里脑里想的全是郭放，那个浑身充满理想和奋斗劲充足的男子。

晚饭后趁太阳还没有完全落下，楼筱打算去散散步，林杰跟在她的旁边，小心翼翼。"林杰应该是喜欢楼筱的吧，不然也不会这么上心。"方童心里想着。

散步回来后楼筱的心情明显好了很多，睡觉前方童喂她吃药，她轻轻地说了一声谢谢。方童摸了摸楼筱的头，轻声说："傻丫头，我们现在是革命战友，肯定要互相照顾啊。"

"还有，谢谢你们没有问我怎么了。我知道你们肯定很好奇，但是谢谢你们没有去追问我。我现在需要的是时间，等我完全康复了，

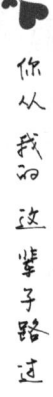

我就把我的故事说给你们听。"

方童眼睛有些酸,她点了点头:"我们会一直陪着你的,等你想告诉我们的时候,我们一定听你说。现在你的任务就是好好休息,让身体快快好起来。"方童扶楼筱躺下,假装没有看见她眼角落的泪。方童转身关了灯,另一张床上的夏淼淼好像已经睡熟了。

这个晚上方童一直在做梦,梦见了很多人,还梦见了郭放,他朝她挥挥手便转身离去了,任凭自己怎么追赶也追不上,还梦见了楼筱,她哭着劝她不要一念执着,告诉她她和郭放是没有结果的,她还梦见了大学时的男友,他站在高高的地方,嘲笑她始终遇不上对的人。

早上醒来,头昏昏沉沉的,方童发现楼筱已经起床了。"这丫头是去跑步了,还是身体不舒服睡不着?"方童心里着急地想着一边慌忙地穿衣服,她打算去找楼筱。

刚打开门,她就看见楼筱端着脸盆站在门口。"你起床了?还发烧吗?身体感觉好点了没?怎么不多睡一会儿?你去休息一下,我去做早饭。"方童挽好了头发,一边吩咐楼筱一边朝厨房走去。

"方童,你别忙活了,我已经不烧了,身体也感觉舒服多了,还有早饭,我已经煮了粥,你快去洗漱吧。"楼筱忙拉住往厨房走的方童,方童不确定地看着楼筱,伸手去摸她的额头,确实不烫了,她这才松了口气。

"一大早就不见你,吓死我了。"方童接过脸盆,让楼筱坐下,"你身体都还没有完全康复,不要太累了,你就好好收拾一下自己,等下饭好了我来摆碗筷。"说完便转身离去。

楼筱收拾完后叫醒了还在熟睡的夏淼淼,然后又来到了隔壁办公室。楼筱轻手轻脚地走到林杰旁边,林杰还在呼呼大睡,笑着感叹:"真不愧是林杰,只要一张床,可以睡到天荒地老。"看着林杰楼筱又是感动又是心酸。

　　从高中到现在，这么些年，一直在她身边陪伴的始终是林杰，这份感情到底是超越男女之情的友情还是埋藏在内心深处的爱情？她从来没有去细想过，可是如果当初在她奋不顾身扑向自己坚持的爱情的时候，林杰能阻止她，那是不是现在的一切都不一样了呢？楼筱摇了摇头，看来病还没有完全好，思绪太混乱，不适合思考。被她摇醒的林杰迷迷糊糊，看着楼筱愣了半天才反应过来自己在哪儿，于是急忙起床收拾了床铺跟着楼筱回到了她们宿舍。

　　吃了早饭后，楼筱让方童和她跟换一下课，她要送林杰离开。

　　"林杰，你以后不要再过来了，我在这里很好的。"林杰把车开到了村头，停在了皂荚树下，楼筱坐在副驾驶，语重心长地对林杰说。"可是我不放心你啊！你很长一段时间才回来一次，有时面也见不上你就又走了，要不然就是刚说两句话就去忙其他的了。楼筱，干脆你回来算了，至少有我在你身边看着，我也放心。你一个人待在这个地方也不是个办法，再不然你要是想换个地方待待，我也可以陪你去其他地方生活。"林杰着急地对楼筱说。

　　楼筱感激地摇了摇头，"我现在哪儿都不想去，这个地方很好。清清静静，环境好，空气好，每天想得最多的事就是要怎么收拾那一群皮孩子，反而没有时间想其他的了，最主要的是，这里人也少。"

　　"楼筱？"

　　"你真的不用担心，这里还有方童和森森在，她们会照顾我的。等过一段时间学校放假了，我就回去找你。"楼筱笑了笑。

　　"你笑得好假。"林杰瘪了瘪嘴，"这么多年，我还不了解你，什么事都自己憋着，自己扛着，我知道我也劝不动你，要是当初你能听我劝，就不会……"

　　楼筱转过头看向车窗外，显然是不想听林杰的这番话，她淡淡地

说:"没有什么当初不当初的,都已经是过去的事了。"

林杰也发现自己触到了楼筱的伤心事,忙换话题:"好了好了,我也不啰唆了,你自己好好照顾自己,我现在也不逼你跟我回去了,但是你得答应我,不要一个人钻死胡同,有什么事就给我打电话。"林杰还是很不忍心,揉了揉楼筱的头,"傻丫头,千万不要想不开,你还有我!"

楼筱回过头看着林杰,眼睛有些湿润:"我知道,我一直都知道,谢谢你。"

林杰叹了口气,说:"筱筱……"

"好了,你快回去吧,记得给你领导打电话请假,不然算你旷工我可不负责。"楼筱打断了林杰,她怕他再说下去,自己真的会跟着他回去,"我走了,还要去上课呢,昨天都已经偷闲一天了,我才来当班主任,就这样耍大牌,影响可不好。"楼筱拍了拍林杰的手,让他安心,便开门下车。林杰不舍地看着楼筱,楼筱转身往回走去,林杰无奈地开车离去。

楼筱回过头,看着逐渐消失了的影子,终于忍不住蹲下身子痛哭。如果当初,如果当初,可是没有如果,也没有当初,这一步一步走来,都是自己的选择,即使现在痛苦不已,也无法重来。

楼筱的身体渐渐好了起来,只是再没了晨跑的习惯。陪着楼筱吃了一段时间的清粥小菜,夏淼淼嚷着让郭放带她们去开开荤,于是下午放学后郭放带着她们去了镇上。

吃饱喝足后夏淼淼说要在街上溜达一下,于是转悠到了镇广场。刚好遇到电影下乡送温暖的活动,广场上已经挤满了人,正在放电影《被偷走的那五年》。夏淼淼拉着楼筱高兴地挤了进去,方童跟在后面,结果被小朋友一撞,就和她们走散了。

郭放抓着方童的手,一起退了出来,说:"我们就在人群外面等吧，等下她们出来就可以看见我们了。"

方童咬着唇看着被牵着的手，还没有来得及窃喜，郭放就放开了手，方童心情失落地看着远处大屏幕上放的电影。电影刚好演到何曼失忆了，记不得和自己的老公已经离婚了，她可怜地蹲在前夫家门口。方童心里有些堵，转身发现郭放也不在了，她急忙左顾右盼地寻找，看见郭放朝她跑来，手上还抱着几瓶水。她突然在想，会不会有一天郭放会忘了自己呢？

郭放往她怀里塞了一瓶水，笑着问她想什么呢，方童只是笑着摇摇头，说："我们去找森森她们吧。"

郭放却带着方童走出了人群。"我刚刚看见她们两个已经坐在前排了，估计是电影把她们吸引住了，让她们看一会儿吧，我们刚好可以去逛逛。"

穿出了小镇的主街道，街上的人就变得稀稀落落了。一个哭声在拐角响起，方童和郭放对望了一眼，便向哭声方向走去，一个初中生模样的小男孩被四个高大一点的学生围攻，一个胖胖的小子在抢他的书包，他一边抱着书包一边哭泣。

"你们在干什么？"方童冲了过去，扯开了胖小子的手，将小男孩护在了身后。胖小子看是一个比自己大的人，有些紧张，可一想，反正是个女的，也不相信她能多厉害。于是壮起胆子对方童说："看你一个女的，我也不和你一般见识，识趣的最好快点走。"

方童好笑地看着眼前比自己矮一个脑袋的胖小子，"你是古惑仔看多了吧，还不一般见识，这台词倒是挺到位的，不过从你嘴里说出来却有些滑稽。"

"嘿，你……"胖小子正打算开口，郭放一把把方童拉在自己身后，挡在她和胖小子之间，然后对着胖小子说道："你们是镇高中的吧？我可认识你们的校长，要不要跟我一起去见见？"胖小子感觉有

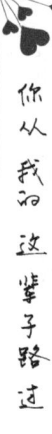

些不妙，可是又不想在兄弟面前丢了面子，他环顾了左右，发现大家的眼神都有点怕，然后气势汹汹地对着方童身后的小男孩吼道："今天算你运气好，我就放你一马，下次给我小心点。"说完学着社会大哥一样，一挥手，招呼着大家赶紧溜了。

方童松了口气，转身看身后的小男孩泪眼婆婆，将书包递给他："以后再遇到这样的事，就大声喊叫，好汉不吃眼前亏，要先保护自己。"

郭放在她身后笑着摇摇头，对着小男孩说："快回去吧，明天把这个事给你们学校老师说一声，会有人收拾他们的。"小男孩羞羞答答地说了谢谢，背着书包跑了。

"唉！"方童沉沉地叹了口气，她本以为这里村民淳朴，学生也会比较纯真，可还是有拉帮结派的现象存在。

郭放揉了揉她的头，笑着说："方老师，不要唉声叹气了，都是一群小孩，打打闹闹也正常。镇上的孩子我们管不了，可是我们自己的孩子肯定就要严格管理了，不会出现这种情况。"

"我们自己的孩子！"方童的大脑里只飘过了这几个字，她突然有些不好意思去看郭放了，于是背过身点了点头，便朝主街走去。

刚走到主街上，就看见夏淼淼和楼筱朝他们走来。方童看见楼筱眼睛红红的，然后不解地看着夏淼淼，夏淼淼耸了耸肩，轻轻地摇头。

"渴了吧，喝点水。"郭放将水递了过去，楼筱道了谢。

"走吧，我们回去了。"方童挽着楼筱，往停车方向走去。

一路上都没有人说话，夜晚微凉的风吹得方童很是舒服，她看着正在开车的郭放，突然觉得一切都有些不真实。当初稀里糊涂地参加支教，难道只是为了遇见他？她越来越清楚自己对郭放的感情，可是他也有同样的感觉吗？

窗外夜色更加朦胧，长夜漫漫，还好有星光陪伴。

第九章

楼筱渐渐地恢复了生气，偶尔可以回应夏淼淼的冷笑话，夏淼淼为了庆祝楼筱大病痊愈，便嚷着郭放带她们再去游泳，郭放爽快地答应了。

初秋的太阳仍然火热，不过一点也不影响不怕太阳不怕晒的孩子们的热情，周末的河边总是热闹的。今天又有一群学生在河里游泳，郭放时不时地总要去巡视一下。

方童套了游泳圈跟在郭放后面刨着水。十月的太阳已经没有盛夏时那么毒辣，被太阳烤得暖洋洋的河水温暖地包裹着全身。方童被晒得迷迷糊糊的，似乎手脚已经使不上力了，抬头看前面的郭放，距离自己好像很远了。她心里有些失落，怎么她没有在他后面都没有发现，难道对她真的没有上心？方童觉得自己全身的力气好像都被抽掉了，于是停止了划动，往后一仰，闭着眼睛让自己漂浮在水面。

突然一只手扯了扯她的游泳圈，然后牵住了她的手。她急忙立起身子，看见郭放对她灿烂一笑，然后牵着她往前游去。方童急忙用脚扑腾，溅起一阵水花。

"郭老师，郭老师，你快过来！"夏淼淼在岸边边挥手边着急地叫着。郭放牵着方童游到了岸边，还没有上岸就听夏淼淼慌张地喊道："郭老师，怎么办，那边好像有孩子溺水了。楼筱已经在那边想办法了，你快去看看。"郭放忙把方童拉上岸，交代她让她待在岸上，便

和夏淼淼跑走。

方童一阵心慌,急忙脱下游泳圈,跟了过去。沉水的小孩还没有找到,那里已经乱成一团了,几个小孩在岸边使劲地哭,夏淼淼干着急地在比画,楼筱在河中对着夏淼淼挥挥手,然后又继续潜下去。郭放看了夏淼淼给他指的位置,一个纵身跳进了河里。郭放和楼筱不停地潜下河中搜寻,可是还是没有找到。楼筱已经累得不行了,夏淼淼拖她上岸后便自己下水继续搜寻。

方童站在旁边安慰着几个小孩,让他们不要哭,想一想当时的情况,可是自己却忍不住地颤抖。

"郭老师呢?"楼筱突然大叫道。方童急忙看向河面,只有夏淼淼的身影,郭放却没有看见。她咬紧了嘴唇,心快要跳出来了。夏淼淼听见了楼筱的叫喊,也慌了神,毫无章法地往水里乱窜。楼筱也忙跳下去一起寻找,方童感觉自己的血液被抽干了,窒息的感觉越来越强烈了,她突然好恨自己不会游泳,为什么在郭放需要帮忙的时候连一点忙也帮不上。

水面除了夏淼淼和楼筱翻腾的动静,没有其他的反应。站在旁边的小孩也吓得忘了继续哭泣。

突然水声大响,方童泪眼模糊地看过去,听见身旁的孩子们开始欢呼:"快看,郭老师,是郭老师,还有谢钢。"

"耶!郭老师把谢钢救回来了。"方童揪着的心顿时松懈,身体一软瘫坐到地上,小孩们一窝蜂地跑到岸边,都伸出手去帮忙。

郭放刚刚爬上岸,方童便忍不住扑了过去,终于在郭放怀里放声大哭。郭放一边喘气,一边抚摸着方童的头,轻声安慰说:"没事了,没事了……"

夏淼淼和楼筱互相搀扶着爬上岸,这时沉水孩子的父母已经赶了过来,还有好心村民拖了一头牛,大伙忙把孩子仰放在牛背上,赶着牛来回走动。郭放没有力气起身，紧张地盯着牛背上的孩子，方童也停止了哭泣，抓着郭放满手是汗。

突然牛背上的小孩一阵咳嗽，吐出了一大口水，大家高兴地欢呼起来，小孩的父母喜出望外地对着河水叩拜，然后又对着郭放叩拜。郭放想站起来搀扶，却浑身无力站不起来，只能摆摆手。方童看着大家的表情，应该是好消息，可是她又不解一头牛怎么可以救落水的孩子。

人群散去，郭放也终于缓过来劲，方童扶着他站了起来，夏淼淼一个箭步冲了过来，"郭老师，刚刚怎么了？你怎么突然不见了又突然出现了？"

"我找到了那个小孩，他的脚被河底的水草缠住了，我就潜下去帮他扯开水草，可是小孩嘛，又不懂，越急越缠得厉害，所以就耽误了很多时间。"郭放看向平静的河面，"还好，救了回来。"

"我就说郭老师肯定没问题的，你看把我们方童吓得花容失色。"夏淼淼一把搂住了方童，打趣地说。方童脸一下子红了，解释道："我不会游泳，只能干着急，又半天没见郭老师上来，肯定心里慌的啊。"

郭放敲了一下夏淼淼的脑袋，说："你还有力气在这里打趣，那今晚晚饭就你来做吧。我可饿死了。"说完意味深长地看了方童一眼便收拾东西往外走去。

"你要是敢吃，我也敢做。"夏淼淼拉着方童急忙跟上。楼筱愣愣地站在那里，她觉得自己刚才好像看见了什么。

"筱筱，快走啦。"夏淼淼的声音传来，她想了想，应该是自己太累了，怎么会感觉郭放看方童的眼神充满了什么。她轻叹了口气，什么时候自己变得那么有第六感了。

经过这次事情后，夏淼淼不再嚷着去游泳了，方童更是见了水就怕。

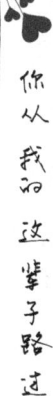

入冬后，C市组织一场小学生作文大赛，只要是隶属于C市管辖的学校都可以参加。

方童班的班长李安安的作文获得了二等奖，这可高兴坏了老校长，他连忙向上级单位请示汇报。县教育部对于一个穷乡僻壤的学校能有学生取得这份荣誉很是重视，于是让学校老师带着李安安去C市参加颁奖典礼。方童临危受命，急急忙忙地收拾了东西便带着李安安往车站赶。

刚到车站便看见郭放在站门口朝她们招手。方童掩饰住兴奋的心情，正想开口，李安安已经高兴地扑到了郭放的怀里："郭老师，你怎么在这里？来送我们吗？"郭放摸了摸李安安的头。笑吟吟地对着方童说："刘校长让我跟你们一起去市里，见见教育局的领导，汇报一下我们学校现在的情况，希望能多申请一些教育资源。"

"耶，好棒哦，郭老师和我们一路。"李安安听郭放那样说，便知道了郭放会和她们一路去C市，高兴得蹦蹦跳跳。

方童也高兴地点点头："那太好了，一路上也有人说话和照应了，说实话，我还从来没有和一个小不点一起外出过。"

郭放接过方童手上的包，摇了摇自己手上的车票，说："走吧，车票已经买好了，我们今天先到县里。"

汽车在路上颠簸了三个小时，终于到了县城。县城的规模不是很大，政府大力发展工业园区，聚集了一些小有名的企业在这里扎根，在经济发展的同时，也重点规划新城区，种植树木，所以柏油马路两旁随处可见小型的公园。

方童是第一次到县城，李安安更是兴奋得不得了，每一个公园都想进去走一圈。天边夕阳已经落下，郭放带着她们去了县城有名的餐馆——来凤鱼馆。县城中间有河叫来凤河，河水穿城而过。来凤河里有一种特产的鱼叫来凤鱼，因鱼头中间的骨头像一扇凤凰的尾巴，因而被命名为来凤鱼，其实大家都没有见过凤凰，更不知道凤凰的尾巴长什么样，不过也没有人去深究，名字就图个吉利。

他们到的时候正是饭点，餐馆里挤满了人，方童他们好不容易找到一个座位，急忙坐下点了餐，一下午的舟车劳顿和兴奋感终于在这一刻得到了满足。李安安一口气吃了三碗饭，吓得方童不准她再吃了。

"先生，你们吃的那个鱼是什么酱料的啊？麻辣还是酱香呢？"突然邻桌的一个带着小孩的中年男子问郭放。郭放笑着回答了，并推荐了几个特色菜，那位父亲感激地道谢，"没想到你们这么年轻，孩子都这么大了，挺好挺好。"

李安安笑着捂着嘴看了看郭放，又看了看方童，方童瞪了她一眼埋头扒拉着碗里的饭。郭放呵呵一笑没有解释，给方童夹了一筷子的菜，自己也扒拉着碗里的饭。

一顿饭吃得好不尴尬，终于结了账，方童便牵着李安安冲到了餐馆门口，转头看见那个带小孩的中年男子在跟郭放道别，郭放也客气地和他寒暄。方童摸了摸没有喝酒却已红透了的脸，偷偷地想着："如果以后自己和郭放在一起了，是不是也是这样带着孩子与别人寒暄呢？"想到这儿不禁笑了，"想什么呢，方童！居然想到了孩子，人家不一定也喜欢你啊！"想到这儿她突然敲了敲自己脑袋。

"怎么了？是没有吃饱，还是吃多了？干吗自己敲自己脑袋？"郭放已经和男子道别，走过来时正好看见方童自己在敲自己的脑袋，莫名其妙地问她。

方童看着郭放，张嘴想问什么，但是话到嘴边，却又变成了："没什么，李安安吃多了，想到处走走。"李安安一副茫然的表情看着方童，方童不等李安安开口便拉着她走开。"安安，老师不好意思说是自己吃多了，所以你要帮我。"方童看郭放远远地跟在后面，小声地对李安安说。

"OK，我明白。"李安安一副我懂了的样子对方童比了个手势。

"人小鬼大。"

"方老师你也不是像个孩子吗？"李安安撇了撇嘴，突然发现了吹糖人的小摊子，便拉着方童一起跑了过去。

李安安对于能把甜滋滋的糖吹成各种形状的能力很是羡慕，于是转身问方童："方老师，这次作文我得奖了，我能跟你要一个奖励吗？"

"好啊，你想要什么？"

"我想要一个糖人。"说完指了指面前已经被吹好的糖人。

"好啊，不就是糖人吗？老师肯定满足你。"方童掏出了钱，突然又想到了什么，"师傅，你可以教这个小朋友怎么吹糖人不？"

"可以啊，来，小朋友，你过来，我教你。"糖人师傅爽快地答应了。

方童看着兴奋坏了的安安，也跟着高兴，一回头却发现郭放不在旁边，转身急忙寻找。她走到路中间，夜市的人很多，透过人群她好像看见了郭放的身影，他背对着她好像在和谁说什么。距离有些远，方童看不清郭放对面的是谁。突然郭放与那人一起往路旁走去，方童隐约看见是一个扎着马尾的女生。

"遇到熟人了？"方童想追过去看看，可是又不能丢下安安。她急忙回到吹糖人的摊位上，刚好安安吹好了一只猪，高兴地举着跑到方童身边："方老师，你看这个是我吹的。"方童定了定神，心里骂着自己的粗心大意，只顾着看郭放差点儿把安安给忘了。她急忙把钱递给糖人师傅，笑着对李安安说："安安好能干，吹的是一个长尾巴的猪吧？"

"嗯，师傅说猪的身子圆滚滚的，好吹一点。"

方童看着安安高兴的模样，鼻子一酸，班上应该还有一些同学都没有看见过糖人吧，于是对安安说："安安现在会吹糖人了，等回学校后，安安当老师，教其他同学吹糖人怎么样？"

"真的吗？太好了，郭果和豆豆他们肯定高兴坏了，这个小猪我不吃，我要好好保护它，到时候带回去给他们看看。"安安高兴地点了点头，"对了，郭老师呢？我现在要给郭老师看看。"

"郭老师在前面，走吧，我们一起去找他。"说完方童拉着安安往郭放的方向走去。

刚走两步便见郭放正朝她们走来。"郭老师，你看，这个是我吹的糖人。"安安看见了郭放，挣脱了方童的手就向郭放跑去。"还真是异性相吸啊！"方童心里讪讪地想。

"这个是安安吹的？好厉害。"郭放刮了下安安的鼻子，夸奖她。

"师傅也夸我，说我吹的猪很像。"安安自豪地跟郭放说。

郭放从口袋里拿出一包东西递给方童："这个是这边的特产——酥心糖，但是只有这家老店的才能做到甜而不腻，你尝尝。"

方童接过糖，问道："你刚刚是遇到朋友了吗？突然之间就不在了。"郭放愣了一秒，"刚刚去买酥心糖的时候遇见了一个老朋友，打了个招呼。"郭放朝方童靠近了一步，"不好意思，没有跟你说一声，让你担心了。"

方童扭过头，说："谁担心你了，那么大的人了，还怕你走丢了吗？"说完拆开了塑封袋剥了一颗酥心糖放进嘴里，"好香啊！"方童惊喜地看着郭放，"这个糖好好吃，真的是甜而不腻，唇齿留香，夏淼淼和楼筱肯定很喜欢，我们再去买一点吧。"方童说完就往郭放刚刚与朋友相遇的那个方向走，郭放忙拉住她，说："方童，明天再买吧，我刚刚去买的时候已经只剩最后一袋了。"

"这样啊，那好吧，明天我们再过来买，还要给班上的孩子们带一点回去尝尝。"方童轻敲了一下李安安的头，安安嘴里一边吃糖一边高兴地说好吃，大家笑成一团。郭放帮她拿过手上的糖人，与方童一人一边牵着安安往酒店走去。

第二天一早，方童三人便继续踏上了去往C市的大巴。

第十章

大巴车在高速路上跑了两个小时，终于到了C市。出租车在繁华的大都市中穿梭，李安安好奇地看着省会的繁华，方童也托着脸张望着，大半年没有回来，C市变化挺大的。二环的高架桥已经通车了，以前每天都堵得要死的路口现在也宽敞了，曾经以为自己毕业后会顺理成章地留在这里，却没有想到当初自己的一个决定却将命运的轨道改变了。

她轻叹了口气，有些改变是为了发现更好的自己，有些改变是为了让你遇见谁，那么她是否已经遇见了该遇见的人了呢？

"怎么了？很久没有回来，是不是很想念呢？"郭放坐在副驾驶，听见了方童的叹息，转过头来问她。

"以前读书的时候最爱和寝室的室友一起到处晃悠，到处寻找各种好吃的，然后去淘一些好看的衣服，可是一毕业，大家就各奔东西了，已经很久没有见面了。"方童看着熟悉的路口，心中感慨万千，朝夕相处了四年的同学，一眨眼就各奔天涯，有些人也许一辈子也不会再见了。

李安安眨巴着眼睛望着方童，显然她还不能明白方童为什么感伤，她轻轻地拍了拍方童的肩，说："方老师，我会好好读书的，以后我也要来这里读大学，还要去你读的学校。"

"好啊，等你考上老师的母校，到时你就是老师的学妹了。"方童

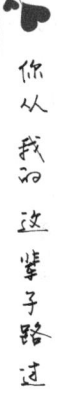

心里暖暖地摸着安安的头。

　　方童他们刚到酒店就接到了通知，让所有来参加领奖的学生统一去 C 市的重点小学参观和交流学习。方童有些不放心，市区重点小学的教学设施非常完善，是无溪河村那三层楼的小学无法比的，她怕安安到时会有极大的心理落差。郭放看出了她的担忧，对着兴奋不已的安安仔细地交代着注意安全，还想说些什么，却看见方童犹豫的眼神，他拍了拍李安安的头，让她一定要听带队老师的话，便放她去了。

　　"郭老师，你说安安这次出来，是好还是坏呢？"方童非常迷茫地看着安安远去的背影，问着郭放。

　　"其实我也不确定，我们那里什么都缺乏，吃的穿的都不说了，仅仅是教育设施这一项，和这里相比，我们就差了十万八千里，我也不确定会不会造成安安的心理落差。"郭放叹了口气，"只有等安安回来了我们好好地和她聊一聊。"

　　方童点了点头，心想：真好，有他在身边。

　　"好了，不要想那么多了，下午我们去哪儿逛逛，李安安走了，我们俩就可以自由安排了。"郭放笑着揉揉方童的头，换了高兴的语气问她。"你去过我们学校没？我们学校离这里好像也不远，要不然我带你去我们学校看看？"方童晃悠着脑袋说道。

　　"好啊，今天你就是导游了，你说去哪儿就去哪儿。"

　　"对了，我们学校附近有一家很好吃的烤鱼，我带你去试试，看看和昨天的来凤鱼比怎么样。"

　　"走，出发。"两人说说笑笑地往方童的大学方向走去。

　　今天是不是周末，学校里面人来人往，方童带着郭放参观了四层楼的图书馆，图书馆是方童读大二时新修的，外形像个大大的教堂，楼顶还有一个大钟。图书馆的自习室里坐满了人，有看杂志和小说的，有复习功课的，还有谈恋爱的。

"我没有读过大学，初中毕业后就去读了中专，毕业后又入伍了，虽然部队里有开展一些文化课，可是始终没有读书时的那种氛围。"郭放遗憾地说。

方童想了想，带着郭放到了自习室门口，低声说："嘘，我们装作还是大学生，进去看会儿书吧。"说完拉着郭放进了自习室。

方童随便拿了两本杂志和郭放坐下，对面刚好是一对小情侣，自习室人多空气闷热，男生拿着扇子给女生轻轻地扇着，女生应该在看言情小说，看得一把鼻涕一把泪的，男生一边鄙视地递着卫生纸，一边又溺爱地给她扇着扇子。

方童鼻子酸酸的，当年也有一个人这样疼爱自己，虽然很短暂，可是现在回想起来也是满心的感动，至少在那个时候，彼此都是真心付出的。

"想到什么了，怎么突然眼睛红了？"郭放靠近方童轻声地问道。

"只是想到一些年少时的事，时间过得好快，当初我们还在这里讨论未来，讨论以后的生活，一下子我们就已经进入了未来。"

"年少？你还是花季少女，怎么就想到年少了？傻丫头！"郭放笑着安慰着方童，"你还那么年轻，我已经开始老了。"

"男人三十而立，你也还年轻啊。"

"我比你大了一轮，按村里的辈分，你都要叫我叔叔了。"

"你不知道现在流行萝莉爱大叔吗？所以你还是很有市场的。"

郭放被她说得发笑，笑着问："那照你这么说，我还是很有吸引力哦。"

"那是当然，你要是拾掇拾掇自己，然后在学校溜达一圈，肯定很多人打听你。"方童捂着嘴呵呵直笑。

"安静点。"旁边一个戴眼镜的男生不满地对方童说。方童吐了吐舌头，和郭放相视一笑。

"我们走吧。"郭放小声地对方童说。方童点了点头，起身去把借阅的杂志归还到书架上，便和郭放一溜烟儿地跑了。

"那个男生肯定是个学霸！"刚刚跑出图书馆，方童突然气愤地对郭放说。

"哈哈，所以才一个人在那里看书啊，没有佳人相伴。"

"对，一点儿都不懂怜香惜玉，活该他单身。"

"方童？"突然一个声音在叫她。

"孙老师！"方童向一名中年女子跑去。

"还真是你啊！我就瞅着像你，你不应该去支教了吗，怎么会回学校？"

方童挽住了孙老师的手臂，撒娇地说道："想你了就回来了。"

"你这丫头，电话也没有给我来几个，我才不信。"孙老师溺爱地敲了一下方童。

方童嘟了嘟嘴，拉着孙老师走到郭放面前，介绍道："这个是我大学的教导主任，孙老师。"

"孙老师好。"郭放伸出来了手。孙老师慈爱地打量着他，伸出手的同时对方童说："还算有良心，带男朋友回来看我。"

"不是啦，他是我支教的那个学校的老师，他叫郭放。"方童跺了跺脚，急忙说道。

"哈哈，好好好，你说什么就是什么。"说完抬起手看了看表，"方童，我等下还有课，你要是不急着回去，就等我下课，我请你们吃晚饭。"

"孙老师，我们这次来是因为带我班的学生来参加市区作文颁奖典礼的，她下午跟大部队一起去其他学校参观学习了，等下我们还要赶过去接她。"方童很遗憾地说。

"要不然你陪陪孙老师，我回去带安安。"郭放想了想对方童说。

"可你是男士，总是不方便啊。"方童非常纠结。

"没事，还是工作重要，我们来日方长，你们哪天有空了再来看我就是了。不过得提前给我打电话，我就在家里宴请你们了。"孙老师宽慰道。

"真的？太好了，孙老师做的饭菜那可是可以和大厨师媲美的，而且不轻易下厨，我有幸吃过两次，保证让你垂涎三尺。"方童高兴得手舞足蹈。

"还是像个小孩样，怎么去为人师表啊！"孙老师疼爱地说。

"我在你面前就是小孩啊，你永远都是我最亲爱的孙老师。"方童撒娇地抱着孙老师的胳膊摇。

"好了，我要去上课了，你们自己去玩吧。"说完拍了拍方童的头，从她怀里抽出了胳膊，"记得下次来时提前给我电话。"

"孙老师再见！"郭放礼貌地跟孙老师道别。方童嘟个嘴巴依依不舍地挥手。

"不要舍不得了，下次有机会我们专门来看孙老师就是了。"郭放揉了揉方童的头安慰道。

方童叹了口气，道："孙老师对我很好，不管是学习上还是生活上，都很照顾我，所以我一直很感激她。这次一别，下次见面就不知道是什么时候了。"

"这个城市就这么大，总会相见的。方同学，下面我们去哪儿啊？"

"去操场走走吧，现在应该有很多小鲜肉在那里踢足球。"说完方童两眼放光地拉着郭放就往操场冲。

"你啊，还真是一个孩子样。"郭放跟在后面呵呵直笑。

两个人在学校晃晃悠悠地逛到了饭点，郭放给带领安安的负责人

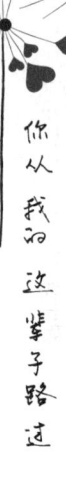

打了个电话,安安他们要吃了晚饭才回酒店,于是郭放和方童决定吃了晚饭再回酒店。

正是放学时间,烤鱼店里已经坐满了学生,他们找了一个靠墙的位置坐下,方童熟练地点了菜,不一会老板手脚麻利地上了小菜。

"你尝尝,这个是店里有名的梅花酒,是老板自己酿的,甜甜的,而且不上头。"方童举起一杯酒对郭放说,郭放端起酒杯和方童轻轻一碰,然后喝了一口,说:"嗯,这酒好香啊,入口淡淡的梅花香。"说完又喝了一口。

"是吧,我就说好喝吧。"方童高兴地也抿了一口。

"方童!"一个男生大步走到了方童旁边,大声地喊道。方童吓了一跳,被自己来不及吞下的酒给呛得直咳嗽。郭放忙抽出纸巾递给方童。

"不好意思不好意思,我没有想到你会在这里,把你给吓到了。"男生急忙帮方童拍着背,动作娴熟,方童尴尬地摆摆手,示意自己没事了。

郭放倒了一杯茶递给她,她接过后一口喝掉。"我回学校办事。"方童冷冷地回答。

"吴昊,在干吗呢?"一个女生走了过来,挽着吴昊问。转头看见了方童,神情一下子不自然,"方童?好久不见。"

"好久不见。"方童淡淡地回道。

"鱼来咯,小心烫。"老板端着还冒着小气泡的烤鱼放在了方童他们桌子上,"慢用。"

"吴昊,他们在等我们了,我们快过去吧。"女生摇了摇吴昊的手臂,然后对方童说,"还有朋友在那边等我们,我们就不多聊了,下次回来时我们再聚。你们慢慢吃。"说完扯着吴昊想离开,吴昊见方童并没有想继续聊下去的意思,讪讪地告别后跟着女友走开了。

郭放默默地给她夹着鱼，没有说话。"他是我前男友，劈腿，那个女生曾经是我大学里关系最好的朋友，他们还是我介绍认识的。"方童端起酒杯一口气喝完，郭放伸手去阻止可是晚了一步。"老板，再来一杯梅花酒。"

　　"别喝了。"

　　"没事，这个酒度数低，我喝十杯都完全没问题。"

　　"毕竟还是酒啊，喝多了伤身体。"

　　方童苦笑了一下，说："我以为他们已经分开了，可是居然还在一起，我觉得自己就是一个笑话。"

　　"你是应该庆幸，庆幸及时看清他，没有深陷进去，他不珍惜你是他的损失，你这么好的女孩，肯定会遇见更爱你的人。"郭放坚定地对她说。

　　其实方童也不知道恨吴昊什么，自己不是拿得起放不下的人，可是每次想到吴昊还是会莫名地难受和生气。当初吴昊追她时弄得几乎全校皆知，在他获得朗诵比赛冠军发表获奖感言时表白，害得方童不知所措，莫名其妙地答应了。可是他们在一起没有多久，就被自己的好友插足，还横刀夺爱地抢走了男友。

　　那一段时间方童都觉得特自卑、特憋屈，认为自己是一个笑话，也许只是他们男生之间的一个赌注。郭放看着方童盯着鱼发愣，于是轻轻地握住了她的手，说："俗话不是说，谁年轻时没有遇见过几个人渣，也许你们真的不是注定的那对，他的离开是为了让你遇见更好的人。"

　　方童扑哧地笑了出来，说："你突然这样文绉绉的好不习惯。"

　　郭放摸了摸鼻子，笑着说："这不是开导你吗，其实我也是个才子，以前读书时作文经常得高分。"

　　老板端来了梅花酒，方童举杯，说："为遇见更好的人，干杯！"

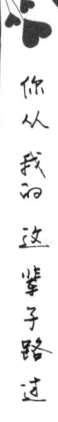

"干杯!"

酒过三巡后方童发现时间已经晚了,急忙结账离开,等他们回到酒店,李安安已经在大堂等他们了。看见他们回来了,安安急忙扑到了郭放的身上。"郭老师,你们去哪儿了?我都等你们好久了!"安安委屈地说。

"对不起啊安安,我和方老师去吃饭了,一时没有注意时间,回来晚了。等了很久了吧。"郭放歉意地说道。

"这个是给你的,这个是给方老师的。"安安从兜里拿出两条手链递给了郭放和方童,"这个是今天我跟市里的同学学的,用彩色的绳子编的,叫同心结,好看吧。"安安高兴地拉过郭放的手,把手链给他带上,然后又拉过方童的手给她戴上。

方童看着手上的同心结,感动地抱了抱安安,她明白这是安安在对她和郭放表示感谢,什么东西并不重要,这份心意她很珍惜。

"方老师,你要憋死我了。"安安挣脱方童的怀抱,不好意思地扭了扭身子。

"好啦,安安也累了一天了,我们回房间休息一下,然后跟我们聊聊今天你都做了什么有趣的事好不好?"郭放拿起安安的书包,对安安和方童做了一个请的手势,方童和安安对视一眼,高兴地牵着手上楼了。

第二天的颁奖典礼结束后,郭放去教育局开会,方童带着安安在C市逛。走到一家婚纱摄影店,安安伫立在婚纱礼服前,方童打趣地说道:"李安安,你才多大呀,就想当新娘子了?"

"方老师,这个就是电视里女主角穿的那种漂亮婚纱吧?"安安目不转睛地看着橱窗里的婚纱,"我以后也要穿这么漂亮的婚纱!"

"好啊,等你结婚时老师陪你选。"方童知道无溪河镇上是没有婚纱店的,更别说无溪河村了。

小女孩天生都有一个公主梦，而现实中只有穿上婚纱时才能实现，她知道安安的期待和对以后生活的向往，更明白无溪河村小学所有学生的梦想和希望，只是他们只能靠自己，一步一个脚印地走出那个地方。可是这种煎熬，不知道他们是否能坚持下去。方童叹了口气，拉着安安走远。

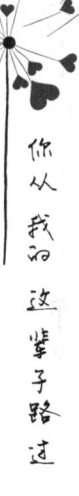

第十一章

　　下午方童和安安提前回酒店收拾东西,郭放还没有开完会,于是约定在车站集合。方童收拾完行李后,又去郭放的房间帮他打包,因为是短期出差,所以东西没有带多少。方童胡乱地把东西塞进郭放的行李袋中,可是塞不进去,于是又全部呼啦地倒了出来,一个小盒子掉到了方童的脚边。方童好奇地打开了,是一条项链。"这个是郭放买给他妈妈的?可是这个坠子好像太可爱了,不太适合上了岁数的人啊!送给他姐妹的?可是没有听说他有姐姐或妹妹啊?难道是帮别人买的?或者……"方童突然想到下个月月初就是自己的生日了,会不会是打算送给自己的呢?方童有些期待地把玩着项链,越看越觉得项链好看。

　　"方老师,好了没有啊?"方童听见安安在隔壁叫她,急忙装好项链,收拾好了行李,便带着安安去吃东西。

　　到了车站后郭放还没有到,方童便买了票和安安一起坐在大厅等他。

　　"方老师,我觉得你和郭老师好般配啊!"李安安突然冒出了一句话。

　　"啊?为什么呢?"方童奇怪地问。

　　"我觉得你们是郎才女貌啊!而且我看见郭老师看你的眼神充满了爱意。"安安得意地告诉方童。

"眼神充满爱意？你这些都是从哪儿知道的啊？"方童有些不自然地说道。

"电视上就这样演的。男主角充满深情地望着女主角。"李安安在回忆电视里所看见的内容，然后解释给方童。

"李安安，你以后少看点电视，你现在的任务是学习，还有，电视演的都是假的，都是编剧编的，演员演的，他们在演那部电视之前根本就不认识。"方童敲着安安的头教育到，"还有什么情啊爱啊，等你长大了才能真正明白。"

李安安委屈地嘟着嘴，突然看见了郭放，便扑了过去："郭老师，方老师欺负我，她敲我的头。"安安向郭放告状。

"怎么可能，方老师怎么会舍得欺负你呢？肯定是和你闹着玩的。"郭放揉了揉怀里的小人儿，李安安回过头，对方童眨了眨眼，暗示道："看吧，多维护你。"方童哭笑不得地举了举拳头。

"走吧，到点了。"郭放提过方童的包，拉起安安往大巴车走去。

颠簸了一路，傍晚时分终于到了县城，在旅店安顿好了后，郭放便带着方童和安安去吃晚饭。

"你对县城好熟悉啊，总是能找到好吃的地方。"酒足饭饱后他们在县城的街道上散步，安安把肚子吃得圆鼓鼓的，然后给他们表演大肚婆走路，引得路上的人都回头，让方童很不好意思，忙找个问题打算不理会安安。"我以前的中专是在县城读的，所以还算是比较熟悉。只是很久没有来了，许多地方也变样了，也只能识了个大概。"

"那你们学校在哪儿呢？"

"前年好像和什么学校合并了，然后就全部搬迁到 C 市了，现在学校已经拆了，被修成楼房了，"郭放指了指远处一个还能看见吊塔的地方，"就那里附近，以前读书时周围都没有什么人烟，现在建到那么远了。"

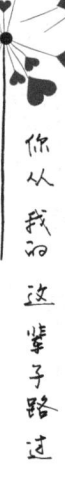

"城市始终是在发展的,因为我们也在改变和发展啊。"方童拍了拍郭放的肩,表示安慰,"对了,你读书的时候有没有什么好玩的事情呢?"

"我们那个时候和你们现在可不一样,那个时候可腼腆了,就只知道读书,所以错过了很多美好的姻缘啊!"郭放夸张地叹息着,方童忍不住摇头直笑。

聊着聊着,突然安安在前面大喊:"郭老师,你看,那天教我吹糖人的师傅。"郭放和方童一看,还真是那天教安安吹糖人的老师傅,原来不知不觉间又走到了这里。

"对了,那天的酥心糖是在前面的铺子买的吧,刚好今天买一点,带回去给夏淼淼。"方童说完上前拉着安安去寻找卖酥心糖的铺子,郭放有些犹豫地跟在后面。

卖酥心糖的铺子有一个比较古香古色的店面,门口还有一个大石锤,安安好奇地摸着石锤,抬头问:"方老师,这个是用来干什么的啊?"

"这个我也不清楚啊,我也没有见过。"方童也好奇地和安安一起研究。

"这个是做糖心的,要把糖心扢碎了,把芝麻和糖充分融合,这样糖才香而不腻。"老板是个和蔼的妇女,她看见方童和安安在门口研究便走了出来给她们讲解,顺便给她们一人塞了颗糖。

安安高兴地接过糖,突然老板对着她们身后乐呵呵地叫道:"小郭,你来了啊,快进来坐进来坐。"方童转身看着郭放,郭放淡淡地一笑:说:"张阿姨你好,我和同事在县城出差,她们想带点特产回去,我就带她们过来了。"

"好好好,你们快进来坐吧,我给你们倒点水,敏敏还没有下班回来,你们要不然留下来吃饭吧。"

"不用不用，我们一会儿还有安排，就不麻烦你了，前天我来看过敏敏了。"郭放推辞着。

安安和方童好奇地看着他们。"敏敏就是那天和郭放说话的那个扎马尾的女生吗？"方童心里想着，突然她的手机铃声响起，是一个陌生的号码。

"喂，你好？"

"方童，我是吴昊。"方童一时沉默了，她看了一眼郭放，便走远去听电话了，郭放松了口气，继续和张阿姨寒暄。

"有什么事吗？"方童淡淡地说。

"我……方童，毕业后就再也没有联系了，你还好吗？"

"我很好。"

"你还在生我的气吗？"电话那头的声音有些犹豫。

"我为什么要生你的气？"方童好笑地反问道。

"对不起，当初确实是我对不起你，不管是什么原因，我都伤害了你。"方童没有回话，她清晰地记得当她看见吴昊和她的好友亲密地出现在她面前时她的震惊和心痛。

"已经伤害了，现在悔过又有什么用！"方童苦笑着，往事历历在目，她已经愈合的伤疤突然间又被撕开，"你是想让我原谅你？然后像老友一样坐下来一起对酒当歌？"

"不是的方童，不是的，我从来没有奢求你原谅我，只是我一直欠你一句对不起，我一直欠你的。"吴昊在电话那头哽咽，挂了电话，"你欠我的不仅是一个对不起。"方童对着已经黑屏了的手机说道。

"方童，你没事吧？"郭放一手提着一个大袋子，一手牵着安安，小心地问她。

"我没事，是一个老朋友，很久没有联系了，就聊了两句。"方童

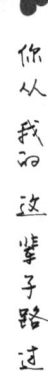

朝郭放一笑,"对了,还没有买东西呢。"说完便往刚才的店子方向走去。

郭放忙拉住她,说:"我都买好了,安安有些困了,我们回酒店吧。"方童看了看郭放手中的一大包糖,点了点头,说:"我也有些累了,那我们回酒店吧。"说完拉起安安的手一起朝前跑去。郭放轻叹了口气,急忙跟了上去。

郭放带他们从另外一条路往酒店走,路上经过一个小游乐场。说是小游乐场,其实里面只有一个小型的旋转木马和几个摇摇车。

安安从来没有坐过旋转木马,五彩的灯光把木马映得十分漂亮,她用充满羡慕的眼神眼巴巴地看着。方童想了想,掏出了硬币,道:"李安安同学,陪老师坐一下旋转木马可以吗?"

安安惊喜地点点头,方童把硬币给了老板,郭放把安安抱上了木马,说:"安安,老板说老师是大人了,这个木马太小了,怕断,所以只能你自己坐了,你怕吗?"安安有些失望,可是下一秒还是被兴奋所淹没,开心地说:"不怕,那你们要等我哦。"

"嗯,我们在旁边等你。"

旋转木马慢慢地启动了,郭放朝安安挥挥手。一圈之后,安安意犹未尽,很不舍地看着木马。"安安,等你下次比赛得奖,我们就带你去市里的游乐园怎么样?"

"真的?"安安充满期待地问。

"肯定啊,那里面有超级大的旋转木马哦,那个木马老师也可以坐的。"方童看着安安高兴的样子,自己也忍不住开心。

"耶!方老师万岁!"安安手舞足蹈地围着方童和郭放叫着。

"小孩子就是容易满足,一个游乐园都可以让她高兴许久,可是人越大却越不容易满足,大家都好像忘了初心,所以也不快乐了。"方童心里有些落寞,自己像安安这样开心是多久之前的事了呢?

"走吧,我们回去休息了,明天还要继续坐车。"郭放牵起安安,对方童说。

"嗯,走吧。"方童牵上安安递给她的右手,一起往酒店走去。

刚到酒店楼下,方童的电话响了,又是一个陌生的号码,她看了一眼郭放,郭放拿过她们房间的房卡,示意自己先带安安上楼。方童感激地笑了笑,接通了电话:"你好。"

"方童,我是容容。"今天真是奇了怪了,不想遇见的遇见了,不想联系的怎么都给她联系上了。她调整了一下心态,说:"你好容容,有什么事吗?"

"你还是不肯原谅吴昊吗?"

"为什么要我原谅他?"方童突然有些生气,两个伤害她那么深的人,居然大张旗鼓地要她原谅。

"方童,其实,吴昊一直爱的是你。"电话那头容容的声音非常落寞。

"你们都闲得没事干吗?还是觉得无聊了,拿我来消遣?"方童是真的生气了,"王容容,吴昊爱谁不爱谁和我没有关系,你要是没事找事的话,我可不奉陪。"说完便挂了电话。

还没有两秒,电话又响了,方童没好气地接通,道:"你还有什么事?"

"方童,你先别挂电话,听我说完好吗?"容容在电话那头低声乞求道。方童没有说话,容容叹了口气。

"我和吴昊在毕业前就分开了,其实,一直都是我对不起你。"容容调整了一下语气,继续说道,"方童,你觉得我和吴昊真的是通过你才认识的?"容容反问到,"其实我和吴昊高中时就认识了。"

"你之前是有说你们是一个地方的。"

"当时我和他约定了,不谈彼此的过去。知道是为什么吗?因为我们都有着不堪的过去。"容容苦笑道，"你想听吗?"方童深吸了一口气，说："我在听。"

"你知道为什么我那么喜欢你，那么想和你做朋友吗？因为你是那么的美好，从小被父母呵护；你那么善良，被周围的人关心，总是那么乐观。我经常在想，如果我有一个美好的童年，有爱护我的父母，那么我是不是也和你一样能，这么天真无邪地生活着。"

"容容。"方童轻轻地叫了一声。

"我很好，这么多年，我已经可以接受了。我接着说。"容容清了清喉咙，"我初中那年父母离异，母亲带着我改嫁，继父是个好人，至少在清醒的时候对我很好，可是一喝酒，就会对我和母亲拳打脚踢，母亲是个懦弱的女人，她没有本事，没有办法养活她自己和我，所以我们苟且偷生地活着。我经常被打得浑身是伤地去上学，老师只能唏嘘不已。终于有一天，他喝醉了和别人打架，把碎酒瓶插入了别人的身体，对方脾裂身亡。从此，我便成了杀人犯的女儿，同学们都对我敬而远之。很可笑吧？这么荒唐的剧情居然真的发生在现实生活中！我一直卑微地活着，直到我遇到了吴昊，一个与我同病相怜的人。他应该从来没有告诉过你他的家庭吧。"

"他只说过他是单亲家庭。"方童轻轻地回答。

"哈哈，单亲家庭。是单亲家庭，因为他没有父亲，不对，是他根本不知道他的父亲是谁，因为连他母亲也不知道他的父亲是谁。她母亲被人强暴了，是被一群人，所以她母亲也不知道她父亲是谁。"

方童心脏剧烈跳动着，她从来没有想过吴昊的身世居然会这么戏剧化。"很吃惊吧？她母亲发现怀孕后居然被家人和朋友歧视，于是，自己一个人远离家乡来到了我们这里，一个没有文化没有本事的女人可以做什么，她要养活她自己和她的孩子，于是做起了皮肉生意。"

"啊！"方童忍不住大叫一声，忙捂住嘴。

"呵，所以，这个就是吴昊不会告诉你的原因，他那么爱你的，怎么能让你知道他有一个那么不堪的母亲。"容容冷笑一声。

"我只是……"方童发现自己的头脑有些混乱，今天接收的事情太多了，事情也太戏剧化了，一时间无法消化。

"只是吃惊是吧？"容容叹了口气，"其实，以你的性格，吴昊如果诚实地告诉你，你应该也会接受的。可是他太爱你了，他怕失去你，所以他不敢冒这个险。一个杀人犯的女儿，一个妓女的儿子，这种相遇你知道会产生什么化学反应吗？我们相见恨晚。高中的三年我们只有彼此，为了离开那里，我们发疯了一样地学习，互相鼓励，寂寞时也只能靠彼此的身体去取暖。"容容自嘲地笑了声，"他是我第一个男人，也是陪伴我走过最艰辛三年的人，我怎么可能不爱他？怎么可能放弃他？高考之后填志愿，我们说好了他去南方，我去北方，可是我偷看了他的志愿，悄悄地改了自己的。你知道开学那天他看见我时有多吃惊吗？你知道他在认识了你之后，要我发誓永远不说出我们的从前吗？"

"对不起，我不知道你那么爱他。"方童突然感到有些内疚，她从来没有想过因为谁而去改变自己，可是容容和吴昊，经历过怎么样的事，才能如此坚强。

"你没有错，你那么美好，知道你们在一起后，我居然没有办法恨你。那天我过生日，我约了吴昊陪我吃饭，答应他这是最后一次，以后我再也不会去骚扰他了，他答应了。那晚我们喝了很多酒，其实是我灌了他很多酒，然后我们去开了房。第二天他醒了，非常懊悔，他觉得对不起你，他一直蹲在角落里哭，你知道吗？以前别人指着他的背脊说他是妓女的儿子，他都不颤抖一下，他却会为了你掉泪。我嫉妒了，我非常嫉妒，我发疯般地嫉妒。"容容说到这里已经泣不成声了，方童不知道该怎么安慰她，突然觉得自己以前的委屈和她比起来，好像都是小题大做。

"一个月后我告诉他，我怀孕了，他彻底崩溃了。但是他是男人，一个有原则又有担当的男人，我告诉他如果他不要我，我就从楼顶跳下去。到那时，我们的一切，还有他的一切，你都会知道。他怕了，他怕你知道他的过去，更怕你看不起他。我告诉他我会拿掉这个孩子，但是这一个月他必须照顾我。他以为他偷偷摸摸地瞒住你，就能守住你们的那段感情，他太天真了。那天你看见我们在一起，是我故意的，我知道你会去图书馆，于是我约了他出来，告诉他我大出血，所以我可以轻而易举地抱着他。方童，对不起，我曾经那么伤害你。"

"容容……"方童轻轻唤着。

"方童，其实我没有怀孕，一直以来都是我骗吴昊的。你离开他之后，他开始萎靡不振，成天喝酒，我不忍心，便将实情告诉了他。可是他突然发现自己其实什么都不能给你，所以实习时他就去了其他城市。他希望能创出一番事业，给你衣食无忧的生活。他这次回来是因为他的导师结婚，他也没有想到会遇到你，更没有想到你已经有人守护了。"

方童从来没有想到吴昊会对她用情至深，更没有想到他们还有一段那么曲折的故事。她轻声说："容容，你没有错，年少时的爱情总是比较脆弱，其实当初也是我选择不相信他，他也没有错，至少做了一个有担当的人。许多事情过去了就再也回不来了，谢谢你今天的电话，我心中的结也终于打开了。容容，我不怪你，也更不恨吴昊，我也从不后悔遇见他，至少年少青春时他给我带来了很多欢乐。"方童终于解开了心中的结，当年没有解释的一切现在也终于水落石出，她深吸了一口气，那个曾经放不开的执念也终于烟消云散了。"容容，我希望我们都好好的，你能找到你的幸福，吴昊也能遇见对的人，我原谅你们了。"

"方童，吴昊还是爱你的。"容容急忙说。

"容容，有些人有些事错过了就是错过了，我们都回不去了。我已放下，你让他也放下吧。"说完，方童挂了电话，握着发烫了的电话，眼泪直下。

那么久的执着，也终于在得到解释后解脱。"方童，你怎么了？"郭放出现在方童面前，蹲下身轻轻问道。

方童一边流泪一边笑着摇头，郭放轻轻将她拥入怀中，说："想哭就哭吧！"方童终于放声大哭，当初知道吴昊背叛，她咬着嘴唇不让自己流泪，忍了这么多年的泪水，终于在这刻流淌出来，那些委屈，那些误解，还有吴昊和容容的故事，她终于放下了。这几年也不是没有人追他，条件好的也不乏，但她总是会想起吴昊，一想到他和容容的拥抱，心就会疼痛，她确实害怕，害怕再受到伤害，于是拒绝了所有人，就连之前对郭放，也只是动心而已。她感谢这次的相遇，感谢容容的电话，更感谢郭放的陪伴。

终于哭累了，方童起身用手抹着脸上的泪，郭放小心地递过纸巾，她歉意地接过，然后看着郭放肩上的泪渍，不好意思地笑了。

"哭够了没有啊？傻丫头，我这边肩膀还是干的，要不要继续？"郭放将另外一只肩膀伸了出去，方童好笑地敲了一下，说："不哭了，不哭了，哭够了。"

"哭够了啊，那就跟我去一个地方。"说完拉起方童往外走。

"等下，安安怎么办？"方童看见郭放是一个人，忙问道。"放心，安安已经睡了，我给她留了字条，写了我们的电话，如果她突然醒了，让她找服务员或者前台给我们来个电话。"郭放揉了揉方童的头，让她不用担心。

走了很久，他们来到了一个小山坡，小山坡上有个塔楼，郭放牵着方童小心地往上爬。

"哇！好漂亮，满天的繁星！"方童走到塔顶伸出双手往上摸，好像要去摘下一颗星星一样。

　　"这边更美丽。"郭放神秘地说。方童好奇地跟着郭放绕到塔顶的后方，是一块平台，郭放从裤包里抽出两张报纸，然后铺在地上，做了一个请的动作，方童笑嘻嘻地一屁股坐了下去。

　　"你要是这样坐着看，脖子会酸的。"郭放说完便躺下了，方童学着他的样子也躺下。"好美的星空啊！"方童由衷地感叹道。

　　"以前读书时无意中发现这个地方，便把它当成了我的秘密基地。每次有不愉快或者遇到难以解决的问题时，我就来这里看看满天的繁星，想着自己是宇宙中如此渺小的一个，老天也不会太为难我，总是会好起来的。"郭放侧过头，看着方童的侧面说道，"所以，一切都会好起来的。"

　　方童满心都被这大自然的神奇和宇宙的雄伟所震撼，她呆呆地点了点头，心中那些沉淀了的心事也随着这浩瀚的星空而消逝。"郭放，谢谢你。"方童伸出手，握住了郭放的手。

　　大概是哭累了，方童昏昏沉沉地睡着了，郭放将她背起，慢悠悠地往酒店走。迷迷糊糊中，方童好像听见郭放在说对不起，奇怪，他大半夜的跟谁说对不起呢？

　　回到学校，老校长在星期一的升旗仪式上表扬了李安安，还让她在国旗下朗读获奖的作文。老校长还特地表扬了方童，赞扬她的教育方法和为人师表的优秀。方童有些不好意思，安安站在台上朝她吐了吐舌头。她有些明白那些呕心沥血把一生都奉献在讲台上的人，为什么执着于此，原来给予比接受来得更让人舒心。

第十二章

寒冬毫无预兆地就来临了,夏淼淼裹上了厚厚的羽绒服,坐在办公室直跺脚:"冷死了冷死了,现在还不是寒冬腊月都已经这么冷了,要是再过一段时间,还不得把我冻死啊。"

方童将接了热水的杯子递给她,道:"好了,别跺脚了,楼下还有学生呢。你要是冷,明天带个小毯子来,坐在办公室的时候就盖在腿上。"

夏淼淼哭丧着脸,看见校长进来了,赶紧说:"校长校长,没有空调就算了,可以申请买取暖器不,你看这天这么冷。"

老校长笑呵呵地说:"夏淼淼老师,不是学校不答应,而是学校的电线无法承受取暖器的电压,以前是买过的,可是一插上电源就跳闸,我们也无能为力啊。"

"啊!怎么会这样?"夏淼淼失望地回到位置上。

"对了校长,我今天看有许多孩子怎么还穿着单衣?他们不冷吗?"方童走到校长面前问道。

"唉!不是不冷,是他们没有厚衣服,现在还不是严冬,可以再熬一下,等再冷一点,他们才会穿上最厚的衣服。"老校长叹着气摇着头,"学校的资金不足,也没有办法给他们采购厚衣服,以前曾经有个什么爱心公益的活动,捐了一批羽绒服给学生,大家还是轮流穿。"老校长越说越心酸。

"校长，别难过了，今年我们来想办法吧。"方童安慰道。

"你们几个才毕业的小女孩，工资也没有，想什么办法啊。"校长无奈地摆摆手。

"校长，现在网络很发达的，我们可以联系一些公益机构，看能不能争取让他们提供一批过冬的衣物。"

楼筱刚从门口进来，听见了他们的谈话，说："而且我们还可以在网上进行募捐，把学生的实际情况发到网上，希望大家都来帮忙，有钱的出钱，有衣服的出衣服。"

"对啊对啊，我们还可以联系一些企业，让他们捐献一些衣物，这样也算是帮他们宣传啊。"夏淼淼也赶忙出谋划策。

"好好好，这件事情就交给你们去办了，能办成，那自然是最好的，如果不成，也别灰心，我就先替孩子们谢谢你们了。"老校长激动地拉着方童她们说道。

方童她们说干就干，谁负责拍照、谁负责文字、谁负责网络对接都安排得有条不紊，可是由于学校没有网络，她们只能通过手机在微博或者贴吧上发一些资料和倡议。但是由于她们人微言轻，所以放出去的消息根本没有人理会。眼看着寒冬越来越近了，同学们的冬衣还是没有着落，方童她们都着急得不得了。

突然楼筱跟校长请假，说要回去找几个以前读大学的同学，说不定他们可以帮忙。

一个星期后楼筱被林杰送了回来，虚脱了一样到了宿舍后就睡着了，林杰拜托了方童和夏淼淼对楼筱多多照顾一下便走了。

第二天刚好是周六，夏淼淼有睡懒觉的习惯，等她起床洗漱完毕准备吃饭了，发现楼筱还在床上睡着。方童急忙拉住夏淼淼，让她去准备碗筷，自己轻轻地拍了拍楼筱："筱筱，已经中午了，你饿了吗？要起来吃饭吗，还是你不舒服？"

楼筱伸出手摆了摆，鼻子嗡嗡地回答道："我没事，不饿，就是困，你们吃你们的，我饿了自己会起来吃的。"

"那好吧，我给你留一份出来，你饿了就起来热了吃。"方童帮她披了披被子，然后走了。

午饭后楼筱还是没有起床，方童让夏淼淼不要打扰楼筱休息，便拉着淼淼去了学校。刚到办公室门口，便看见办公室门大开着。

"不会有小偷吧。"夏淼淼将方童拉到身后，小心地说道。

"偷你个大头鬼，办公室有什么可以偷的，肯定是哪个老师来加班。"方童说完笑着敲了一下淼淼，然后径直向办公室走去。

"郭老师，是你啊！"夏淼淼推开方童，冲了进去，结果看见郭放在办公室中间站着。

"淼淼，方童，你们怎么来了？"郭放吃惊地问她们。

夏淼淼委屈地说道："楼筱回来了，但是不知道怎么了，她不舒服，方童为了不让我打扰她睡觉，就把我拉到办公室来了。冷死了。"说完配合着一个夸张地跺脚，"咦，这个盆子是什么？"淼淼突然发现郭放脚旁放着一个黑乎乎的盆子。

"我就是拿这个过来的，你们不是嚷着冷嘛，这个是炭火盆，到时把炭放进去，屋子里都暖和了。"郭放说完继续鼓捣着火盆，他打算在火盆上架一个铁架子，这样可以把水壶放上面，温着热水。"这样喝热水也方便，可以捧着杯子暖着手，免得生冻疮。"郭放边鼓捣边跟夏淼淼说。

"呀，太好了，你看我们方童的手都开始生冻疮了，这种好东西你应该早点拿出来。"夏淼淼坐在椅子上，把椅子晃得很响，高兴地说道。郭放心疼地望向方童，方童有些不好意思地搓着手。

"我那里有治冻疮的药，效果还不错，我晚上拿给你。"

"啊！不用专门跑一趟的，星期一上课时给我就可以了。"

"反正我也没有什么事，一来一回也不麻烦。"

"那你过来吃晚饭吧，我等下回去煲个汤。"

夏淼淼突然跳了起来，跑到了郭放身边，说："郭老师，你就来吧，你知道方童已经很久没有煲汤了，我都馋死了。"夏淼淼可怜巴巴地望着郭放。

郭放呵呵一笑，看着方童："那就麻烦你了，我下午早点过去给你打下手。"

三个人在办公室里嘻嘻哈哈地说了半天的话，等郭放把铁架子搭好后，大家就纷纷回去准备晚餐。

回到宿舍，楼筱已经起身了，坐在床上发呆，厨房的饭菜一口也没有动。

"筱筱，怎么了？不舒服吗？怎么不吃饭呢？"方童关心地问道。

"我没事，真不饿，就是乏得很，休息两天应该就好了。"楼筱揉了揉太阳穴，闭着眼回答道。

夏淼淼扑通一下爬在楼筱的床上，说："筱筱姑娘，是不是谁欺负你了？我去帮你教训他！"夏淼淼比画了两下。

"别闹！"方童打了淼淼一下，"要不要去看看医生？"方童伸手摸了一下楼筱的额头，"还好，不烫，没有发烧。"

"方童，你去忙吧，我在这里照顾楼筱呢！"夏淼淼从床上爬了起来，把方童推进了厨房，转身准备回到楼筱的床上，"哎！"方童一把抓住淼淼，拖进厨房，"你别问东问西的，陪着她就好。"方童郑重交代着。

"好的！"淼淼回敬了一个礼，便出去了。

郭放来时，楼筱正在洗漱，已经是寒冬了，她还直接用冷水洗脸，夏淼淼在旁边看得直吸溜。晚饭时，楼筱勉强喝了两碗汤，然后从兜里拿出一张纸，递给郭放，轻声说："郭老师，学生衣服的事解决了，这个是一个服装厂负责人的联系方式，你明天可以直接联系他，然后就可以具体谈谈服装捐赠的事了。"

"哇！你好厉害，回去几天就搞定这个事了。"夏淼淼在旁边鼓掌道。

楼筱苦笑了一下，说："这个冬天孩子们应该不会冷了。"说完便进宿舍了。

郭放、方童他们面面相觑。"她是不是失恋了啊？"夏淼淼放低了声音问方童。

"我也不知道，也不敢问。"方童摇了摇头。

"我看楼筱肯定遇到什么伤心的事了，等她自己消化一下，过两天你们再问吧。"郭放吃完了，开始收拾碗筷。

第二天郭放联系了楼筱纸条上写着的电话，那边是一个C市著名服装制造厂，他们愿意提供给孩子们过冬的羽绒服，每人两套，而且夏天还提供两套运动服。郭放喜出望外，约定第二天就去服装厂了解情况并带领相关负责人来学校考察。事情进行得很顺利，负责人来学校考察后很满意，回去后一个星期就准备好了捐赠的羽绒服，并带领大批记者来到学校，隆重地举行了捐赠仪式。虽然衣服背面是服装厂大大的标识牌，但是丝毫不减少同学们收到衣服的喜悦。

老刘校长为了庆祝此次捐赠活动的顺利进行，也为了感谢楼筱的帮忙，特意在无溪河村大饭店订了一桌饭菜，还邀请了村支书和村主任。楼筱这几天一直不愿意与人过多交流，可是又不好驳老校长的热情，只好勉强答应。

"筱筱，要是你真的不想去，我就跟校长说你不舒服吧。"方童轻轻地问楼筱。

"我没事，"楼筱淡淡一笑，"再说老校长那么热情，我怎么好拒绝。"楼筱说完拉着方童他们一起去赴宴。

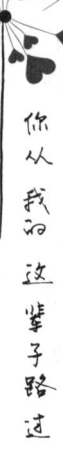

晚饭时，不知道楼筱哪条筋不对，一个劲地喝酒，不仅喝自己的，还抢方童和夏淼淼的。

"筱筱，你要是这样喝下去，明天监考怎么办呢？"方童抢过楼筱手中的酒杯说。

楼筱靠在方童肩膀上，轻声细语地说："方童，你就让我喝吧，心里太多事了，我现在又没法说，难受得要死，我已经几天没有睡好了，你就让我敞开喝，让我睡一觉吧。"方童吃惊地转过头，看见楼筱正用手抹去眼角的泪。

"筱筱，你到底遇到了什么？上一次林杰送你回来我就觉得不对劲了，这次回来就更不对劲了。"方童关心地问。

"方童，你现在别问我，我头脑一片混乱，不知道要从何说起，我现在就想睡一觉，好好地睡一觉。"楼筱说完起身拿过方童手中的杯子，一饮而尽。

方童叹了口气，也不再去阻拦，只是劝她慢点喝。喝了吐，吐后又喝，然后又接着吐，终于在楼筱完全没有力气的时候，她才放下手中的杯子。校长和村主任他们早已经回去，只剩下郭放陪着她们。

千辛万苦地把不省人事的楼筱给弄回宿舍已经是半夜了。夏淼淼揉着已经酸麻的肩膀问方童："楼筱这么难受，肯定是遇到了特别难过的事，我们要怎么帮她呢？"

方童一边脱楼筱的鞋子一边思考着："我也不知道，她说她现在没有办法告诉我们是什么事，所以我们只能陪伴她，希望她能尽快好起来。"

"唉！看样子，我们都是有故事的人。"夏淼淼莫名其妙地感叹道。

方童奇怪地看着她："你又怎么了？"夏淼淼窸窸窣窣地爬上床。

"我的事，以后再告诉你们吧，今晚我也喝多了，你快睡吧。"方童看着床上奇怪的两个人，摇了摇头。

一大早，方童摇醒了楼筱，楼筱揉了揉眼睛，坐了起来。"筱筱，今天是期末考试，我们要去监考，你快起来了。"说完就准备帮她套衣服。

"方童，我好难受，头好疼，去不了。"楼筱痛苦地揉着太阳穴。

"那怎么办呢？都已经分配好班级了，你不去的话谁来守呢？坚持不了吗？"方童一边担忧学生的考试，一边担忧楼筱的身体。

"真的不行，难受得要死，还想吐。"楼筱摆摆手，方童看她脸色苍白，看样子确实没法去监考了。她扶楼筱睡下，忙给郭放打了个电话。

郭放思考了一会儿，方童小心翼翼地问："郭放，楼筱也不是故意，你也不是不知道她昨天的情况，现在她确实难受，起不来，监考那边怎么办呢？要不然我给校长打个电话说一下？"

"你先别着急，楼筱现在情况还好吧？要不要去医院？"郭放放缓语气，安慰着方童。

"头疼得厉害，吐了两次，刚刚喂她葡萄糖了，现在应该睡着了。"方童心疼地说。

"监考的事我来想办法，你和森森收拾一下快去学校吧。"郭放说完就挂了电话。

方童叹了口气，拉着夏森森急忙往学校赶去。方童在忐忑中终于把第一门科目给监考完了，急忙往办公室走去。郭放没在办公室，方童有些心急。她想了想，打算去原本安排楼筱监考的教室去看看。还没有走到门口，就听见夏森森夸张的笑声。

"森森！"方童冲了出去，想拉森森一起去看看，却看见森森和郭放一路，"郭老师，你终于回来了，怎么样了？"

"方童，有郭老师在，你就不要操心了。这个，我给你介绍，这

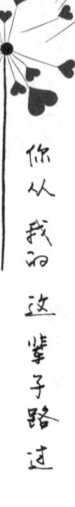

个是郭沐，郭老师的弟弟，"夏淼淼指了指郭放旁边站着的男子，方童刚刚一时心急，没有注意旁边站了个人。"这个是方童，方老师。"夏淼淼指了指方童对着郭沐说。

郭沐咧嘴一笑，伸出手："方老师你好，早就听过你的大名了，终于见到真人了。"方童愣了愣，木讷地伸出手，说："你好。"然后询问地看向郭放。

"好了，都别站在门口，我们进去说。"郭放说完大步走进了办公室，其他人也忙跟着进去。

"这么说，你是被抓壮丁一样抓来的喽？"方童在听完郭放的解释后，看着郭沐问道。原来郭沐被郭放的母亲安排从镇上买了些东西带到村上，就顺便在这里住几天，因为楼筱突发情况，所以被郭放抓来帮忙顶替当监考老师。

"真的是谢谢你了。"方童突然很严肃地对郭沐说。郭沐不好意思地挠挠头，笑道："嘿嘿，你别那么客气，以前我也被郭放抓来干过这事的。"

"反正这小子在家没事，就过来帮帮忙。"郭放给他倒了一杯热水，郭沐接过后凑到方童身边，说："我早就听我哥念叨你，说新来了三个美女老师，所以就来认识认识。"方童脸一红，没有开腔。

夏淼淼跑过去推开郭沐，说："郭沐同志，庄重点，不准调戏我们方童老师。"办公室里笑声一片。

中午大家在外面吃过午饭后，方童打包了一些饭菜和夏淼淼一起回宿舍看楼筱。大概酒劲已经过了，楼筱头没有那么疼了，勉强吃了两口饭，方童又给她喝了一支葡萄糖。下午还是让楼筱继续在宿舍休息，反正郭沐也轻车熟路，就由他代替了。

第十三章

　　考试终于结束了，紧接着就是批改试卷，由于郭沐不是老师，所以这个事他也没有办法帮忙了，还好楼筱已经恢复了。学校的学生不多，试卷一天就批改完了，可是办公室只有一台电脑，方童想了想，便承担起录入学生考试成绩的任务。

　　这几天郭沐有事没事地就跑到学校找方童她们聊天，郭沐和方童她们是一批毕业的，他学的是计算机，刚在 C 市找了一个开发游戏软件的工作，可是他的老爸，也就是郭放的二叔把腿给摔断了，于是只好辞了工作回来帮他父亲料理生意。

　　大概因为岁数相仿，所以郭沐和夏淼淼很快就玩到一块了。傍晚，郭沐和夏淼淼来学校找还在加班的方童，方童录入一整天了，那些数字看得眼睛都花了，可是还要打起精神核对，因为成绩最后还要反馈给县教育局。郭沐和夏淼淼刚刚打开办公室的门，突然电脑就黑了，办公室的灯也跟着黑了。方童欲哭无泪地盯着黑了屏的电脑，麻木地摇了下鼠标，电脑还是没有反应，回过头看着刚进来的人。

　　"不是我！我们刚刚才进来！"郭沐举起双手忙解释到，"可能是停电了，或者学校跳闸了，我下楼去看看。"说完便转身飞奔下楼。

　　"怎么办！我好像还没有保存！"方童揉着太阳穴，痛苦地说。夏淼淼忙走过来扶着她的肩安慰道，"不要着急，一般电脑都有自动保存的功能，说不定断电的时候就自动保存了。"

"你觉得这么老的一台电脑会有自动保存的功能?"方童回过头,无奈地看着夏淼淼。

"呃,也许别人老是老,但是里面还是挺精密的呢?"夏淼淼心虚地说。

"天啊!"方童长叹了一口气。

"是停电了,这边天远地远的,一到冬天就电力不足,总是停电。"郭沐回来了,站在门口喘着气说道,"你也别太着急,我带了笔记本过来的,等一下我拿给你,先从后往前的录入,等来电了,看看电脑里保存了多少,然后两个合起来就可以了。"

"对哦,"夏淼淼一拍手,"你真的是太聪明了。"

方童听了郭沐的方法,也松了口气,问:"那现在怎么办呢?是不是到处都停电了?"

"估计村里都停电了,我们先回宿舍去把楼筱找到,然后,我带你们去吃好吃的。"郭沐神秘地说道。

"一片漆黑,哪儿去吃好吃的啊?"方童好奇地问。

郭沐走了过来,拉起还坐在凳子上沮丧的方童,说:"走吧,保证不让你们失望。"说完推了一下夏淼淼,大家一起往宿舍走去。

接到了楼筱,一行人往河边走去。"对了郭沐,郭老师呢?"方童想问很久了,可是一直不敢开口,还好夏淼淼问了。

"他去县里办事了,今天估计不会回来了。"郭沐不知道从哪儿变出了一个大口袋,夏淼淼几次想抢过口袋看看里面的东西都没有得逞。郭沐为了防止夏淼淼突然袭击,跑到方童旁边,让楼筱去帮忙"牵制"夏淼淼,楼筱好笑地拍了拍淼淼,打趣道:"这么黑灯瞎火的,你也不怕摔着,万一摔伤了你那貌美如花的容颜可怎么办?"夏淼淼一听,立马规矩了。郭沐和方童在后面偷偷地笑。

"你来过无溪河吧?"郭沐转头看着方童。

"嗯，夏天的时候郭老师带我们来游泳过。"

"嘿，这小子跑来游泳都不叫我，真不够意思。"郭沐装作气愤地说，然后又转头笑咧咧的，"小时候，他最爱带我来这里游泳了，不过后来我们都搬到镇上去了，就很少回来了。"

方童点点头算是回应了。

"不过我真的佩服他，好不容易走出去了，为了一个坚持，居然又回来了，而且……"郭沐没有说下去。

"而且什么？"方童扭过头看着他。

"嘿嘿，"郭沐顿了顿，"而且他还真的做到了。"

方童还想说什么，突然听见夏淼淼在前面大叫道："到河边了，你们快点。"

"走吧，我们的篝火晚会要开始了。"郭沐调皮地眨了眨眼。

河边搭了一张小桌子，桌子旁放了一个架子，夏淼淼和楼筱已经在桌子前鼓捣什么了，方童走进后发现原来是一个烧烤架。"刚好今天停电，省了蜡烛，我们直接用火。"郭沐开始在架子旁生火。

"方小姐，快来帮忙啦。"夏淼淼一边切土豆一边冲方童喊。

"你早就知道？"方童从菜堆里拿出藕，开始切。

"对啊，今天郭沐给我打电话，问我们今天怎么安排，我说你加班，我要去给你做吃的，然后他就想到了自己弄烧烤，于是我们就去准备了。"夏淼淼自豪地说。

夜幕降临，郭沐在旁边又生起了一堆火，几个人说说笑笑，楼筱也分外轻松。夏淼淼在火堆旁和郭沐聊着有趣的事。方童走到了正在烤东西的楼筱旁，轻轻地搂住了她的肩膀，说："筱筱，我的经历虽然没有你那么深刻，但是我也遇到过，时间是愈合伤口的良药，当然，还有一种就是遇见另外一个人。"楼筱转过头看着方童，方童继续说，"你那么美丽，那么优秀，所以，赶快让自己好起来，去迎接

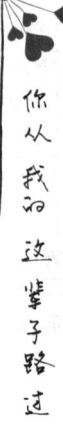

另外一种生活。"

楼筱点了点头,说:"谢谢你方童。"

"谢什么谢,只要你能快乐,我们就快乐了。"

"东西好了没啊,我都吃完了。"夏淼淼的声音突然出现在她们身后。

"夏淼淼,你吓死我了。"方童转身就去打她,夏淼淼敏捷地跳到楼筱旁边。

"方童、楼筱,你们休息一下吧,我来烤。"郭沐接过楼筱手上的东西,然后挤开了方童。

"走吧走吧,去火边坐吧,站在这里冷死了。"夏淼淼说完就拉着楼筱和方童往火边走。

刚刚坐下,夏淼淼就把头伸到方童和楼筱面前,神神秘秘地说:"喂,方童,我觉得郭沐好像对你有意思,刚刚一直在打听你的事。"

方童脸一红,故意生气地说:"说什么呢,别人说不定就随口一问,到你那里就变质了。"

"那可不是随口一问啊,是各种问题,各种八卦。"

"夏淼淼!"

楼筱笑了笑,说: "其实我也有点觉得,他今天是专门冲你来的。"

"筱筱,连你也拿我开涮。"方童嘟着嘴看着楼筱。

夏淼淼抢着说:"这是好事,说明你很有魅力。"

方童正想回嘴,郭沐端着一大盘食物过来了,她瞪了一眼夏淼淼然后就去接食物了。

吃完东西,收拾完后,夜已深了,郭沐把她们送到宿舍门口后对方童说:"看样子今晚不会来电了,我回家去拿电脑给你。"说完就离开了。

三个人将就着用热水瓶里剩的热水简单洗漱了，就上床窝着了。

"方童，我觉得郭沐这个人还不错。"夏淼淼在被窝里窸窸窣窣地说。

"夏淼淼，你们班的成绩录入可是我在做。"方童淡淡地威胁。

"嘿嘿，方童老师最好了，我刚刚说的梦话，我继续睡了。"说完夏淼淼赶忙转身。

突然敲门声响起，方童忙打开电筒，起床去开门。

门口郭沐被冻得直哆嗦，递过一个包，一边交代："这个电池应该可以坚持两个小时，你记得从后往前录。"方童有些感动地说："要不然你进来坐一下？"

郭沐咧嘴一笑："嘿嘿，不了，黑漆漆的，连喝水都不方便，我也回去了。"说完便挥挥手转身走了。

夏淼淼和楼筱都把她们的手机和电筒贡献给方童，制造了一片明亮区域。

第二天一早方童就赶去学校，幸好电脑还是自动保存了一部分，加上晚上录的，也全部完成了。

上午开了班会后就是家长会了，方童紧张地站在讲台上，看着家长们陆续进来。来的大部分家长都是爷爷奶奶，很多孩子都是留守儿童，父母都外出打工了，要等过年那几天才回来。

方童站在台上也不知道说什么，看着那些老人们殷切的眼光，很多重话也不忍出口。她交代了假期的注意事项，表扬了大家这次考试进步很大，也希望父母回来时多和孩子交流，成绩固然重要，但是也不能代表一切。学生们紧张地站在门口等待散会的家长，看见家长出来都是面带微笑，也都松了口气，高兴地和方童挥手告别。

"家长会还顺利吧？没有家长为难你吧？"郭放的声音突然出现在身后，方童回过头，对他微微一笑，说："来的都是爷爷奶奶这种老

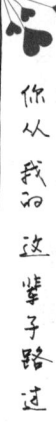

人家,他们那么疼孙子孙女的,而且他们也不懂应该怎么去理解和沟通关于成绩的事,所以我也没有多说什么。"

"这里很多都是留守儿童,其实如果不是这里还有所学校,估计他们很多人都被父母带去一起打工了。"郭放叹了口气。

"老师好,老师好。"有人扯了扯方童的衣服,方童忙回过头,是一个老奶奶,背上背了一个背篓,右手还牵着一个小孩。"奶奶您好,有什么事吗?"方童扶住她。

老奶奶开心地笑着:"老师你好,我是李安安的奶奶,她经常跟我说你对她很好,上次她写的那个什么东西得了奖,还是你帮她修改的,又带她去领奖。"老奶奶也记不清自己的孙女是什么得奖了,只记得是件高兴的事,然后忙把背上的背篓取下,从里面拿出了一个大麻袋,递给了方童,"老师,这个是我们自己家里种的花生,可香了。安安的妈妈走得早,她爸爸又在外面打工,我一个老太婆也不会教她,还得麻烦老师帮忙多照顾她一下了。"老人说得很诚恳,方童鼻子有点酸,看着老人苍老的手背,心中很是不忍,说:"老人家,我是老师,照顾安安是我分内的事,这些花生您就留着卖吧。"

"家里还有很多,这些是我专门挑出来的,很好吃的。"老人又将背篓背上,牵起旁边的小孩,"这个是安安的妹妹,安安很懂事,每次我下地的时候安安就边学习边照顾妹妹。"老人说起安安就满目笑意,对这个孙女很是自豪。

方童拿着沉甸甸的一袋花生,很是感动,她想了想,说:"老人家,你等我一下。"她转身把花生往郭放怀里一塞,就往楼上跑去。一溜烟又跑下来,"老人家,马上过年了,我也没有准备新年礼物,这个钱您拿着,给两个小朋友买件新衣服。"

"使不得使不得,老师你对我们安安已经很照顾了,我怎么还能拿你的钱。"老人忙推托。

"老人家,你就不要和我争了,这个钱也不多,就当是我送给安安妹妹的新年礼物和对安安这次作文得奖的奖励。您如果不收,那这个花生我也不收了。"方童给郭放使了个眼色,郭放忙将花生递到老人家面前。

老人家千恩万谢,感谢能遇到方童这么好的老师,牵着小孩离去了。

"要是家长们都来找你来一个,你给一笔,估计你得破产。"郭放和方童边往办公室走边说道。

"唉,老人家那么热情,我怎么能拒绝呢?而且听她的意思是她一个人带两个小孩,那么大岁数了,也不容易。这个花生估计也是她不停忙活种出来的吧,我怎么忍心啊。"

"我知道你心地善良,这个花生还真是我们这里的特产,估计老人家也舍不得吃吧,你脸上经常没有血色,吃点花生补补血也好。"

"吃什么啊?"方童和郭放刚走到办公室门口,夏淼淼就突然蹿了出来。郭放吓了一跳,没好气地把花生往夏淼淼怀里一放。

夏淼淼吐了吐舌头,表示不是故意的。"方童,校长说我们明天就可以放假回家了!"

"真的?!太好了!"方童也高兴得欢呼。

"你们明天几点出发?我送你们去车站。"郭放把花生放在桌上,问她们。

"当然要睡到自然醒,到时谁先醒谁联系你。"夏淼淼高兴得手舞足蹈。

第二天一早,夏淼淼醒了后给郭放发了条信息后就开始收拾东西准备回家了。敲门声响起,夏淼淼兴高采烈地去开门,门口却站着郭沐,夏淼淼疑惑地问:"你怎么来了?郭老师不是说他来送我们吗?"

"他突然有事,要去县里接人,于是就派我来了。怎么样?三位

美女可以出发了吗?"郭沐甩着手中的车钥匙说。

"我们可以走了,那麻烦你了郭沐。"方童提着行李走到了门口,然后对夏淼淼道:"别磨蹭了,你不是一早就嚷着要回家吗,快去拿行李。"夏淼淼哦了一声,飞快地进屋去拿自己的行李。

郭沐接过方童的行李,便向车子走去。等夏淼淼磨蹭了半天,四个人终于出发了。到了车站,夏淼淼拉着楼筱先去大厅买票,留郭沐和方童在车旁卸行李,郭沐犹豫了半天,开口道:"方童,等你们开学返校时,我来接你吧。"

"不用这么麻烦,到时我们三个一起打个车就回学校了。"方童感谢地说。

"不麻烦不麻烦,我的意思是……"

"方童,快,我买到了最近一趟的车票了,还有十分钟,我们快上车。"郭沐话还没有说完,就被风风火火赶过来的夏淼淼给打断了。

方童急忙拿起行李,往发车站赶,突然想起了身后的郭沐,转身挥手:"郭沐,谢谢你了,回去路上小心。哦,还有新年快乐。"说完便急忙跑了。

"你也新年快乐。"郭沐在方童身后挥手,然后嘟囔着说,"其实我是想说开学时我去你家接你,看看你的家乡,见见你的朋友。"

方童到家已经天黑了,父母做了她最爱吃的饭菜等着她。她温柔地抱了抱母亲,想起以前自己成绩不好,又叛逆,父亲在她初中毕业时让她不要读高中了,选择去读职高或者去读中专,是她母亲各种坚持,背着父亲带着她去县里的高中报到,这样她才能继续读高中,并考取了一所还算不错的大学。

"妈,以前我那么不懂事,辛苦你了。"方童在母亲怀里轻轻地说。

"傻丫头,你是我的宝贝女儿,不管你做什么,我都会支持你的。"母亲笑着拍了拍她的头,"现在都是老师了,还像没长大一样,还到我这里来撒娇。"

"老师又怎么了嘛,我在你这里就是没有长大的小丫头。"方童摇着母亲说。

"哈哈,你在我心里永远都是长不大的小闺女。如果遇到什么事了,不要憋在心里,一定要跟妈说。"母亲有些担忧地轻轻拍着方童的后背说。

"我很好,那里所有的人对我都很好,学生也很听话,我也很快乐。"方童急忙告诉母亲,怕母亲以为她遇到了什么困难。

"那就好,那就好,趁年轻,多做一些自己喜欢的事,你现在是为人师表了,就要给孩子们做一个好榜样,要勇敢坚强。"

"嗯,我知道。"

深夜,就着屋内暖暖的炉火,母女俩低声细语地聊着生活的种种。

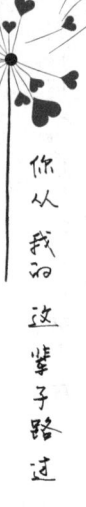

第十四章

日子晃晃悠悠地流逝,眼看就要过年了,郭放一直没有联系她。方童几次拿起手机,想了想,又放弃了。终于在大年三十的那天收到了郭放新年祝福的短信。

方童紧张地编辑了很久的短信,写了又删,删了又写,结果最后回了一条:"新年快乐。"她突然觉得自己很无力,这么久的时间,她和郭放到底算什么。心不在焉地过了年,离开学时间越来越近了,方童和夏淼淼她们约好了一起回去的时间。郭沐来了电话问她回去时间,她不想麻烦,就说时间还没有定。

可是回去那天,郭沐却突然出现在了方童家门口。方童吃惊地把他请进了屋,看见郭放站在郭沐身后朝她微笑。几天郁闷的心情一下子就烟消云散了。

"你们怎么来了?"方童呆呆地问,"而且还知道我家的具体地址?"

"我哥,他说过年那么几天都待在家里,想出来溜达溜达,然后我们就提议来这里看看,顺便接你。"郭沐赶忙说。

方童母亲听见了动静便迎了出来:"方童,来朋友了吗?"

"妈,这个是我学校的同事郭放郭老师,这个是他的弟弟郭沐,平时挺照顾我们的。"

"快进来快进来,外面冷,谢谢你们帮忙照顾我们童童,今天一定要在家吃饭啊！"说完笑呵呵地把他们请进屋，郭沐不客气地答应了，便跟着方母去厨房帮忙。方童看着郭放，郭放目光炙热地看着她，突然又黯淡了，无奈地说："过年这几天所有亲戚都来了，一直很忙，还有学校的事，所以一直没有时间联系你。"

"哦。"方童回答了一声，心里有很多话，很多问题，可是突然又不知道要说些什么。之前郁闷的心情也随着郭放的这几句话而豁然开朗，于是打开了电视，随意地调了个频道。

吃过了午饭，三个人便往回走了，在县车站接到了夏森森和楼筱。一路上夏森森都在叽叽喳喳地说着过年遇到的趣事，方童有一搭没一搭地回着。

"对了，明天我们家聚会，你们也一起来吃饭吧。"郭沐突然转过头对后排三个女生说。方童明显感觉到了郭放的不自然。

"你们家庭聚会我们去干吗？"夏森森问道，"我们又不是你家人和佳人，去了好尴尬。"说完看了一眼方童抿嘴呵呵直笑。

方童心里纳闷郭放的奇怪，没有注意到夏森森话的意思，楼筱听了也八卦地盯着郭沐。郭沐脸红地看方童一眼，又瞪了夏森森一眼，说："明天我大娘下厨，还有你之前心心念念着的麻辣锅。"

"麻辣锅？好啊好啊，郭沐你太好了，真是够哥们！"夏森森高兴地说完转身搂着方童，撒娇道，"方童，明天晚上我们去蹭吃吧，大冷天的，免得我们自己动手做了。"

"森森，郭沐不懂事你也跟着闹，别人家长都没有发话呢，我们脸皮那么厚地跑去，多不好。"方童说完看着后视镜里的郭放。

郭放忙回答："欢迎欢迎，肯定欢迎的。我就是在想怎么邀请你们，结果郭沐先开口了。为了表达我们的诚意，明天下午我亲自来接你们。"

"看吧看吧，我就知道郭老师最好了，怎么样？我们去吧？"森森

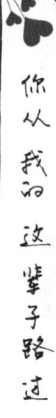

撒着娇摇着方童。

"我没有问题,你问问筱筱愿不愿意。"夏淼淼赶忙转身扑到楼筱身上,"筱筱——"

"你把我都叫酥了,反正就你脸皮最厚,我都是被逼的。"楼筱说完,车上其他人也哈哈大笑起来。

到达宿舍天已经黑了,郭放和郭沐与他们告别后便开车离去。

"筱筱,我总感觉不太好的,明天我们真的要去郭老师家吃饭吗?"方童坐在床上一边收拾东西一边问旁边的楼筱。

"方童,有些事旁观者清,我都看得见,但是我也感觉到了一些看不见的事,你也不想这样莫名其妙的吧?所以,就去勇敢面对。"

方童吃惊地看着楼筱:"筱筱?"

"好了,快去洗漱了早点休息吧,你应该明白我说什么。"楼筱拍了拍方童,点点头。

"你!你都知道?"方童捂住嘴巴,瞪大了眼睛。

"傻丫头,你表现得那么明显了,傻子才看不出来。"方童一时半会反应不过来,不知道该怎么回答。

"什么傻子?"夏淼淼端着洗漱盆问道。

"说你傻子,只知道吃的傻子。"楼筱站起来,接过夏淼淼的盆子,宠溺地指指她的头。

"嘿嘿,俗话说民以食为天嘛。"方童心虚地看了一眼淼淼,淼淼没有发现她的异常,急忙跳上床裹进被子里。

"美女们,晚安了,今天坐了一天的车,困死了,我先睡了。"说完举起手臂给她们挥了挥,又忙收了进去。

楼筱把台灯打开,关了大灯便出去了。一个晚上方童的脑子都是糊的,她开始纠结要不要跟郭放把话说开,可是男生都没有表示或者暗示,万一是自己自作多情那不是尴尬死了。方童翻来覆去一晚上也没有想到怎么办，迷迷糊糊地睡过去了。

　　第二天郭放很准时地来接她们，一到家郭放的母亲就热情地迎接她们，郭沐上蹿下跳地又是倒水又是端糖，还削水果。

　　闹腾了半天后，夏淼淼和郭沐在一旁打起了手柄游戏，方童和楼筱进了厨房给郭妈妈打下手。郭妈妈很喜欢方童，一个劲地夸她心灵手巧，能干。夜幕降临，一桌饭菜也张罗好了。闻着香喷喷的饭菜，夏淼淼肚子一直咕咕叫。

　　"喂，你哥呢？怎么要吃饭人却不见了。"夏淼淼碰了碰旁边的郭沐问道。

　　"他呀，接人去了，应该马上到了，我也饿了。"说完，他偷偷摸摸从桌上拿了两块卤肉，递了一块给淼淼。淼淼忙接过来就丢进嘴里，刚好被上菜的方童看见。"夏淼淼！"夏淼淼吓得跳了一下，一下子就噎住了，急忙拍着胸脯摆手，方童赶忙跑过去帮她拍背，"看吧看吧，这个就是偷吃的报应。"夏淼淼满脸通红地想说什么，可是咳嗽得说不出一句话，翻着白眼指着在一旁笑得岔气的郭沐。

　　突然门开了，郭放提着一大包东西进来，后面跟着两个人，一个年轻的女生和一个中年妇女。方童觉得有点眼熟，一时又想不起在哪儿见过。"难道是哪个学生的家长？"方童心里奇怪地想着。

　　"张阿姨，敏姐，你们来了，快坐快坐。"郭沐好像和两个人认识，他赶忙过去给两人倒水。

　　"沐沐，不用管我们，你忙你的。"被郭沐叫张阿姨的人笑呵呵地客气着，突然看见站在一旁的方童和夏淼淼，"你是和小放一个学校的老师吧？"方童奇怪地点点头，"我就说眼熟，上次你们来县上，还到我铺子里吃过那个酥心糖。"张阿姨高兴地提醒方童。方童一下子想了起来。

　　"张阿姨您好。"夏淼淼终于缓过气了，和方童乖巧地叫道。

"亲家，敏敏，你们来了，快坐快坐，马上开饭了。"郭妈妈从厨房端着菜出来，看见张阿姨和敏敏，忙招呼道。郭放从进门后就一直在旁边鼓捣一瓶酒，好像半天也打不开。郭爸爸已经入座，忙招呼张阿姨和方童她们也入座。郭妈妈最后一道菜上桌后，晚饭正式开始。

郭爸爸端起酒杯，说了几句新年祝福的话，便让大家不要客气敞开肚子吃。夏淼淼和郭沐不客气地开始忙着吃了。

"放放，你还没有给张阿姨和敏敏介绍你的同事吧。"郭妈妈一边给张阿姨夹菜，一边跟郭放说。

郭放放下筷子，指着方童说："张阿姨，这个是方童，之前你已经见过了，这个是夏淼淼，这个是楼筱，都是我们学校今年新来的支教老师。"

"你们好你们好，欢迎你们来我们无溪河村啊！"张阿姨客气地端起酒杯敬她们三个。方童她们也忙端起酒杯站了起来。

"这个是张阿姨，在县城开了一家最好吃的酥心糖的铺子，上次方童带给你们的就是张阿姨亲自做的。"郭放对着方童她们介绍张阿姨。

"阿姨，你家的那个酥心糖太好吃了，我到现在都回味无穷呢！"夏淼淼端起酒杯回敬张阿姨。

"喜欢吃就好，我今天带了一些过来，等下你们就拿去吃。"张阿姨豪气地一口喝完酒杯里的酒，高兴地对夏淼淼说。

"这个是张敏。"郭放继续介绍道。张敏对着她们点头微笑，郭沐一嘴的饭菜说："敏敏姐是我嫂子。"

"嫂子？"夏淼淼奇怪地问。

"就是我哥的老婆啊！"郭沐一边往嘴里塞东西一边说。

方童大脑突然一片空白，她感觉到旁边楼筱握住了她的手。

"什么老婆不老婆，我还没有嫁给他呢！"张敏有些不好意思地说道，然后举起酒杯，"欢迎你们将最美好的青春贡献给了无溪河村，我敬你们一杯。"说完一口喝完了酒杯里的酒。

夏淼淼听见这个介绍也有些尴尬，她偷偷地看了一眼方童，后悔昨天不该因为贪吃而答应郭沐来吃饭。还是楼筱最稳重，她捏了捏方童的手，然后站起来举起酒杯，方童和夏淼淼也站起来举起酒杯。

"我们之前就听郭老师提过你，今天终于见到本尊了，很高兴认识你，嫂子。"楼筱说完也一口干了，方童和淼淼也忙干了。

由于方童心不在焉，一下子被酒给呛了，转身狂咳。楼筱一手扶着她的肩膀，一手帮她顺着背，轻声问："你还好吧？"方童被呛得泪眼婆娑的，郭放忙倒了一杯热水给她。

夏淼淼在一旁瞪着白眼看着郭沐，看得郭沐只发憷。

"怎么了？"郭沐小心地问淼淼。

"没事！吃人嘴短拿人手软，我吃了你的东西，就不怪你了。"夏淼淼说完又恶狠狠地瞪了郭放一眼。

郭放忙低下头夹了一个鸡翅给母亲。郭妈妈郭爸爸还有张阿姨一时半会没有反应过来发生了什么，好像方童被呛也不关郭放和郭沐什么事。

方童好像被呛得很厉害，一直咳嗽，于是她们三个随便吃了两口便告辞了。郭沐也忙跟着出去了。一路上四个人都没有说话，郭沐在夏淼淼旁边悄悄地拉了拉她，却得到一个白眼。终于到了宿舍门口，夏淼淼没好气地说了句"慢走不送"，就关了门，弄得站在门口的郭沐一头雾水。

"哼，郭放真过分，有未婚妻了也不说，遮遮掩掩的，鬼知道安了什么心。"夏淼淼气鼓鼓地说。

"你那么气干吗？"楼筱奇怪地问。

"我，我不是生气，哎哟，我就是生气，明明有女朋友了，还对

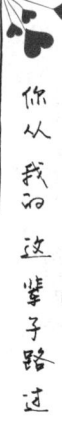

方童那么好,搞得我以为他要追你呢。"夏淼淼坐到方童旁边说。

"你们,都知道?"方童看了一眼夏淼淼。楼筱抿着嘴没有说话。

"唉,方童,你对他的心思,之前我还不确定,今天看见你这样,我才百分之百确定了。"夏淼淼有些难过地看着方童,"既然还没有开始,不如就放手吧,不然会越陷越深,最后无法自拔的。"

"其实,这样也好,我们始终是要离开这个地方的。"方童轻声地说。

三个人各怀心事,一夜无眠。

第二天开学报到有条不紊地进行着,方童遇见郭放,只是微笑点头问好,眼神淡淡的。郭放有些尴尬地叫:"方童。"

方童停了下来,问:"郭老师有什么事吗?"

郭放想说什么,可是想了半天,又只能作罢。方童转身离去,郭放轻叹了口气。

回到办公室,夏淼淼淡淡地和他打了一声招呼便去干自己的事了,郭放在楼筱和淼淼周围徘徊了半天,最后还是垂头丧气地回到自己座位上。

就这样平平淡淡地开学了,郭放和方童除了在学校遇见时点头问好,便再也没有交集,好像一切都没有发生过一样。这几天郭沐每天下课都来方童她们宿舍蹭晚饭,不过每次来都会带一堆好吃的。他很奇怪那天三个女生是怎么了,可是他偷偷问了夏淼淼,夏淼淼却什么也不说。

"郭沐,你又来献殷勤了啊?"夏淼淼一边开门一边对门外的郭沐说。

"嘿,你这丫头,我好心好意地给你们送温暖,还不领情。"郭沐扬了扬手中的一大袋东西,献宝似的给夏淼淼看。夏淼淼马上换了副嘴脸,接过口袋,做了个请。

"哟，每天准时准点啊。你这样每天一到吃饭的时间就往外跑，你妈不叫你回去吃饭吗？"楼筱端着菜出来刚好看见郭沐，便笑着说。

"年轻人一起热闹嘛，而且每次我来都给你们带了好吃的啊！"郭沐忙接过楼筱手中的盘子，讨好地说。楼筱笑了笑，道："你那点心思啊！"说完便又进了厨房。

今晚是方童主厨，吃过晚饭后夏淼淼负责洗碗。郭沐把他的电脑拿来了，里面拷了几部比较新的电影，几个人吃着零食围在一起看电影。

电影看完了，夏淼淼一边塞着薯片一边对楼筱说："筱筱你说，这男主明明那么喜欢女主的，干吗一直不说啊？每天这样献殷勤，结果还被女主误会他喜欢她的好友，这男主真是笨死了，不过还好最后总算是大团圆结局，就不知道现实中的是不是这样了。"说完朝楼筱眨眨眼。楼筱一下子就明白了夏淼淼的意思，接着说："是啊，男主这样不清不楚的，女主脑袋一根筋，不一定能感受得到。"说完朝郭沐眨了眨眼。

郭沐一下子红到耳根，急忙去关电脑，尴尬地说："都是电影，干吗那么计较？"

"我们说的是电影啊，你以为是什么？"夏淼淼笑嘻嘻地说。郭沐看了一眼方童，方童已经开始收拾床上的一堆零食，没有加入他们的话题。

郭沐收拾完后便告辞了。夜晚，三个女生窝在被窝里讨论："其实我觉得郭沐挺不错的，你可以考虑一下。"夏淼淼郑重地对方童说。

"可是……"

"什么可是不可是的，你就说你对他的感觉吧。"

"不讨厌他，在一起也很舒心，可是……"

"那就对了，感情是可以培养的，你不去接受一段新的感情，怎

么放下另外一段。"夏淼淼说完,三个人都不再开腔。方童脑袋很乱,她想一根一根理清思路,可是越想越糊涂,于是迷迷糊糊地睡着了。

第二天是周末,郭沐一大早就开着老爸的车来接她们去邻镇买东西。

吃过午饭后,郭沐朝夏淼淼使了个眼色,夏淼淼便嚷着要去买零食拉着楼筱溜了。郭沐和方童慢悠悠地在街上逛着,在郭沐聊了一堆乱七八糟的事情后,到了一个小公园,郭沐突然很紧张,他嚷着要休息一下,便和方童找了凳子坐了下来。

在郭沐坐立不安了半天后,他突然蹲在了方童面前:"方童,其实,其实我很早就知道你了,在见你之前就经常听我哥提起你,在我脑海里幻想着你的样子,见到你真人后,我就无法自拔了。"方童看着他,郭沐深吸了口,继续说,"我喜欢你,从见到你时就喜欢你了,我,我不知道你对我的印象怎么样,我只是希望你能给我一个机会,让我能在你身边守护你。"说完他期待地看着方童。

方童想起了淼淼的话:"接受一段新的感情,才能完全放开之前的那段感情。"

"可是,等我支教期满了,我会离开这里的。"方童说。

"到时我陪你一起,我现在也只是回来帮我老爹守他的铺子,等他好了,我肯定也会离开,去干一番我的事业的。"郭沐急忙说。

方童看着他真挚的眼神,不自觉地点了点头。

"真的?啊!太好了,你答应做我女朋友了!"郭沐高兴得跳了起来,然后拉起方童抱着她转了个圈,"对不起对不起,我太高兴了。"郭沐忙放开方童,不好意思地说。

方童看着像小孩一样高兴的郭沐,也开心地笑了笑,然后牵过郭沐的手:"走吧,我们去找淼淼和筱筱。"

方童在牵上郭沐的那刻,突然心中也释然了,有些感情就这样深埋心中，也是美好的。

夏淼淼看见方童和郭沐牵着手朝她们走来时高兴得直吹口哨，郭沐不好意思地挠着头，倒是方童大方地接受了她们的祝贺。遇到这么值得高兴的事，夏淼淼自然不会放过敲郭沐一顿大餐的机会。酒足饭饱后他们便启程回无溪河村了。

郭沐把车子停在村办公室外，就几步路的距离，他也下车要送方童回宿舍。方童也不阻拦，笑吟吟地配合着郭沐走三步退两步。

刚到宿舍门口便看见一个人影。"郭老师，你怎么在这里？"夏淼淼眼尖地看清了门口的人。

"我来有点事。"突然他看见夏淼淼身后的方童和郭沐牵着的手，心中一紧。

"哥，你怎么在这里？"郭沐也看清了站着的人，招呼道。

"我，我看见家里还有这个酥心糖，淼淼不是很爱吃嘛，我就拿过来了。"郭放说完将手中的糖递给了夏淼淼，然后走到了郭沐面前，指了指他们牵着的手，问道，"你们？"

"我和方童在一起了。"郭沐有些不好意思地说。方童只是微笑地看着郭放。

"挺好的，挺好的，"郭放拍了拍郭沐的肩膀，"方童是个好姑娘，你可不能欺负她，要好好对人家，知道吗？"说完便看了一眼方童，侧身离去。走了几步，大喊道，"郭沐，那么晚了，还不回家吗？"

"回，回，等我。"郭沐忙答道，然后温柔地对方童说："那我跟我哥先回去了，明天我再来找你。"说完放开了方童的手，突然又想起了什么，"哦，记得晚上不要踢被子，早点睡。"说完揉了揉方童的头，这才满意地离开。看着他们远去的背影，方童这才放开了那只握紧了拳头的手。

"以后这样的见面还很多，总要试着面对才能真正地放开。"楼筱走到方童旁边，搂住方童的肩。

"嗯，我知道。"方童松了口气，"要来的始终会来的。"

夜晚，方童难受得睡不着，接受了郭沐，也就意味着彻底放弃郭放了。她心疼得厉害，熬到快天亮了才睡着。

日子就这样一天天过着，方童她们对教学也越来越得心应手了。

暑假也就这样到来了，郭沐坚持要送方童回家，说上次是以朋友身份拜见她父母，这次要以男友的身份去拜见方童父母。方童说不过他，便答应了。

第十五章

方童母亲听说方童要带个男友回家很是高兴,一早就准备好了饭菜,还收拾了房间想让郭沐多住两天。郭沐嘴很甜,阿姨长阿姨短地叫着,还跟在方妈妈身后当各种小帮手,惹得方妈妈很是喜欢。

"方童,你看看郭沐,那么勤快,你倒像个客人一样四仰八叉坐着。"方妈妈终于看不下去了,教训着方童。

"妈,你就让他做吧,不表现好点,怎么去讨好你啊。"方童啃着苹果笑嘻嘻地说。

"你!"方妈妈还想说什么,被郭沐拦住:"阿姨没事,这些都是我该做的,方童一天到晚上课也辛苦,反正我在家也是待着,活动活动挺好的。"方妈妈开心地看着郭沐,又没好气地看了看方童,便去忙活了。

方童这几天当起了郭沐的导游,带他到处游山玩水。

"方童,你小时候就是在这里长大的吗?"郭沐看着满眼的青山绿水,问道。"是啊,读高中的时候才离开的。"方童对着大山深吸了一口气。

"怪不得,怪不得。"

"怪不得什么?"

"怪不得你人如同这山水一样,清秀水灵!"

方童哈哈笑了起来,说:"你现在是越来越会说话了。"

"我一直都很会说话的好不！"郭沐抗议道，走到方童身后搂住她，轻声道，"真希望能一辈子和你一起看这大好山水。"

方童被逗得咯咯咯直笑："等我变丑了，你就会希望赶快换一个人了。"

"谁说的，不管你变成什么样，你都是我的方童。"方童被郭沐说得心里满是感动，她转身回手抱住郭沐。

晚上方童约了高中同学吃饭，本来不想带郭沐的，想两个女生好好聊聊天，可是郭沐非闹着要去，说是要让方童的朋友把把关，看看自己这个男友合不合格。方童拗不过他，便带他一同去了。

到了饭店，好友已经在等他们了，刚坐下，郭沐便伸出手自我介绍道："方童的同学你好，我是方童的男朋友，我叫郭沐。"

方童好笑地敲了一下郭沐，又朝好友无奈地撇了撇嘴。"你好，我叫王梦琪，是方童的高中同学。"王梦琪礼貌地站了起来，伸出手握了握。

"你男友挺有意思的。"王梦琪坐下后朝方童挤了挤眼。

"别理他，他就是人来疯。"方童好笑地说道。

三个人点了啤酒，热热闹闹地开始吃了。几杯酒下肚，郭沐和王梦琪就聊得热火朝天了。郭沐讨好地让王梦琪多爆一些方童读书时的糗事。

王梦琪想了想，说："这样吧，你干一瓶，我就爆料一件，怎么样？"

"不就一瓶嘛，小意思。"郭沐说完就想去拿酒，突然又觉得不对，"万一你说的事情就是芝麻小事，不值得我喝一瓶呢？"

"这样吧，你先喝一半，等我讲完了，觉得是件糗事，就把剩下地喝了，如果觉得没意思，那么我就再讲一件。"

"这个主意好，成交。"郭沐伸出手，和王梦琪击掌表示成交。

"你们两个当我不存在啊？我是你们嘴里的女主角，是不是也该问问我的意见啊？"方童没好气地看着两人说。

"你有意见可以提，我们会保留你的意见的。"郭沐说完便和王梦琪一起哈哈大笑。

方童无奈地叹了口气，起身去厕所。等她回来时，郭沐和王梦琪已经坐在一起，王梦琪在兴高采烈地说着什么，郭沐在一旁跟着傻笑。

方童走出饭店，突然想到小时候最爱吃的冰粉店好像就在附近，于是她决定去看看还有没有卖的。

沿着熟悉的道路慢慢地走着，方童怀念起以前读书的时光，那时无忧无虑，今天不用考虑明天的事，更没有迷茫的未来和复杂的感情牵绊。

路旁，有些店已经易名，有些店已经不在了，还有些店还是以前的老样子，方童想起以前她把所有的零用钱都用来购买自己喜欢的小文具，曾经把它们当宝贝一样地包裹着，舍不得用，可是后来都不见了。

转角处方童看见那家老冰粉店还开着，门口挤满了馋嘴的孩子，方童跟老板要了三碗冰粉打包，老板还是当初那个胖胖的老板，他笑呵呵地接过钱，把冰粉递给方童，说："好久没有看见你了，你都长这么大了。"

"老板你认识我？"方童吃惊地问。

"怎么可能不认识，你以前经常来我这里买冰粉，虽然我不知道你的名字，但是你的样子我可是没有忘记的。"老板骄傲地指了指自己的头，"都记着呢。"方童高兴地笑了，每天这么多人在他那里买东西，老板应该只是觉得她眼熟吧。"嘿，你还不信，以前有个很高很高的男生，最爱和你一起来吧。"

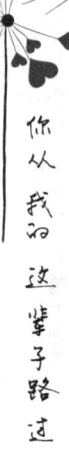

"啊?你真的记得?"方童记起了初中时和她关系很好的一个男同学,他们最爱一起来吃冰粉。

"我记性好的咧。"老板一边对方童说一边忙活手里的事。方童准备离开,老板突然又说,"好久都没有看见你和你那个同学了,你们现在长大了,也要经常回来看看,别忘了家乡。"方童点了点头,突然想起去读大学时像逃离一样地离开了这里,毕业后也没有回来,转眼已经那么多年了。

回到饭店,郭沐面前已经摆了三个空酒瓶了,方童放下冰粉,把郭沐面前的酒瓶拿开,柔声道:"别喝了,等下喝醉了我可没法把你弄回去。"

郭沐拉过方童让她坐在他旁边,说:"你以前的趣事那么多啊,没想到你还是个捣蛋鬼。"说完又指了指王梦琪,"这些酒不光是我一个人喝的,梦琪也喝了一些。"然后催促梦琪让她继续。

梦琪看了看方童,继续说道:"她那个时候喜欢我们另外一个班的男生,上学时在校门口堵着别人,把情书塞给他,你想嘛,谁会在上学时,还在学校门口给情书的,这不是告知全校吗?那个男生估计也有些懵了,打算接过情书,可是手一滑情书就掉地上了,他尴尬得捡也不是不捡也不是,刚好有人叫他,他便一脚踩上情书走了。方童那个时候糗死了。"说完和郭沐悄悄笑了起来。

方童端起酒杯一口喝干了,说:"王梦琪,陈谷子烂芝麻的事了你还提。"

"反正都过了那么久了,那时年少无知,挺好玩的。"

"我也觉得你挺可爱的。"郭沐搂过方童在她耳边说道。

"可爱个屁,那个时候糗死了。你不知道,其实那个时候他是喜欢我的,可是他又是个乖学生,怕老师怕得要命,所以我那还没有开始的初恋就这样错过了。"方童愤愤不平地说。

"对对，这个我证明，他确实喜欢我们方童，我好几次看见他偷看我们方童，是在递情书之前。"王梦琪发誓一样地举起三支手指。

三个人又聊了许多以前有趣的事，郭沐和王梦琪还在临别时交换了手机号，并邀请王梦琪去无溪河村玩。三个人在巷口分别，方童扶着摇摇晃晃的郭沐回家了。

郭沐又在方童家待了两天，在方童各种盛情地送客下，郭沐不情不愿地走了。

方童的日子总算是回归平淡，周末时陪母亲去景区帮忙料理生意，平时就在家吹着风扇看看书。

郭沐每天都发一堆短信过来，方童偶尔选两条回复一下，然后接着看书。就算是在青山碧水的环境里，三伏天还是热得要命。

午饭后方童慵懒地躺在床上，迷迷糊糊地好像听见电话铃声，她还没有从梦中彻底醒来，正在飞天遁地，勉强睁眼看了一眼手机上显示的人名，又睡了。越睡越迷糊，她感觉自己已经被睡迷了，身体不听使唤，哆哆嗦嗦地摸到了手机，想到要看看刚刚未接的电话，便拨了个号。电话那头声音响起，"喂"。她觉得有点耳熟，但一时怎么也想不起来是谁，于是便挂了。接着铃声又突然想起，她吓了一跳，顺手关成静音，翻身又睡着了。

方妈妈收拾完摊子回家，做好了晚饭，发现方童居然还在睡觉，便掀了她凉被，方童这才彻底清醒。

"谁叫你三伏天盖被子睡觉，你不中暑谁中暑啊！"方妈妈心疼地给方童熬了药，她浑浑噩噩地喝了药，这才想起下午好像有谁来过电话，掏出手机，才看见有十几个未接电话，居然全是郭放打来的。她有些吃惊，疑惑地按了回拨。"喂！"方童刚刚说了一个"喂"字，那边便咆哮着："方童，你在哪儿？没事吧？"方童有些莫名其妙地说："我在家啊，能有什么事。"

"你打电话过来又不说话,给你回过去又没有人接,我怕你出什么事了。你现在在哪儿?"郭放听见方童的声音,松了口气。

"下午睡觉睡迷糊了,好像是中暑了,头脑混乱,估计是按错了。我现在在家呢,都好着呢。"方童抱歉地说。

"等我。"郭放说完后便挂了电话。

"等我?等你?干吗?"方童莫名其妙地收起电话,被方妈妈指使去切西瓜。

方童正在客厅啃着西瓜,突然听见屋外响起了车喇叭声,似乎听见有人在叫她的名字。她急忙穿上拖鞋,一手拿着西瓜一手扯了张纸冲了出去。刚走到门外的柏油小路上,就看见一个人冲过来抱住了她。

"郭放?"方童惊奇地叫了一声。郭放没有说话,只是紧紧地抱住她。方童因为突然出现在自己家门口的郭放而震惊了。

"西瓜,西瓜,快放开我。"方童想着手里还拿着西瓜,忙说道。郭放放开了方童,方童看着郭放被西瓜染红的衣服,咧嘴大笑起来。

郭放看了一眼衣服,又看向方童,又好气又好笑。方童拉着他回到家,把他丢进厕所让他自己收拾,然后转身去厨房洗手。

"你怎么突然来了?"方童靠在厕所门边问还在收拾衣服的郭放。郭放停下了手上的动作,转过身认真地看着方童,说:"你以后别这样吓我了,打了电话过来又不说话,我真怕你出了什么意外。"

方童不好意思地点点头,道:"下午睡迷糊了,随手拨回电话,结果没想到拨到你那里了。让你担心了。不过,你怎么突然出现在我家门口?"

郭放叹了口气,正想回答,方妈妈突然出现:"童童,谁来了啊?"

方童有些尴尬地看着郭放:"呃,那个,妈,是我同事。"

郭放甩了甩手，走出厕所，礼貌地对方童妈妈说："阿姨您好，我是方童的同事，和朋友刚好在这附近玩，想起校长让我拿资料给方童，所以就过来了。"

"对对，他拿资料给我。"方童忙解释到。

"哎哟，真是麻烦你了。快坐快坐，那么热的天，方童也不给倒杯水。"方妈妈一边说一边责备方童。方童转身准备去倒水，又被叫住，"直接吃西瓜吧，水太烫了，方童，去切西瓜。"

"哦。"方童应了一声又去切西瓜。

"阿姨不用麻烦，我准备走了。"

"走什么走啊，坐着休息一下。"方妈妈拉着郭放坐到沙发上，方童切好西瓜递给郭放。

"郭老师，就当给我个面子，你要是客气了，我妈就该跟我客气了。"说完吐了吐舌头。郭放笑着接过西瓜，对方妈妈道谢。方妈妈乐呵呵地交代让方童好好招待郭放，自己便去忙了。

郭放不急不慢地吃着西瓜，方童拿着遥控器一个台一个台地换着。终于换到一个她比较感兴趣的节目，刚放下遥控器就看见郭放站起身子。"我回去了。"说完就往门口走。

"喂，"方童也急忙站起来跟在他后面，"这么晚了，你回去肯定都大半夜了。"

"哦，那你是打算留我在你家过夜吗？"郭放停下来回头看着她说。

"呃。"方童一时哑言。

郭放笑着揉揉她的头："逗你玩呢。明天我还有事，所以今天必须要回去。"

"哦，那我送你吧。"郭放点点头，开门出去。

郭放发动了车，方童站在旁边跟他挥手再见，郭放看了她一眼，

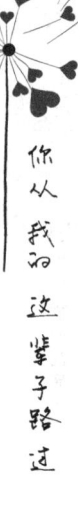

一脚油门就远去了。看着远去的车子,方童还站在原地懵懵懂懂。"是真的刚好路过还是专门过来的呢?"

初秋到来,方童他们也准备开学了。

郭沐说来接方童,方童觉得太过麻烦,便约好在县车站等。离返校时间还有两天,方童慢悠悠地收拾行李,突然接到郭沐的电话,郭沐神秘兮兮地让她猜他在哪儿?方童被问得莫名其妙,又听见门口汽车喇叭声,一下子反应过来,忙冲出去,便看见郭沐依着车门,帅气地朝她挥手。

方童无奈地走了过去,看见从后门下来的张敏,突然愣住了。张敏微笑着朝方童走去,礼貌地问候:"方童你好。"

"你好。"方童又朝车子望去,郭放好像步伐很沉重一样地下了车,慢悠悠地走到方童面前。"郭沐说要过来接你,刚好我们都在家闲着,就被他拉着一起来了。"郭放解释道。

"嘿嘿,反正敏敏姐也没有来过,就当我们两对人的小蜜月啊!"郭沐跳着搂着郭放的肩说。

郭放不安地看了一眼方童,方童使劲握住了背在身后的拳头,淡淡地微笑:"欢迎你们,进屋里坐吧。"说完转身朝屋走去。

方妈妈一早就去景区摆摊了,家里只有方童,她抱出了西瓜,然后又去倒水。张敏跟着想帮忙,被方童挡到客厅去坐了。

方童一边等着热水壶烧水一边深呼吸调整自己,情况太突然了,她从来没有想过会这样面对郭放和张敏,她也更清楚地意识到,她与郭放已经越来越远。

开水壶水开的声音打断了她的思绪,她慌忙地去关火,然后准备冲茶。"方童,我来帮你。"郭沐突然出现在门口,大声叫嚷,方童一下慌神,开水淋到了手上。"啪!"杯子掉落地上,清脆地碎落一地。

"呀,怎么了怎么了,烫到了没?"郭沐大呼小叫地接过开水壶,拉过方童的手,"都红了,快去冲凉水。"

郭沐打开凉水,哗啦啦地给方童冲着红肿的地方。

"郭沐,你就不能有个正行,大呼小叫的,不然方童怎么可能烫着。"郭放站在门口严肃地说。

郭沐委屈地想解释,可是看着方童红肿的手就把话吞进肚子了。"用这个青草膏吧,这个是郭放妈妈自己做的,清凉消肿的,抹一下会舒服点。"张敏站在门口递了一个绿色瓶子进来,郭沐伸出手打算接过,却被郭放一把拿过。"你毛手毛脚的,还是我来吧。"说完推开郭沐,拉过方童的手在她红肿的地方轻轻上药。

方童有些心虚地看了看张敏,张敏紧张地看着她红肿的手,好像没有注意到郭放对她的在意。"也是,郭放平时就是一个老好人,还是自己多想了。"

郭放放开了方童的手,叮嘱她这几天要特别注意,如果不破皮,问题就不大。方童心不在焉地道了谢,便被张敏拉到客厅坐着了。

郭放把剩下的事交给了郭沐,郭沐屁颠屁颠地端茶倒水,讨好地坐在方童旁。"这事也不怪郭沐,是我自己太不小心了。"方童对郭放解释道。

"你就让他做吧,不然他会闲得慌。"郭放淡淡地瞥了一眼郭沐,郭沐马上换上笑脸。

"你都伤成这样了,我肯定会对你负责的,以后这种粗重的活就由我来做吧,你就只管吃喝玩乐。"

"你这个算盘打得好,是故意伤了方童的吧,然后来一个负责到底?"张敏跟郭沐开玩笑说。

"敏敏姐!我是那种人吗?就算要怎么怎么样,我肯定会郑重的。"

"怎么怎么样?是怎么怎么样啊?"张敏继续装不懂地问。方童夹

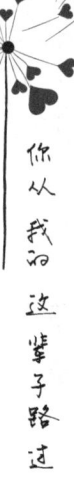

在中间,感觉有些尴尬,忙站起来:"忘了拿切西瓜的刀了,我去拿。"说完便急忙走开。

"这个是你要看的节目吗?"郭放突然问郭沐,郭沐看着电视正在播出的节目,"对对对,就是这个,超级搞笑的。"方童从厨房出来,郭放接过刀,切了一块递给郭沐:"吃个西瓜把嘴堵上吧。"郭沐嘿嘿地接过。

"等下我带你们去景区逛逛吧。"方童想了想说,"虽然人会比较多,但是风景还是不错的。"

四个人各怀心事地在景区闲逛。郭沐上蹿下跳地逗着方童,方童看了看一旁紧紧挽着郭放的张敏,非常配合地跟着郭沐傻笑。被开水烫伤的手红得有些刺眼,郭放一直抿着嘴欲言又止。

"郭沐,我有些累了,今天失误,穿的高跟鞋,我们休息一下吧。"张敏揉着小腿肚子有些歉意地对大家说。

"敏敏姐,方童妈妈的摊子就在前面,你一定要尝尝那个土豆条饼,太好吃了。"郭沐砸吧着嘴说。

张敏有些期待又有些为难,她纠结地望着郭放。郭放想了想:"敏儿走不了了,这么高的跟,而且现在是上山,等会儿下山更难受。方童要是还能走,就带郭沐过去跟阿姨问个好,毕竟我们来得太突然了。"

"敏儿!"方童心中一震!好亲昵的称呼。她脑袋有些不听使唤,一片空白地待在那里。

"方童!方童!"郭沐走到方童身边摇了摇她的手,关心地问,"怎么了?是不是你也累了?那我不吃土豆条饼了,我背你回去。"说完就蹲在了方童前面。方童有些感动,她淡淡地吐了口气,拍了拍郭沐的背:"我不累,就是在想今天我妈跟我提的她在哪儿摆摊。"然后从口袋里掏出钥匙递给郭放,"郭老师你先和敏敏姐回去吧,我和郭沐去我妈那里看看。今天人多，说不定她那里忙不过来。顺便带郭沐去吃他想念的土豆条饼。"说完歪着头对郭沐一笑，"吃货，走吧。"

郭沐高兴地牵起方童，大气地跟郭放挥手再见。

"方童，真是不好意思。"张敏歉意地对方童说。

"敏敏姐，这个应该怪郭沐，来之前没有把这里的情况跟你说清楚。"方童微笑着安慰张敏，"你们先回去吧，冰箱里还有西瓜。等会儿我和郭沐就回来。你们不要客气，就当自己家，想吃什么，想干什么，自己随便。"

"对啊，对啊，以后就是一家人了，不要太拘泥于小节。"郭沐眨着眼睛对张敏说。张敏会意地一笑，便向他们挥手。

"郭沐，路不好走，好好照顾方童。"郭放终于在张敏挽着他往回走的一刹那开口道。

"放心，我就算拼了老命也会顾她周全。"郭沐夸张地回答道。郭放没有理他，只留给他们一个背影。方童也背过身不去看他们。

"为什么要拼老命？走个山路怎么就要老命了？"方童夸张地扭着郭沐的耳朵说。

"哎哟哎哟，姑奶奶，我这就是夸张的比喻，为了表我的衷心啊！"郭沐被方童扯得耳朵疼，急忙解释道。

两对人渐行渐远，只留下郭沐夸张的叫声。

暮色降临，郭沐哼着小曲儿扛着方妈妈的东西在前面优哉游哉地带路。

"童童，我觉得郭沐这孩子还真不错。"方妈妈对挽着自己的方童说。

"我也觉得不错，人品不错，性格不错，学历还有家世也不错。"方童点点头，和方妈妈一起对郭沐评头论足起来。

"你是什么打算？是打算留在无溪河，还是以后跟郭沐一起去C

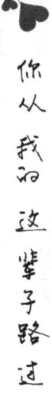

市发展?"

"以后?以后的事以后再说吧。现在没有想法。离支教期满还有一年多呢。"方童叹了口气,"再说了,以后和郭沐的事,也不一定是个准。我迟早是要离开无溪河村的。"

"看样子你是舍不得啊?"方妈妈打趣道。

"待了一年多,有些舍不得学生。"方童赶快表明自己的想法。

"你也长大了,自己也该好好为自己打算打算。现在你也已经是晚婚女青年了。"

"妈!你嫌弃你女儿了?"方童撅着嘴哭丧着脸说。

方妈妈哈哈笑道:"我在你这么大的时候,你都已经五个月了!"方妈妈宠溺地理了理方童的头发。

"阿姨你们在聊什么呢?那么开心。"郭沐坐在前方的大石头上,看见母女俩开心地说笑。

"说你的好话呢!"方妈妈拉起郭沐,"东西是不是有点儿重?我来拿些吧。"

"不重不重,阿姨你不要小看我这一身肌肉!"郭沐说完还鼓了鼓手臂。

"快回去吧,郭放和敏敏姐还在家等我们呢。"方童捏了捏郭沐的手臂,然后放到鼻子前闻了闻,"你这个肌肉是老母鸡的鸡吧。"

方妈妈欣慰地看着这一对璧人,乐呵呵地往家走去。

晚饭时,方爸爸高兴地喝了几杯,郭放和郭沐也陪着喝了几杯。

晚饭吃到夜里才结束,张敏和方童费了九牛二虎之力才把郭沐和郭放丢进了客房。

"郭放一般很少喝这么多的,看来今天他很高兴。"张敏给郭放脱了鞋子,又去脱郭沐的,"我们两个也很久没有这样出来玩了,平时不是他学校有事就是我单位加班,今天真的很高兴。"张敏微笑着看着已经熟睡的郭放。

"敏敏姐，今天走了那么久，你肯定也累了，早点儿休息吧。"方童不是很想继续这个话题，自己也喝了一杯，感觉全身软绵绵的。

张敏赶忙扶着方童回了卧室。

方童迷迷糊糊的，一个又一个地做了很多梦，等她又从一个悬崖落下时终于惊醒。她看了看旁边熟睡的张敏，起身去客厅倒水。

"谁？"方童刚走到客厅沙发旁，看见沙发上有个黑影。

"方童吗？是我。"一个男人的声音慵懒地回答。

方童突然有些紧张："郭放？"然后觉得自己又多此一举地问，于是轻轻地走过去。

"你没事吧？晚上也喝了两杯。"郭放伸手摸了摸方童的头，温柔地问。

"还好啦，就两杯。"方童骄傲地晃着手指说，"我的酒量差不多两瓶。"

"小丫头深藏不露啊！那下次和领导吃饭我就推荐你去了。"郭放扯了扯她的头发，"以后不要喝酒，特别是我不在你身边。"

方童想开口，又听郭放接着说："就算我在身边也不一定能照顾你。"

方童心中一痛，不知道怎么回答。

两个人就这样坐在那里沉默。好一阵子，方童才想起自己出来是喝水的，于是起身去厨房。鼓捣了半天，她端着两杯水回来，一杯放在郭放手里："你今晚倒是喝得挺多的，我也忘了给你冲蜂蜜水，喝点吧，你不是说过，酒后喝蜂蜜水胃会舒服点吗？"

郭放咕嘟咕嘟全灌进了肚子，轻喘着气，方童扑哧一笑："又没有人和你抢，喝那么着急也不怕呛着。"

"这个要热的才有效。"说完放下杯子，"你说这里有萤火虫，我

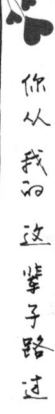

们去看看吧。"说完就起身拉方童。

"现在?"方童惊讶地问。

"是啊,好难得才来一次,择日不如撞日。"然后拿过方童手中的杯子,放在茶几上,顺手又拿起沙发的外套,牵起方童,"走吧。"

方童还没有回过神,就被郭放拉出了门。迷迷糊糊跌跌撞撞地走到了路口,郭放这才停下来:"冷不冷?"虽然嘴上这样问着,但是还是把手中的衣服披在了方童身上,"晚上寒气重,不要着凉了,你还喝了酒的。"

方童有些木讷地接受了郭放的好意,好奇地看着他的眼睛:"郭放,大半夜的,你到底要干吗?是酒还没有醒吗?"说完伸手去摸郭放的额头,然后扯了扯他的耳朵。

郭放顺手牵过方童的手:"我也不知道是不是酒还没有醒,但是我知道,我现在想疯一下。"说完轻轻在方童额头一吻:"方小姐,前面的路我不知道该怎么走了,还请带路。"方童瞪大了眼,呆呆地看着郭放,"方小姐,你要是再不带路,我可就吻你了。"郭放说着顺势将身子往前倾。

方童急忙往后退了两步,却被郭放一把搂住。

"你放开,我带路就是了。"方童急忙推开他,然后侧身往前走去。

伴着明亮的月光,方童一深一浅地走在前面,郭放举着手机开着灯默默地跟在后面。一路上,郭放细心地看着走在前面的方童,怕她崴了脚。方童几次想回头,都忍住了。两个人就这么沉默着走了近半个小时。

"到了。"方童特意调整了语气,让自己的声音听上去很平静,不带太多感情。

"我好像看见星光闪闪了。"郭放走到方童身边,牵起她的手,

"这条路更窄了，你跟在我后面。"说完不等方童反驳便往前走去。

山谷慢慢地变窄，又豁然开朗。从狭窄的小路走出来，是一望无际的草地，满眼全是闪闪的亮光。

"这里是我弟新发现的，以前的那个地方被我出卖给政府了，现在根本就没有萤火虫了。都是他们从其他地方抓的，然后放过去。"方童对郭放做了个"嘘"，然后放轻了脚步，郭放也急忙放轻脚步，踩着方童的脚印走。

"这些萤火虫很胆小的。"方童随手抓了一个停在脚边青草上的，"它们受了惊吓就不发光了。"说完轻轻抛出，萤火虫闪着光芒扑腾着翅膀，围着方童转了一圈又落到了原来的那个青草上，"原来这里是你的家啊！"方童轻轻蹲下，点了点青草上的小东西。小东西扇了扇翅膀，并没有飞走。

郭放牵起方童，静悄悄地往深处走去。惊起沿路的萤火虫，它们扇动翅膀，静静飞舞在他们身边。

"想不想看看漫天繁星降落？"方童歪着脑袋俏皮地问。郭放一愣，随即微笑地点头。方童吐了个舌头，一吸气，便拉着郭放飞奔起来。

两个人在草地里飞奔起来，惊起了所有的萤火虫。萤火虫们慢慢悠悠地飞舞起来，旋在半空，如坠落的流星，整个夜空都被它们照亮。

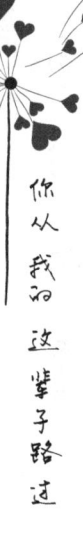

第十六章

　　立秋后,方童她们也开学了,教室里没有风扇,更没有空调。方童上一节课就像是被水浸泡了一样,整个人都湿透了,她终于体会到了秋老虎的厉害。

　　周末的下午,郭沐约了方童还有夏淼淼她们一起去无溪河游泳。夏淼淼倒是没心没肺,去年还因为郭放救人的事而吓得厉害,扬言以后都不去这种没人看管的河里、水库之类的地方游泳。可是她在郭沐的忽悠下,竟然兴高采烈地答应了,而且还成了郭沐的说客,去游说方童。

　　方童被她磨得心烦,便答应一起去,不过不下水,只坐在岸边。

　　下午方童一行人到了河边,郭沐已经在河里游泳了,他挥着手招呼方童,方童挥挥手便找了个树荫下坐着。夏淼淼扑腾跳进河里,朝郭沐游去。方童这才发现郭沐身后还有两个人,郭放和张敏。

　　"以后这样碰面的情况应该会越来越多吧!"楼筱在方童旁边坐下,"前几天他们还一起来我家了。"方童眯着眼看向郭放,"而且我居然还给他们当了导游。"

　　楼筱有些吃惊:"郭放和张敏?去你家干什么?""郭沐打算给我惊喜,开车来接我。说刚好郭放和张敏也在家,于是就一起来了。"

　　"你,还是没有放下吗?"楼筱轻轻地问。

　　"其实我已经很努力了,但是每次见面时,心里还是会难受。"方童把头靠在楼筱肩上,"郭沐很好,可是心里总感觉少了些什么。"

"私奔吧。让他带你私奔吧。"方童听见楼筱的话,惊得抬起头看着她,楼筱继续说,"什么都不要管不要顾了,你们就离开这里吧,要不然离开C市,中国那么大,难道还没有你们的栖身之地吗?"方童看楼筱说得那么认真,一时不知道怎么接话。

"楼筱,快下来游泳,好凉快的。"夏淼淼朝她们游来,呼喊着楼筱,楼筱站了起来,扭了扭腰,往水里走去,突然回头对方童道:"我的这个提议你真的可以考虑一下。"说完眨眨眼,扑通跳进了河里。

方童看着他们在河里嬉戏,突然燥得慌,于是铺了几片大树叶在地上,便躺下了。阳光从树缝中透出,有些晃眼,她把扇子盖在了脸上,听着蝉叫和水声,迷迷糊糊地睡着了。

也不知道睡了多久,悠悠地醒了过来,发现郭放坐在她身后的树荫下打盹,额头上有细细的汗珠。方童轻轻地转移身子,坐在了郭放旁边,拿着扇子给他扇着风。

方童看着郭放的侧脸,突然想起了楼筱跟她说的话。"私奔,这都什么年代了,还私奔。"方童心里觉得有些好笑,突然听见远处好像有什么动静。她抬头往河中仔细寻找,看见郭沐好像在水中扑腾,夏淼淼也在远处扑腾。"比赛?"方童奇怪地看着河中的两个人心想。突然她觉得好像有些不对劲,急忙站起来往河边靠近,想看清郭沐那边的情况,"啊!"方童一声大叫,栽进河里。她没有来得及准备,一下子喝了几口水,一扑腾居然离岸边越来越远,她心想完了完了,本来打算救人的,结果先把自己搭进去了。鼻子里、嘴里全是水,方童感觉自己不能呼吸了,突然一个手臂挽过她的脖子,将她的头拉出水面,满满的氧气又重新填满她的全身,这种濒临死亡的感觉让她昏昏沉沉,全身无力。她感觉有人把她放在了平地上,又有人在呼喊,怎

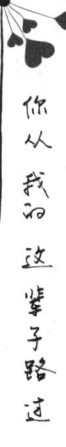

么还有人往她嘴里吹气,她好想推开那个气,可是发现双手没有一点力气。

方童用尽全力想睁开眼,可是眼皮好重,她好像模糊地看见郭放,突然就很放心了,"我好困,别弄我,让我睡一下。"方童扯着声音对郭放说,可是却只发出嗯嗯的声音。郭放抱起方童,方童觉得这个怀抱好安心,她多么想念这个怀抱,可是她好像离这个怀抱越来越远了。

"方童,你不能有事,你不能就这样丢下我,我什么都不要了,我们离开这里好不好?去一个没有人认识的地方,就我们两个,好好地在一起。"方童心里觉得好笑,估计楼筱说的话在她心里是生根发芽了,怎么还产生幻觉了。

等方童醒来,发现自己躺在柔软的床上,夏淼淼挤在她脚旁边玩手机。

"淼淼,你压我脚了。"方童踢了踢夏淼淼,夏淼淼忙起身。"呀,你终于醒啦,太好了。"夏淼淼夸张地扑过去抱住她。

"夏淼淼!你压得我出不了气了。"

"方童你吓死我们了。"夏淼淼起身扶起方童。方童奇怪地问她:"我怎么在这里?我记得我们不是河边吗?你和郭沐是在比赛还是抽筋了?"

夏淼淼突然有些羞愧,噘着嘴没有说话。这时郭沐跑了进来,激动地抱着方童:"方童,你吓死我了,我错了,以后再也不骗你了。"方童被他说得有些莫名其妙,推开他,看着两个人满脸的歉意,心里大概知道了刚刚在水里,是他们两个在逗她玩。

"说吧。"方童调整了一下坐姿,然后开口说。

"那个,是这样的,郭沐想让你下水一起玩,可是你又不肯,他就想到了让我们两个装作溺水,然后你就会自己下来了,可是谁想到你游泳圈都不用就跳下来了。"夏淼淼小心翼翼地说。方童哭笑不得："我不是跳下去的，唉！我是不小心掉下去的！"

"啊？"方童和郭沐都大吃一惊。

"夏淼淼，郭沐这个浑小子出个歪主意，你怎么也跟着瞎起哄？"突然郭放站在了门口，冷眼地看了一眼郭沐又望向夏淼淼。

"方童，对不起。"夏淼淼拉着方童的手撒着娇道歉。

"算了，你们也没有想到我会不小心掉下去，以后不要开这种玩笑了，当时你们也把我吓一跳。"方童伸手戳了一下夏淼淼的头。

"我就知道方童最好了。"夏淼淼说完又扑到方童身上。

"那我呢，那我呢？你也原谅我好不好？"郭沐也学着夏淼淼那样想拉起方童的手撒娇。

"你是罪魁祸首，不能轻易原谅。"夏淼淼急忙打掉已经伸向方童的手。

方童同意地点点头："原谅你也可以，就要看你表现了。"

"女王有什么吩咐，小的一定办到。"郭沐忙回答。

方童和夏淼淼笑成一团，郭放在一旁叹了口气，说："收拾东西吧，可以回去了。"

"啊？这么快？"郭沐回头问道。结果脑袋挨了夏淼淼一记削："难道你还希望方童在医院多住两天啊？"

"哦，不是不是，哎哟，夏淼淼你这个死丫头下手真狠。"郭沐一边痛苦地叫着一边又忙对方童说，"我是担心方童的身体，不留院观察观察？"

"观察你个大头鬼啦！这里是卫生院，又不是大医院，在这里观察和回去观察有什么区别！"夏淼淼说完又举手想给郭沐一记削，被他一挡。

"也对哦，我没有反应过来。那我们走吧。"郭沐急忙站起来远离

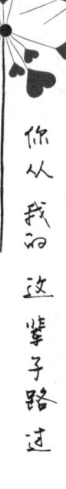

夏淼淼、方童笑着看着他俩，郭放走过来，轻声问道："你现在有没有什么不舒服的地方？有没有撞到哪儿？"

"我，就是感觉有些累，其他的倒没有什么。"方童摸了摸自己的手臂和腿，发现都没有什么问题。

"刚才我问了医生了，没有什么大碍，就是呛了水，回去休息两天就好了。"郭放说完便扶着方童准备下床。

"我来我来。"郭沐伸过手打算从郭放手中接过方童，郭放冷冷地瞪了他一眼，郭沐便乖乖地站在了旁边。

"还是让郭老师扶吧，一会儿你再摔了方童，我肯定和你拼命！"夏淼淼扶着方童，另外一只手指着郭沐说。

回到宿舍，楼筱已经准备好了晚饭。一天没有吃东西的方童也感觉有些饿了，呼噜呼噜地吃了一大碗的粥。

"嘿嘿，方童你还真厉害，一下子就恢复了，果真是打不死的小强。"郭沐一边给方童夹菜一边献媚地夸道。方童没好气地瞪了一眼郭沐。

"郭沐，你嘴皮子功夫是越来越厉害了，居然敢把我们貌美如花的方童比喻成蟑螂，活腻了吧？"夏淼淼刚好坐在郭沐旁边，听见郭沐的比喻一巴掌拍了过去。

"哎哟我去，夏淼淼小姐，我是和你有什么不共戴天之仇啊？每次下手都这么狠，你是不拍死我不甘心是吧？"郭沐被夏淼淼一个巴掌拍得直冒火。

"对不起，姐姐我是断掌，下手有点重，来，给你揉揉。"夏淼淼也觉得自己好像下手重了点，赶忙道歉。

"他就是欠收拾，不然也不会捅那么大一个篓子，我看淼淼已经手下留情了，要是我，就一巴掌拍死他。"郭放坐在对面冷冷地看着郭沐。郭沐自知理亏，也不敢再多言，狠狠地瞪了一眼夏淼淼，然后又埋头吃饭了。夏淼淼得到了郭放的支持,心情大好,对着郭放比了一个赞。

"还有你,夏淼淼,跟谁学不好非跟着郭沐这个倒霉孩子学,好的不学尽学些歪脑筋的点子,你这个老师是怎么当的?"郭放没有理会夏淼淼的手势,依旧冷冰冰地对着夏淼淼说。

夏淼淼吐了吐舌头,看见郭沐对她幸灾乐祸地眨巴着眼睛,她举起手准备又是一巴掌,突然看见郭放还看着她,又讪讪地放下,端起碗扒拉着碗里的饭。

"你今天已经狠狠地教育他们了,他们也知道错了,我现在不是也没事吗,能吃能喝能跳的,就别教训他们了。"方童看着埋着头的郭沐和夏淼淼,有些不忍地对郭放说。郭放无奈地叹了口气,收拾好自己的碗筷进了厨房。

"方童,最爱你了。"夏淼淼学着小狗呜咽着对方童说。

"我也是我也是。"郭沐也忙表忠心。楼筱在一旁翻着白眼:"你们俩真够恶心。"夏淼淼忙转变眼神凶恶地看向楼筱,楼筱看着夏淼淼收放自如的表情无奈地摇头:"夏小姐,还要粥不?"

"要,要,肯定要。刚刚郭放在那里,我都不敢吃。"夏淼淼忙换了笑脸把碗递给楼筱。

饭后,郭放便带着郭沐回去了。方童有些担忧地看着郭沐,怕郭放还会继续教育他。不过一想,毕竟是两兄弟,做哥哥的总要做出哥哥的样子,她也就不好再说什么了。

郭沐老老实实地在家待了两天,帮他老爹照看生意,看着郭放表情稍微好看了一些,就又屁颠屁颠地跑来找方童。

周末,午饭后,郭沐拿着一袋红石榴跑到了方童她们宿舍,献宝似的举着口袋在方童眼前晃啊晃。

"郭沐,我又不是瞎子,看见了。"方童好笑地抢过口袋,转身进

了厨房。

"喂,夏淼淼,你看什么书呢?"郭沐看见夏淼淼正坐在床边认真地看书,凑了过去,夏淼淼头也没有抬,举起书的封面对着他晃了晃又继续沉浸在自己的小说世界里。"淼淼,"郭沐有些讨好似的说:"如果我离开无溪河村了,你会想我吗?"

"你要去死吗?"夏淼淼依旧头也不抬。

"嘿,你这个死丫头,能不能好好聊天了?"郭沐气鼓鼓地敲了一下夏淼淼。

"喂,你是不是想打架!"夏淼淼终于把头从自己的小说世界里抬了起来,举起拳头准备还击。

"郭沐,我把石榴洗好了,但是我不会剥,你来吧。"方童端着一个果盘,里面装满了红彤彤的石榴,郭沐起身想说什么,接过果盘磨叽了半天,方童好奇地看着他。憋了半天他憋出一句:"水果刀在哪儿?"方童朝果盘里指了指,郭沐"哦"了一声便去厨房了。

"淼淼,他跟你说什么了?怎么突然变得那么腼腆了。"方童坐到夏淼淼旁边问。

"他什么都没有说,问了个莫名其妙的问题。"夏淼淼抬头想了一下,"不过他一直这样疯疯癫癫的,可能今天又哪根筋不对了。"说完象征性地拍了拍方童的肩算是安慰,便又埋头沉浸在自己的世界里。

方童看着郭沐心不在焉地剥着石榴,对他说:"今天楼筱值班,我们拿些石榴给她吧。"说完便起身拿袋子装石榴。

两个人走在树荫下,方童见郭沐还是一副欲言又止的样子,便开口问道:"郭沐,你今天怎么了?感觉怪怪的。"

"方童,"郭沐停了下来,"我爸的腿已经好得差不多了。"

"那挺好的,改天我叫上淼淼和楼筱,一起去看看叔叔。"方童高兴地说。

"他让我离开。"

"离开?"方童纳闷地问。

"离开这里,让我出去闯荡。"

"那挺好的啊,好男儿志在四方。再说了,C离得也不远,那也可以经常回来看他们。"

"不是C市,我爸的一个远房亲戚在沿海城市创业,开了一家公司,想让我过去帮忙。"郭沐为难地说,"可是那个地方人生地不熟,过去了专业也不对口,一切都是未知数。"方童有些措手不及,愣在那里。她还没有来得及说话,郭沐又开口道,"方童,虽然我老爸已经开始动员家族所有人来给我做思想工作了,但是我是真的不想去。一来那个城市离家太远了;二来,我也不想和你分开。"

"啊!"方童很是吃惊,"沿海城市?"

"是啊,是G市,从C市坐飞机都要两个多小时,我专门上网查了的。"

"噢,那确实有点远。"

"不是有点,是非常。而且这个公司还处在创业阶段,工资也不会太高,工作肯定也很忙,估计一年半载也回来不了几次。"郭沐撅着嘴说。

"你从小在这里长大,还有亲戚、朋友,特别是家人都在这里,让你一个人去那么远的地方,一时半会还回不来,是挺恼火的。"方童也有些舍不得。

"所以,方童,你去帮我劝劝我哥吧。"

"你哥?郭放?为什么?"

郭沐气鼓鼓地说:"家里最支持这件事的就是他,他说男孩子就该出去锻炼锻炼。哼,他仗着他去过部队当过兵,就觉得自己已经锻炼得炉火纯青了,人精了。我老爹也是,我家里那一堆亲戚也是,都

把他当诸葛亮了，说话都是圣旨。"

方童看着气鼓鼓的郭沐笑道："诸葛亮是军师，下圣旨的那个是皇帝。"

"我管他军师还是皇帝，反正就是家里的人把他的话当终极参考和行动指南。"

"可是郭放真的比你成熟啊。"

"这不是成熟不成熟的问题，他比我多吃几年盐，肯定要比我成熟一点啊，我再历练几年，肯定比他成熟。"

"可是，我能帮你什么呢？郭老师他这样做肯定有他的道理，我也劝不了，再说了，这个是你家里的事，我一个外人不好去干预吧。"方童有些为难地说。

"你和他是同事，而且他经常夸你知书达理，对学生有耐心，是个好老师，可塑之才。"郭沐急忙说，"我在我哥心里就是个小屁孩，我说什么他都嗤之以鼻。"

"我考虑考虑吧，这个事情我确实不好插手，你让我想想吧。"方童不好拒绝郭沐，可是想着这个事跟郭放开口，又很奇怪，自己只是郭沐的女朋友，如果自以为是地去插手他们家的事，估计郭放会觉得自己不自量力吧。

郭沐紧紧抱住方童："你一定可以的，我不想和你分开。"方童思绪万千，没有回答，只是轻轻搂着郭沐。

才过了两天，郭沐就迫不及待地跑来问方童有没有跟郭放谈，方童说最近新开了课程，大家都很忙，碰面时间都很少，更别说有时间坐下来聊聊了。方童让他再等等，等她遇到合适的时机找郭放聊聊，郭沐"哦"了一声便走了。

又过了三天，郭沐发短信问方童情况怎么样了，方童为难得不知道怎么回复。

下课后，方童心不在焉地往办公室走，一个拐角撞上了准备下楼的郭放。

"郭老师，不好意思。"方童忙道歉，准备侧身离开。

"方老师，"郭放叫住方童，"遇到什么事了吗？这两天看你心不在焉的。"

"啊？哦，没有什么事。"方童慌忙回答。

"那就好。"郭放点点头，"郭沐那小子的事你就别操心，那么大的人了，该历练历练了。"

"嗯，这个我知道。"方童也学着郭放那样点点头，"只是一个人只身在外的，挺可怜的。"

"唉！"郭放叹了口气，放轻了语气道，"其实他过去待不了半年，因为那个开公司的远房亲戚已经在 C 市选办公场地了，预计过完年就开张了，到时会把他调回来的。"

"啊！是这样啊，怪不得你态度那么强硬。"方童也终于明白为什么郭放对这个事一点也不退让了。

郭放不忍心地说："所以，你也不用担心，你们只是暂时分开一小段时间，到时等他回来了，也知道生活不易，应该成熟懂事了。你跟着他我也放心了。"

方童听着这句话，低头看着自己的鞋尖，不知道要怎么回答。

郭放接着说："这个事你别告诉郭沐，不然他过去毫无作为地待半年，等着调回来，这样的历练不是我和他爹想看见的，这个也是我们不想告诉他的原因，我们想让他有种背水一战的壮志。"

"嗯，我知道了。我会去说服郭沐的，这个事我不会告诉他的。"方童觉得这个对郭沐来说可能是件好事，在一个陌生的环境里去历练，也许成长得会比较快。

周末，郭沐又跑来找方童打探情况，方童语重心长地劝他听从家

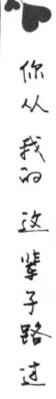

里的安排,这样的机会难得。

"方童!我让你去当我的说客,怎么现在你变成郭放的说客了?"郭沐不敢相信地瞪着方童。

方童有些尴尬:"这个不是谁的说客的事,是我觉得郭老师说得挺对的,你是应该出去历练一下,吃一下苦。再说了,那个是你亲戚的公司,他肯定不会亏待你的。"方童劝道,"我听郭老师说,虽然是离家远,不过还好管吃管住,你也不用去操心吃住,你只需要好好工作,好好磨炼就可以了。"

"你就没有舍不得吗?"

"我肯定舍不得啊,但是这个机会也很难得啊,不能因为舍不得就让你错失这个机会啊!再说了,你在那里努力工作,工作一两年,有了工作经验了,可以回 C 市打拼啊。那个时候我也差不多回 C 市了。"

"你真狠心。"郭沐丢下一句便愤然离开,留下方童想解释却开不了口。

过了两天,郭沐没有来找方童,也没有电话和消息。方童知道其中原因,作为女朋友,自己好像真的有些狠心。于是她给郭沐去了电话,表示了自己的不舍,但是不想因为自己耽误他的前途。郭沐听完,挂了电话便跑了过来。

"方童,我就问你一个事,如果我真的要去,你愿意跟着我去吗?"

"可是,我现在是老师啊!"

"你这个也是志愿者,服务期满了,也可能不再当老师了,就当服务期提前到期,跟着我去 G 市吧。"郭沐无比认真地说。

"可是,可是……"方童"可是"了半天,也没有可是出来。她想说:可是如果我们分开了,跟着你那我要怎么办;可是我没有那么想去远方，这里有我牵挂的人。

"方童，有时我真的很好奇，想看看你的心到底长什么样，里面到底有没有我这个男朋友。"

"我……"

"从开始交往到现在，你对我总是不冷不热的。我觉得我只是和你关系比较好的男生而已，根本不是什么男朋友。"郭沐越说越激动，"你对别人的事总是那么上心，对我的事却置若罔闻，就像这次我要离开，你有一丝难过和伤心吗？我在你心里比不上你那两个姐妹，比不上你的学生，就连郭放也比不上。"

"郭沐……"方童看着激动的郭沐有些不知所措。

"我真的怀疑你到底有没有喜欢过我，还是说我只是某人的替身！"郭沐说完愤然离去。

方童语塞，雷劈一样地站在那里，"某人的替身"这句话彻底让方童开始思考这段感情。从交往到现在，自己对郭沐好像一直淡淡的，他不主动联系，自己也不会主动去打扰他。每次约会总是郭沐提出的，但是自己基本上也都参加了，这个是没有感情吗？可是好像又真的没有那种恋爱的激情。是因为年龄大了，没了读书时那种冲动，还是，郭沐对于自己来说，真的是某人的替身？

一连两个星期，郭沐都没有来找方童，方童也没有主动联系他，她觉得自己好像有些过分了，但是又想不出自己做错了什么。

"楼筱，你说我是不是有些过分呢？"入秋后的夜晚已经开始转凉，方童缩在床上问旁边的楼筱。

"我说你这个女朋友确实有些冷淡了，男朋友要离开，自己居然不挽留，还鼓励，搞得像是和你没有关系一样。"楼筱一边往脸上涂着护肤品一边白了方童一眼。

"可是好男儿志在四方啊，如果他因为我留在这里，阻碍了自己的

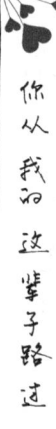

事业发展,万一以后我们分开了,那我不是罪过大了。"方童解释道,"我是真心为他着想,说不定他在那边事业有很好的发展呢?再说了,现在交通那么发达,我还有寒暑假啊,可以放假的时候过去看他嘛。"

楼筱放下手中的东西,严肃地问方童:"这两年你还有寒暑假,那如果服务期满了,你不再当老师,哪儿来的寒暑假?再说了大小姐,我才不信你一放假就会跑那么远去看他,这点你心里比我更清楚。"

方童还想说些什么,电话响了。

"喂,梦琪。"

"方童,我明天放假,去你们那里看看你。"王梦琪愉快的声音从电话那头传了过来。

"好啊,明天我们也放假,不过你来了的话也只能带你参观一下我们无溪河村。"方童听着有朋友自远方来,心情也一下愉快起来。

"没问题,我就是去看你们的。我给你带好吃的。"王梦琪突然有些试探性地说:"哦,方童,我跟郭沐说了,他说明天到车站接我,你,不会介意吧?"

"他能去接你那最好了,我还打算挂了电话后给他去个电话,拜托他去接一下你,这边转公交车要转几次,我还担心你呢。"方童其实心里有些意外,梦琪过来居然最先通知的是自己的男朋友,可是一想,那天吃饭他们就挺聊得来,而且还是一个专业,说不定私下有些工作上的交流。

"那明天见。"王梦琪欢快地挂了电话。方童挂了电话后才猛然想起,明天郭沐去接梦琪的话,那自己肯定要和他碰面了,想到这里,方童突然有些心慌,之前郭沐说的那些问题都还没有想清楚,如果他再问,要怎么回答呢?

方童躺在床上思绪万千,半夜突然雷雨交加,明天,会是艳阳天吗?

第十七章

　　一大早方童就拉着楼筱陪她去采购食材，夏淼淼最近不知道看了什么小说，走火入魔了一样，不管是课间十分钟还是放学回家后，都抱着书不放。

　　"夏博士，你想吃点什么啊？"方童一边收拾包一边问在床上看书的夏淼淼。

　　"来点补脑的吧，最近感觉用脑过度。"夏淼淼一本正经地说。

　　楼筱悠悠地说："那只有买猪脑了，俗话说吃啥补啥。"方童在一旁抿嘴笑，平时夏淼淼听见这话早就跳起来了，今天居然非常淡定地挥了挥手，就不言不语了。

　　楼筱无奈地摇着头和方童出门了。

　　"如果郭沐问你愿意跟他去不，你怎么想？"买完菜回来的路上，楼筱问方童。

　　"我跟他去？可是为什么我要跟他去呢？"方童奇怪地问。

　　"大姐，你们是男女朋友，他想留下来，你不仅不挽留还鼓励让他离开，郭沐生气也是正常的。"

　　"可是我不会跟他去啊，我没有打算离开这里啊。"方童很吃惊地说。

　　"唉！"楼筱叹了口气，正想继续说，突然一个人影向她们跑来。

　　"方童！"那个人影抱上了方童。

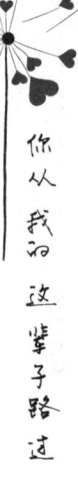

"梦琪!"方童先吓了一跳,看清了抱自己的人是自己的好友王梦琪后,也很高兴地给了她一个拥抱。

"我还说到了宿舍给你去个电话,问问你到哪儿了。结果你就突然出现了。"方童拉着梦琪的手高兴地说。一回头,看见了站在旁边的郭沐,方童有些不自然地说了句"谢谢"。郭沐"嗯"了一声,两个人便没话了。

"都别在这里站着了,大家去宿舍坐吧。"楼筱接过方童右手上的东西,招呼着大家往宿舍走去。

午饭由方童下厨,楼筱帮忙打下手,她俩做了一桌子好吃的饭菜。

"方童,有两下子啊!你什么时候变得这么厉害了啊?"梦琪看着丰盛的菜品,夸奖道。

"这里没有食堂,每天就我们三个轮流下厨,再怎么也把手艺练出来了啊。"方童谦虚道:"不过味道就比较一般,不能和楼大厨相比。只是你来了,所以我要亲自下厨露一手啊!"

"那郭沐以后可有口福了。"梦琪朝郭沐眨着眼。郭沐鼻子哼哼了一下,算是回应了。

突然夏淼淼一屁股坐了下来:"开饭了吧,我都饿死了。"

于是大家都坐了下来,一顿尴尬但气氛又活跃的午餐就这样开始了。

午饭后,大家坐在树下聊天,方童把郭沐带来的石榴洗干净,坐在那里剥石榴籽,笨手笨脚的,郭沐看不下去了,嘟囔着:"上次不是教过你吗,真是笨死了。"说完抢过方童手中的石榴,闷着头在那里剥。

王梦琪看了看方童,又看了看郭沐,然后用询问的眼神看向楼筱,楼筱摇了摇头,王梦琪愣了愣,突然明白了似的,朝楼筱点了点头,然后对方童说:"童童,你最近有空没,陪我外出一趟。"

"外出?"方童奇怪地问。

"我要送一些东西到P市,顺带小旅游一下,我管吃管住,所以,你要不要陪我去啊?"王梦琪撒娇地摇着方童的手。

"可是我没有假期啊,我们才开学没多久。"方童很是为难,"马上又要入冬了,我们几个还得要去跑跑一些企业或者找找爱心人士,要为孩子们争取一些过冬的衣物。"

"是啊是啊,去年楼筱为学生们争取了一批羽绒服,老校长把她当神一样供着呢!"夏淼淼放下手中的书,笑嘻嘻地说,"所以今年又鼓动我们几个,看能不能争取一些鞋子,你可不知道,这里湿气重着呢,晚上脱了鞋,如果不用烤鞋器,放三天都是湿的。"

"大姐,我辛苦剥了半天的石榴,你们还吃不吃啊?"郭沐晃了晃白瓷碗,碗里已经装满了红灿灿的石榴籽。

"哇,好甜。"夏淼淼已经抓了一把塞进嘴。

"这个是西昌的石榴吧?光照充足,又红又甜,而且汁又多。"王梦琪也抓了一把送进嘴里:"哇,好久没有吃到这么好吃的石榴了,印象中都是小的时候,石榴大大的,手小小的,父母抓一小把,都可以吃半天。"

"那个时候不光是石榴,吃什么都好吃。"夏淼淼激动地回答:"那个构树的果实,红彤彤的,叫什么来着?"

"构树?"方童努力的回忆。

"就是那个村主任家旁边都有一棵,夏天长红红的果子,可以吃的。"夏淼淼手舞足蹈地解释。

"你说的是构桃吧。那个红色的果实其实是一根一根组成的。"楼筱优雅地吐着石榴核回答。

"对对,就是那个。上次我想摘来吃,方童还阻止我呢,说有虫。"夏淼淼委屈地说。

"那个果子是黏的，不知道被苍蝇蚂蚁爬过多少次了，缝隙里也全是小虫。你要是不怕拉肚子就吃吧。"郭沐一边剥着石榴一边数落夏淼淼。

"可是小时候不是也那样摘下来就吃吗，不也说的是吃得脏不害疮吗？"夏淼淼辩解道。

"拿去，"方童把面前的簸箕递给夏淼淼："以前空气好，环境好，雨水也好，那些苍蝇蚂蚁也比现在干净。你要是觉得自己是小强的体魄，那去摘一篮子吧。到时拉肚子我可不管你。"

夏淼淼把面前的簸箕往方童那边推了推："我就说说嘛，又没有打算真的去摘。再说了，前几天路过村主任家，那个果子不都落完了嘛。"

"夏淼淼，你也跟我一起去吧，P市好多好吃的，好多水果。"王梦琪动员了方童又来动员夏淼淼。

夏淼淼听见好吃的眼睛就放光："我知道我知道，P市是出了名的水果城市，那里的芒果、雪梨，还有木瓜，超级棒的。"突然又哭丧着说，"可是我没有假。"

"唉，好可惜，你们都不能陪我去。"王梦琪惋惜地说。

"那就让郭沐陪你呗，他现在是无业游民，有大把时间。"夏淼淼没心没肺的说。

郭沐白了她一眼："谁说我是无业游民？你才是无业游民，我现在是待业青年，有一份前途大好的工作等着我，我马上就前途无量了。"说完瞟了一眼方童。方童心虚地低下头，拨弄着手中的石榴。

"你要去上班啦？哪儿？C市吗？"王梦琪好奇地问。

"G市。"郭沐淡淡地说。

"啊？那么远，那方童怎么办？"王梦琪说完就看见郭沐脸色不对，望向方童，见方童朝她摇头。她终于明白今天诡异的气氛从何而来了。

"不就是 G 市吗，我们公司的总部就在 G 市，也不远，我之前还去出差过。城市发展挺好的。"王梦琪好似在安慰着他们俩，"现在交通方便，两个小时就到了，再说了，小别胜新婚，现在的分别是为了将来更好地在一起。"王梦琪越说感觉气氛越不对，坐在旁边的楼筱在桌子下碰了碰她，示意她不要再说了。

"好吧，既然你们都去不了，那就等我给你们带好吃的回来吧。"王梦琪岔开话题。

"好啊好啊，你记得回来了就来玩。"夏淼淼急切地说。

"嗯嗯。"王梦琪对夏淼淼点点头，转头问方童，"方童，你不是说带我去看看你们学校吗？"

"走吧走吧，我刚好回学校拿个东西。"夏淼淼跑回房间放下书，准备和她们一起回学校。看见郭沐还坐在那里，便走过去踢了踢他的凳子，"走吧，即将飞黄腾达的郭老板。"

郭沐白了她一眼，又看了一眼站在树荫下的方童。叹了口气，起身收拾凳子。

几个人在学校晃悠了一圈，又围着无溪河游荡了一会儿，最后大家决定去县城吃晚饭，顺便送王梦琪坐大巴车。

回到宿舍天已黑了，郭沐把车停在了门口，熄了火。楼筱和夏淼淼自觉地先回宿舍了。

"那个，今天谢谢你了。"方童诚心地道谢。

"那天，我说话语气有些过了，你不要生气。"郭沐拨弄着方向盘，轻轻地说。

方童忙摆手："那天我也有不对的地方，如果突然让我一个人去那么远的地方，我也会崩溃的。我只是觉得你可以试试，也不希望你

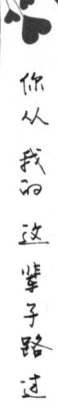

因为我放弃这么好的机会。"

"机会多了去了,有些人错过了就不在了。"郭沐声音不自觉地提高了几度,然后又叹了口气,"只是这一去不知道多久,也不知道我们会怎么发展。"

郭沐转过身,深情地看着方童:"方童,我是真的舍不得你,我们的感情好像刚刚才融洽,你也好像对我才敞开心扉,我们就要分开,我不知道我们还能在一起多久。"

方童满心感动,握着郭沐的手:"相信我,过去好好磨炼,以你的能力,肯定要不了半年就可以调回来了。"

"半年,六个月,差不多两百天,这么多个日日夜夜,你让我怎么熬?"郭沐轻抚着方童的头发,"如果你遇到什么事,伤心、难过,受了委屈,生疮害病,我都不能在你身边陪你,我又怎么算是个合格的男朋友呢?"

"呸呸呸,你才生疮害病呢!"方童打了郭沐一下,又忙止住,"我更该呸呸呸,你千万不能生疮害病!"

"你们还没有和好吗?"星期一的早上,无溪河小学举行完升国旗仪式后,一块儿回办公室时,楼筱问方童。

"还好啊,我们又没有吵架。"

"那怎么那么久没有看见他来找你,他到底确定去不去沿海呢?"

"他说他大学寝室的同学过生日,刚好他不上班,就去玩几天。"方童苦恼地说,"至于他去不去我还真的不知道。他好像很排斥这个事。"

"谁想离开自己的家乡嘛,生活了那么多年,亲人、朋友都在这边,去了那边孤零零一个人,他肯定不愿意啊。"楼筱暧昧一笑,"再说了,你也在这边,如花似玉的,他肯定不放心啊,怕自己一走,你就被别人抢走了。"

"去你的，还如花似玉。"方童有些不好意思。

"不过，如果以后你们要真的成家，我觉得他真该出去锻炼锻炼，吃吃苦头，不然永远都像个长不大的男孩，以后吃苦的就是你了。"楼筱严肃地说。

"唉，也就是半年的事，可是又不能跟他说实话，又要鼓励他去，我也很为难。"

"先劝着吧，实在不行就让郭放绑了他送过去。"

两个人正在说说笑笑，郭放叫住了方童："郭沐这小子跑哪儿去了？几天没有回家了。"

"啊？他没有跟你说吗？他说他去大学同学家了，不在本地。"方童这才知道郭沐没有告诉家里他外出的事，估计是不满家里擅作主张给他安排工作。

"哦，有消息就好，这小子现在脾气也大了，招呼也不打就跑了，看他回来我怎么收拾他。"

"郭老师，要不然还是跟他实话实说了吧，不然他一直抵触，到时弄得和家里还有你们之间的关系都不好了。"方童很担忧，给郭放建议。

郭放摇了摇头："唉，那小子的性子你又不是不知道，要是告诉他实话，肯定在那边两天打鱼三天晒网，什么也学不到。到时能不能调回来还是个问题。"

方童点了点头，看来，还要想法说服郭沐。

一周后，郭沐神采奕奕地回来了，带了一堆水果。

"哇，郭老板，你发财了啊，带了那么多好吃的。"夏淼淼一边选着好吃的一边说，"你这消失了一个多礼拜，丢下我们方童去潇洒了，光拿一堆水果就了事了啊？"

"夏淼淼，你都知道这是我带给我们家方童的，你在那里选个什么劲?"郭沐说着要去抢口袋。

"嘿!你这个小伙子,怎么现在心眼这么狭窄了,还不让开个玩笑了!"夏淼淼急忙护着面前的口袋,不让郭沐碰。

"那你就乖乖地选你的水果,然后乖乖地坐在旁边吃,不要放屁!"郭沐揉着夏淼淼的脑袋说。

"嗯嗯,我去外面,你们聊你们聊。"夏淼淼拉着楼筱去了隔壁。最近,在夏淼淼的软磨硬泡下,村主任终于在办公室装了一台电视。现在每天放学回来后,吃过饭,夏淼淼她们都窝在村主任办公室里看电视。虽然还没有入冬,但是天气已经开始转凉,晚上天也黑得比较早了,她们也就取消了饭后散步这个项目。

"方童,我有事情想和你说。"郭沐接过方童倒的水,拉着她坐到了自己的旁边,"我决定了,下个月就去G市。"

"啊?"方童听到这个有些突然,愣在那里一时不知道怎么回答。

"这次出去玩,我同学也劝了我,说沿海机会挺多的,而且老是待在一个地方,会越来越目光短浅的。男生,就应该出去闯闯。再说了,虽然是我老爹的远房的远房亲戚,但至少也是亲戚,应该不会亏待我的。"

"太好了郭沐,你终于想通了。"方童高兴地说,"我还在烦恼你回来后要怎么继续劝你呢。"

郭沐搂过方童:"你会舍不得我吧?"

方童伸出手回搂着郭沐的腰:"我肯定舍不得你啊,一想到你一个人在那么远的地方,我们也不知道什么时候能见一面,心里挺难受的。"

"我答应你,我一定会努力的,争取早点回来。"

"嗯,我相信你,我等你。"

第十八章

当夏淼淼裹上厚重的外套时,郭沐离开的时间也到了。方童买了好多瓶瓶罐罐,里面装满了本地的辣椒、花椒、豆瓣、香辣酱,居然还有泡山椒。

"我的天啊!"夏淼淼看着这一堆东西,夸张地叫道:"方小姐,你确定你准备的这些什么东西,郭沐都能带上飞机?"

方童一边把瓶瓶罐罐往一个纸箱里装,一边回答她:"不能。不过我已经查过了,只要打包得结实,就可以托运。你别站那里杵着,快帮我递一下。"

"啧啧啧,真是贤妻良母,想得真周全。"夏淼淼佩服地说,"可是大姐,你确定这个花椒他会知道怎么用?"

机场,人来人往,既是离别,又是欢聚的地方。给郭沐践行的队伍浩浩荡荡,载了两车。郭妈妈泪眼婆娑地叮嘱郭沐要照顾好自己,不能不吃早饭,要多穿衣服,不要着凉了。郭爸爸拍着郭沐的肩,让他像个男人一样去努力拼一次。

郭放只是淡淡地说了一句:"有事来电话",便去帮他办理托运手续了。

大家都知趣地把剩下的时间留给了小情侣。

"方童。"郭沐刚刚开口,口袋里的手机便响了。他看了手机屏幕一眼,表情有些不自然,"我去看看我哥办托运办得怎么样了。"说完

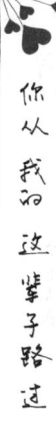

就接起电话往郭放那边走去。

"你们这就告别完了？"夏淼淼的声音突然出现在方童身后，吓了方童一跳。

"他去接电话了。"

"接电话？接电话跑那么远干吗？"夏淼淼指了指与郭放相隔甚远的郭沐，"他干吗躲着你接电话？难道是老情人？"夏淼淼摸着下巴思考着说，"不行，还没有走呢，就开始不老实了，我去探探虚实。"说完一溜烟儿地从侧面靠近郭沐。

"不过真的挺奇怪的，他之前那么坚决，郭放和你怎么劝他都不听，去了一趟大学同学那里，就想通了？看来那个大学同学挺有本事的。"楼筱也有些奇怪郭沐的转变。

"不管那个人有没有本事，能说服郭沐迈出这一步，就算是很有本事了。"方童笑着说："再说了，郭沐那个人，挺老实的，我还是比较相信他。"

"这些都是我们瞎猜的，你也别多想，马上你们要开始漫长的异地恋了，好好道别吧，他回来了。"楼筱说完便看见夏淼淼和郭沐说说笑笑地回来了。

"你们要搂搂抱抱就请抓紧时间，快要登机了。"夏淼淼晃着手臂，指了指手表。

郭沐也不顾夏淼淼她们是不是在旁边，紧紧拥抱着方童："童童，等我回来。"

"嗯。"方童也用力地回抱着郭沐。

"哟哟哟，这恩爱秀得。"夏淼淼在一旁捂着眼说道。

"走了，夏淼淼同志，我们方童就拜托你照顾了。"郭沐对着夏淼淼伸出右手，夏淼淼也伸出右手："我说郭老板，现在还不是老板，就这么有范了。"夏淼淼握了手后，又握着拳头和他对击，"方童你就放心吧，我会帮你看着她的，要是有小青年要追她，我就跟你汇报。记得回来请我吃好吃的哦。"

"那肯定的。"郭沐爽快地答应了。

郭沐的登机时间也快到了，他背着背包一边往安检处走去，一边回头跟大家挥手告别。郭妈妈在一旁直抹眼泪，伤心地怪着郭爸爸："你这还是亲爹，居然那么狠心，把儿子丢到那么远的地方，他一个人，怎么照顾自己嘛。"

"妇人之仁，我们就是平时太宠他了，害得他完全没有斗志了，现在是锻炼他的好时机。"郭爸爸虽然语气强硬，但还是有些不舍，"再说了，最多也就一年，他们小伯父的老大不是已经在C市都把办公室选好了吗，你就当儿子又去读书了。"郭爸爸说完安抚着老婆。

郭放轻轻靠近方童："你不用担心，他很快就会回来的。"

"嗯，我不担心。"方童点点头。

"郭沐和小伯父的小儿子一起住，我已经让他帮忙看着点郭沐了，你也不用担心。"

"嗯。嗯？"方童没有反应过来，"你是说哪个方面？"

郭放抿着嘴没有开腔。

方童乐了："我不担心，我会每天和他视频的。"

郭放有些犹豫，只是淡淡地说："没心没肺，也不知道是好还是坏。"

方童朝着郭放侧影吐了吐舌头，心里嘀咕道："你才没心没肺。"

入冬后，天气一天比一天冷。夏淼淼又开始叫苦连天："哎哟哟，谁规定的服务期得三年啊，那不是我还要在这里待一个冬天吗？那怎么办，我感觉我已经越来越虚弱了，再待一个冬天，我得冷死在这里了。"说完又使劲儿裹了裹身上的衣服。

"你还真是夏小姐，夏天的女儿，只能活在夏天。"楼筱嘲笑着夏

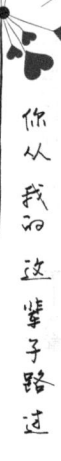

森森，突然大叫，"天啊！我的夏小姐，你居然开始用热水袋了！"楼筱看见夏森森怀中的热水袋，吃惊道，"那等寒冬腊月的时候，你怎么办？"

"我买了四个热水袋，到时肯定够了。"夏森森吸了吸鼻子，"我是因为来姨妈了，所以才用热水袋的，别把我想得那么矫情。"

"啧啧啧，你的矫情是与生俱来的。"

"你个死楼筱，看见我的白眼了没有？虽然我眼睛没有华妃的大，但是甩你一个白眼还是绰绰有余的。"

楼筱和夏森森在床上打闹，方童开门进屋了。

"哟，和小情人通完电话了。"夏森森成功甩开楼筱，爬到床沿搂着方童问。

"什么小情人，我们是光明正大的情侣。"方童甩开了夏森森的手，取下耳机，看了一眼捂得严严实实的夏森森，打趣到，"夏小姐，郭沐说他那边好暖和，他现在还是一件T恤外搭一件衬衣。"

"没天理啊没天理！"夏森森尖叫道："大家同一个祖国同一个母亲，而且还都是南方，为什么要区别对待？为什么差别就这么大！为什么？"

"他说他们公司还差一个岗位，要不然让他推荐你吧？"

"什么岗位？"夏森森期待地问。

"好像是什么茶水间主任。"方童假装认真思考。

"什么什么？什么主任？茶水间？这个是个什么主任？"夏森森一脸茫然，好奇地问，突然反应过来，伸手指着方童，"好你个方童，什么茶水间主任！我还真以为是什么大官呢，原来是说打扫卫生的大妈！"

方童忙站起身，一边逃离夏森森的魔爪一边说："你可不要看不起这个职位，好歹也是个主任，而且他们那边非常流行喝下午茶,所以你去了之后有很好的发展空间,说不定以后会出一个茶水间西施。"

"什么茶水间西施,我还下午茶西施呢!你给我过来,别跑。"夏淼淼气鼓鼓地说。

"投降,投降,我错了,夏淼淼小姐。"方童笑得肚子疼,于是投降又重新坐到了床边,认真地说,"不过说真的,你要是真的想去,我让郭沐帮忙问问有没有合适的职位。"

夏淼淼也恢复了认真:"我虽然怕冷,但是我可没有打算放弃支教,再说了,以后我要去的地方冬天可能比这里要冷十倍吧。"

"什么地方那么冷?你要去哪儿?"楼筱好奇地问。

"哈哈,世界那么大,总要到处去看看啊,南极北极,冰川雪山的,总要去体验一下嘛。"夏淼淼说到这里,又搂紧了怀里的热水袋,"不说了,肚子疼死了,我去睡了。"

楼筱对着方童耸了耸肩,然后各自回到自己的床上。

早上开完晨会,老校长便把郭放、方童、楼筱还有夏淼淼叫到了办公室。

老校长笑眯眯请他们坐下,抿了口茶。

"这次郭老师很能干,联系到了四家企业,他们都表示有意愿给我们的学生捐赠些衣物,还有棉絮之类的。"老校长说到这里停了下来,又抿了口茶,"现在时间紧迫,郭老师一个人去跑也比较吃力,我希望你们能分工合作,看分成两组,每组对接两家企业,这件事我们就同时进行,我们也不贪心,能成功一家就好,这样学生们过冬的鞋子就有了。"老校长说到这里,有些激动,便站了起来,"我先代表学生们谢谢四位老师了。"说完恭敬地弯身行礼,郭放他们也急忙起来,阻止老校长:"校长,这些也是我们的学生,我们一定会尽最大努力的。"

"是啊是啊，老校长，你这敬礼算哪门子感谢啊，这明明就是折煞我们啊！"夏淼淼也激动地回道，"你要感谢我们，也要等我们把事情办成了啊。反正我脸皮厚，要是成功了，肯定让你请我们吃饭的。"

"是啊，老校长，今年我都没有去联系企业，把这个事情推给了郭老师，已经很不好意思了，你要是还这样，不是让我难堪吗？"楼筱一边扶着老校长坐下，一边说。

"楼筱啊，去年的事难为你了，我知道你今年不愿意也有你的难处，我非常感谢你开了一个这么好的头。"老校长转身看着方童，"还有方童，写了那么好的新闻，在各种地方发表，也让别人知道了还有我们无溪河村这个地方，好，好，你们都很能干，这次县上总算是没有坑我，分配来了你们几个好老师。"校长欣慰地点着头。

"那肯定啦，又漂亮又能干。"夏淼淼骄傲地接话。

几个人被夏淼淼逗笑了，老校长笑呵呵地对郭放说："郭老师，这次就辛苦你了，接下来的工作就麻烦由你牵头办理了。有什么困难及时跟我反映，我解决不了的，我们就去找县上，县上要是也解决不了，我就写信，去找市长。"

"其实事情能发展到这个地步，不光是我一个人的功劳，当时带她们三个参观学校时，看见那个未能修建的楼，我们是放弃了的，可是她们却信誓旦旦地说要一起努力，要在离开之前把这栋楼修好。这个事很触动我，几个小姑娘都有这样的决心，我这个无溪河村土生土长的人，应该要努力为学校做点什么。之前一直想着只要能好好教书，把知识教给学生就够了，现在想想其实没那么简单，怎么去面对这个社会，以后怎么生存，怎么满怀感恩的心去看这世界，这才是一个老师真正应该去教的。"郭放非常感激地看着三个女生，"以前我老觉得麻烦别人是一件不愉快的事，会欠人情，但是楼筱为了学校，为了学生，付出了很多，一个女生都可以这样不计较，我一个大男人还在乎脸面和人情干吗?"说完对楼筱比了比大拇指,"校长你放心,这个事我肯定上心,这两天我们就开工作部署会,希望今年能多为学生们争取些物资,让学生们的冬天越来越暖。"

"啪啪啪。"夏淼淼激动地鼓掌,方童和楼筱也跟着鼓掌。

郭放突然有些不好意思,急忙离开办公室。

晚饭后,四个人在村主任办公室召开了讨论会。他们按老校长的建议,分成两组,郭放和方童一组,夏淼淼和楼筱一组。郭放把课程表放在中间,既然决定马上行动,那么明天就开始拜访第一家企业。郭放和方童把自己第二天的课程圈了出来,让夏淼淼和楼筱代课,接着又把后面两个星期的课都做了调整。等会议结束时都已经半夜十二点了,平时早已入睡的三个女生竟显得有些亢奋,躺在床上还在叽叽喳喳地商量着对策。

"叮咚!"突然方童的手机响了一声,她看了一眼,是郭沐发来的一条短信:"今晚加班,不电联了,早点休息。"

方童想了想,决定回一条:"今晚我们也加班,一起努力哦。注意身体,晚安。"

方童等了半天,也没有等到回复。"不是说加班吗?忙得手机都没有时间看了呀,还是说加班在应酬,所以没有空看手机?"方童心里嘀咕着,转念一想明天即将开始奋战,要养精蓄锐,便睡去了。

郭放和方童负责的两家企业都在C市的郊区,另外两家和无溪河村在同一个县,坐车也不是特别麻烦,就把这两个企业分给了夏淼淼和楼筱。郭放提前找叔父借了车,一早便载着方童出发了。

他们去的第一家企业唐氏集团是做建筑的,每年都会做一两个扶贫项目。据报道,这家企业已经在偏远地方修了几所希望小学了。之前县教育局上报过无溪河村小学扶贫项目,主要是想得到资金支持,唐氏集团本来对无溪河村小学不感兴趣的,已经否决了此项目,因为

学校大体规模已经建好，而唐氏集团希望不通过金钱的方式来做扶贫项目的支持。郭放通过战友的关系联系上了党办主任，希望能帮助小学把遗留的教学楼修建好，并愿意以唐氏的名字命名该教学楼，也会从学校的角度去联系媒体，发布新闻，多做宣传，同时上报市教育局和省教育厅，建立良好关系，如果以后有学校要修建，可以优先考虑唐氏集团。党政办主任分析了此事后觉得是个不错的项目，上报了董事会，董事会也觉得小投入，说不定可以换来日后的大回报，于是派了集团副总来与郭放商谈此事。

郭放和方童赶到C市时已经过中午了，他们随便吃了点便餐，休息了一下，便驱车前往唐氏大楼，去拜访党办主任和唐氏副总。

唐氏集团在C市很出名，是C市的本土集团。十几年的努力成就了今天，办公楼是唐氏自己出资购买土地修建的，两栋摩天大楼坐落在杨柳河畔，全透明的玻璃可以看见河水仿佛从脚下流过。方童坐在副总的办公室里好奇地打望着，刚毕业的时候，方童也是在一家比较大型的民营企业上班，虽然规模没有这么大，但是办公室设立在C市的市中心，楼下是来来往往的人和川流不息的车。

这个副总的办公室视野非常好，在顶楼的转角，两面都是落地玻璃，低头就可以俯瞰整个杨柳河。方童想起当初毅然决然地辞职，离开都市，去了偏僻的农村支教。一眨眼都过了一半的时间了，还有一年半，自己的服务期也满了，如果跟老校长申请留校，他肯定会同意的吧。可是留校又要待多久呢？自己在无溪河村没有亲人和朋友，学生毕业后又是一批新的面孔，自己和郭沐的感情也不知道能走到哪个地步。再说郭沐回来后也是在C市发展，离学校也有那么远的距离。

想到这里方童有些迷茫，看了一眼坐在旁边的郭放，大概是很少来这种装潢豪华的办公室，郭放有些拘谨，紧闭着嘴，双手合十地放在腿上，上身笔直地坐在沙发上，也不像方童那样扭来扭去。看着郭放的侧脸，方童还是会心跳加速，有些紧张。她不知道这是不是因为还喜欢他，只是知道对郭沐从来没有过这种感觉。方童正想得出神，就见郭放突然站了起来，这才发现办公室里进来了两个人。

"郭老师是吧？"走在前面的这个男子面相温和，彬彬有礼地伸出手。郭放也忙伸出手："您好，我是郭放。"之后又把手伸向方童，方童伸出手握了一下："您好，我是方童。"

"不好意思，刚刚才开完会，我来晚了。大家都坐吧，不要太拘谨。"男子说完坐在了方童对面的沙发上。

"郭老师，这个是我们集团的唐副总，专门负责对外援建项目的。"刚刚进门走在后面的这个人说。

"唐总好。"方童乖巧地叫了一声。

"唐总好。"郭放也礼貌地称呼了一声，转头对方童介绍，"这位就是党办主任徐主任。"

"徐主任好。"方童落落大方朝徐主任点头招呼。

"哟，没想到啊郭老师，你们学校居然有这么年轻漂亮的老师啊！"徐主任乐呵呵地夸奖着方童。

"这位方老师是来我们学校支教的老师，不仅年轻漂亮，还是高材生。"郭放有点自豪地介绍方童，"这次县领导还是挺照顾我们无溪河村小学的，给我们分配来三位能干、年轻又漂亮的老师，去年我们学生们的过冬衣物捐赠，还是其中一位老师帮忙联系的。"

"呵呵，不错不错，现在愿意吃苦的女孩子不多了，唐总，看来我们需要去一趟无溪河村小学，去考察考察。"徐主任乐呵呵地对唐总说。

唐总带着欣赏的眼光看着方童："现在都是娇生惯养，愿意去条件艰苦的地方做贡献的女生就更少了，方老师很厉害。"

"唐总过奖了，其实我们也没有大家想得那么娇生惯养，只是现

在生活条件好了,不用吃苦了而已。但在面对理想和对社会做贡献的时候,我们还是愿意放弃一些东西,去成全自己内心的一些梦想。"方童不卑不亢地说,"其实每年都有很大一群刚毕业的大学生和毕业一两年的小青年投身于社会主义建设中。"方童说到这里,自己有些发笑,"社会主义建设我说得有些夸张了,只是想表达支农、支教、支医和扶贫这种做贡献的工作,其实这些工作很有意思的。虽然自己是二十出头的年轻人,大概在父母眼中看来都还是孩子的我们,在三支一扶中,却得到了乡亲们的尊重。因为一般分配的地方都比较贫困,知识落后,所以他们都很尊重我们,不会像中大城市里工作那样,刚进公司,老员工都会觉得我们没有经验,是个小孩子,还要花费时间去教导我们。"

唐总听着方童的话点了点头:"现在的年轻人,就是希望得到尊重,被社会和周围的人认可,所以你们的选择不仅为社会做了贡献,更能让自己得到认同,我觉得三支一扶是个很好的工作。"

唐总和方童就自我认同的问题越聊越投机,郭放几次想插话都欲言又止。

唐总终于发现坐在一旁快尴尬症犯了的郭放,于是意犹未尽地停止了这个话题的讨论,开始讨论关于援建无溪河村小学的问题。

唐总看了郭放带来的方案,恢复商人的严肃,提出了要求:"郭老师,你们的要求一点也不过分,一栋三层楼的房子对我们来说太简单了。我们要的是社会影响力,就是我们为你们修了楼后,我们能得到什么?哦,我说的得到,不是指金钱方面的。"

"我明白,这件事我们已经上报了县教育局了,他们也很重视,表示愿意加强联系,不管是后期你们的公益事业,还是教育局的项目,都愿意优先考虑你们。"郭放明白唐总想听到的答案,于是省略其他琐碎的优点,直接说了重点。

"嗯，能得到县教育局的认可那当然最好，我们会根据你们的方案进行股东会讨论，等讨论结果出来后我们再进行下一步的商讨，希望再次会面的时候能有县领导的参加。"唐总刚把方案放在桌子上，手机铃声就响了吗，"不好意思，我接个电话。"跟郭放和方童客气地招呼了一声后，他便起身到一旁去接电话了。

"喂，县领导要多大的领导啊？县委书记还是县教育局局长呢？"方童见唐总离开后，悄悄地问身边的郭放。

郭放摇了摇头，轻声说："这个事回去跟校长汇报后再说。"

"来来来，喝茶喝茶，这个是唐总最喜欢的太平猴魁，一般普通人来他都不用这个招待的。"徐主任一边往郭放和方童的茶杯里倒水，一边说。

"好的，谢谢徐主任。"

"不好意思两位，"方童刚喝了一口才加过水的太平猴魁，正在心里吐槽这个茶叶苦，就听见唐总的声音在旁边响起，"今天就不留你们晚饭了，因为我马上要去市里开个紧急会，等讨论结果出来的时候，我再宴请两位。"说完对徐主任说，"徐主任你让蔡秘书招呼一下两位，你们党办的小喽啰捅了那么大一个娄子，你快去处理吧。"说完便告辞失陪了。

徐主任也面色一变，招呼来了蔡秘书，便匆匆离开了，留下郭放和方童面面相觑。

谢过了蔡秘书的招待，郭放和方童也离开了，因为第二天还要拜访另外一家企业，便决定不回无溪河村了。

郭放和方童刚回到C市市区，方童便接到了夏淼淼的来电："亲爱的童童姐，你今天是不是不回来了？"

方童一听夏淼淼的语气，就知道有事要让她办："说吧，要买什么？"

"真是我肚子里的蛔虫啊！"夏淼淼乐呵呵地说，"我的护肤品快用完了，你到新世界百货帮我买一套，最近换季出新，有很多好看的衣服都打折了，你帮我选两套啊。"

　　方童想着自己好像也很久没有逛街了，今天和唐总也谈得挺愉快的，于是欣然答应了夏淼淼的请求。

　　吃过晚饭后，郭放便陪着方童穿梭于各大商场内。

　　"郭老师一般都在哪儿买衣服呢？"方童一边选着衣服一边问跟在身后的郭放。

　　"一般是我妈。"郭放说着拿出两件衣服递给方童，"这两件很适合你，去试试吧。"说完又继续挑选。

　　方童接过衣服，这两件确实挺符合自己的风格的，大方素雅。她回头看见印在玻璃上的两个人影，突然觉得很像一对小情侣，男友在耐心地帮女友选着衣服。

　　一直逛到商场打烊，方童还意犹未尽。其实她很少和男生逛街，因为一般的男生都受不了和女生逛街，一来女生选来选去，又挑牌子，又挑样式；二来女生的战斗力比较强，往往逛了十家都还可以再逛十家。郭放全程没有抱怨一句，没有表现出一丝不耐烦，不仅负责提着包，还帮方童选衣服，就连夏淼淼的衣服郭放也帮忙选了一件。方童已经很久没有这么愉快地逛街了。突然想到，好像和郭沐在一起那么久，也从来没有去逛过街，连情侣之间应该常有的约会，比如浪漫晚餐、看电影、去游乐园都没有过。一来是自己从来没有想做这些事的冲动，二来是无溪河村地处偏僻，没有像样的餐馆，没有电影院，更没有游乐园，所以回想起来，这个恋爱谈得好复古，也许爸妈那个年代的恋爱都比自己现在要丰富多彩。

　　"方童，"郭放突然叫住了方童，"你想看的那个电影上映了，我请你看吧。"说完便向售票窗口走去。

"我想看的电影?"方童心里奇怪地想着,"我想看什么电影啊?"于是抬头搜索着电影海报。

　　"啊!"方童有些激动又有些吃惊,当初在办公室上网,看见电影推荐的时候,提过很想看这部电影,只是不知道上映的时候有没有机会去电影院看,毕竟就算去县里的电影院也挺远的,没想到郭放居然记得。

　　"我们运气挺好的,还有不错的位置。"郭放已经买到了票,拿着电影票在方童眼前晃了晃,"走吧,电影快开场了。"

　　这场电影方童看得满是感动,但心里也责怪着郭放对自己好,让已经快放下了的方童的内心又波澜再起。

　　因为第二天的拜访也是下午,方童就睡到了自然醒,醒了后觉得吃早饭太晚了,吃午饭又早了,就在酒店里纠结地等到了中午。

　　午饭后,郭放和方童去拜访第二家企业,C市著名的金融公司。机缘巧合,郭放以前带过的兵退役后在这家公司当保安队长,刚好公司最近打算上市,要在上市前建立一些良好档案,于是便开展了一系列扶贫捐赠的活动。

　　接待郭放和方童的也是公司副总,这个副总大腹便便,带着金丝眼镜,一直色眯眯地盯着方童。

　　郭放把学校的情况及需求介绍完,副总不在意地挥挥手,热情地对方童说:"方老师平时有什么爱好吗?每个周末都会来C市吗?"

　　方童很是尴尬地看了一眼郭放,礼貌地回答:"平时就爱看书,学校离C市比较远,所以周末都不会来。"

　　"方老师爱运动吗?会打高尔夫吗?要不然周末我派人去接你,我带你去打高尔夫。"副总笑嘻嘻地说,还没有等方童回答,又接着说,"这样吧,晚上我请客,请郭老师和方老师一起吃饭,我们到时再聊捐赠的事。方老师喝酒怎么样?喜欢喝啤的还是白的?"

"我……"方童有些为难,不知道该怎么样回答。同样是做到如此厉害的公司,怎么领导与领导之间差别如此之大。

"十分抱歉,因为明天学校有考试,所以我和方老师等一下就要赶回学校,您的好意我们心领了,晚饭就不吃了。"郭放把手中的方案放在桌上,继续说,"这个捐赠方案我们是很用心做的,里面都写得非常详细,如果您有什么问题可以电话联系我,我再跟您解释。"

副总脸上有些不高兴地看着郭放,郭放从包里拿出纸笔,写下自己的名字和电话,放在了方案的上面。

"非常感谢贵公司对我们无溪河村小学的厚爱,如果能得到贵公司的捐赠,学生们会非常感谢的。如果不能,我们也不会埋怨贵公司,因为每个公司都有自己的计划和方案,所以这次没有成功,希望下次能与贵公司合作,再次感谢,今天我们就先走了。郭放说完不等副总回应,拉着方童便离开了。

走出了公司大楼,郭放才放开方童的手。

"郭老师,我们就这样走了,会不会不太好。"方童有些担心地问。

郭放瞪了方童一眼:"那个什么副总,眼睛都快掉你身上了,再待下去还指不定会发生什么事。"

"哦。刚刚他问的问题是让人有点尴尬。"方童点点头,她觉得郭放的决定是对的。那个副总的眼睛老是在自己身上转悠,还问喝酒怎么样!越想越是气。

"好了,你也别多想,后续我单独来联系他。"郭放看着眼睛要冒火的方童,揉了揉她的头发,安慰道,"晚上想吃什么,我请你吃大餐。"

方童摇了摇头:"现在不饿,时间还早,再说,气都气饱了。"

"那我们去看马戏吧,我刚刚看见宣传海报,好像有个比较有名的马戏团在 C 市演出。"郭放指了指对面车站海报。

"好啊好啊，我都还没有看过马戏呢！"方童听见马戏，很是激动，"可是时间是今天吗？表演地离这里远吗？"

"我看了，时间是今天，只是现在我们要赶快去售票处，看还能不能买到票。"

"走吧走吧，我们用跑吧。"方童说完便迈开步子朝前跑去。

郭放很顺利地买到了票，虽然位置不是特别好。

整个演出非常精彩刺激，看到精彩处方童和其他观众一样扯着嗓子叫好，看见刺激惊险的地方，紧张地抓着郭放的手臂。郭放本来觉得这些表演既然能演出，那么肯定是彩排过很多次的，不会有什么闪失，可是被方童这么一抓，搞得自己也心跳加速，跟着紧张。

方童看完演出出来还意犹未尽："下次把夏淼淼和楼筱也叫上，这个表演好厉害。"

"一个你都已经够闹腾的，再来一个夏淼淼，你们是要把屋顶给掀了。"郭放笑盈盈地说。

"这个叫气氛，懂不懂。你就适合和楼筱看，她肯定也和你一样，再怎么惊险，也坐在那里岿然不动。"方童说着还绷直了背，学了一下岿然不动。

郭放跟着方童哈哈大笑起来："以后不管遇到什么事，你都可以来找我，就算我无法帮你，至少也可以听你诉说。"

方童很感激地看着郭放，这么久以来，不管遇到什么，郭放都陪着自己，鼓励着自己："郭放，谢谢你。"

唐氏在一个礼拜后才召开关于是否修建无溪河村小学教学楼的项目会议，大多数股东觉得此事不难，耗费不大，还是一件好事，大体通过了这个援建项目。结果出来后，唐总决定带人亲自去小学考察，并带上测量员，落实设计方案。

唐总来的那天县教育局也派了副局长来无溪河村小学，一起商谈关于修建教学楼的事。学生们知道来的叔叔们是给他们修新的教室的，热情地表示了欢迎。有的同学还带了一篮子自己家种的蔬菜。

测量员们没有想到这些孩子这么朴实，都很感动，认真地在仅有的地块上测量着，并提出许多新的想法，希望能把这块地发挥到最大的作用。

徐主任也非常感动，感慨地对郭放说："我们小时候也这样朴实，对帮助我们的人万分感激，现在城里的孩子都不是这样了，他们觉得对他们的好是理所应当的，都不会感恩了。我觉得我们可以开展一些项目，比如交换夏令营，让城里的孩子来这里吃吃苦，学习一下这里的孩子的良好品德。"

"徐主任的这个提议很不错，先从我们集团内部员工的孩子开始，集团出这笔钱，免费让员工把孩子送到这里来体验生活。"唐总非常同意徐主任的这个提议，马上提出思路，"愿意送孩子来的员工不仅给补助，还要在集团进行通报表扬，如果孩子表现好，家长也会被奖励，下一次提干时会优先考虑。"

徐主任在旁边竖着大拇指："唐总，您的这个提议太好了，我第一个带头把我家那个捣蛋鬼送过来。"

郭放和方童也觉得这个方法很可行，不仅可以补助学校资金，还可以让学生们接触更多的人，认识更多的朋友。

"方老师，"唐总对身边的方童说，"这个方案就麻烦你来写，怎么样？"

"啊？"方童有些吃惊，又有些为难，她看向郭放。

"唐总，方老师从来没有写过这种方案，而且对贵集团的一些情况也不了解，估计会比较吃力。"郭放在旁边为方童解围。

唐总摇了摇头："年轻人，不要怕，不试试怎么知道自己不行了。

再说了，你不是在私企待过吗？其实企业大体都是通的，只是规模大小不同而已。"唐总非常期待地看着方童，"我相信你可以完成这个方案的，如果遇到什么问题或者不懂的，你可以随时给我来电话，我会帮你一起完成的。"说完拿出自己的电话递给方童，示意她输入电话号码。

方童想了想，觉得这个挑战好像也不错，说不定方案可以给夏淼淼和楼筱做参考，让她们也给正在联系的企业做策划，可以试试这种方法是否可行。

方童输入电话后递给唐总："唐总，之后多有打扰和请教，还请您不要介意。"

郭放看见唐总转身前微笑的嘴角，有些担心地望着方童。

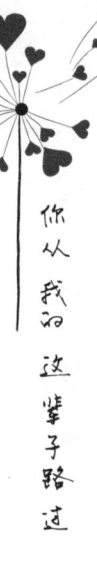

第十九章

"方童,怎么最近没有看见你和小情人打亲热电话了呢?"夏淼淼看见埋头做方案的方童,打趣道。

"对哦,好像挺长时间了吧。"楼筱也奇怪地问。

"很长时间吗?"方童也停下来,仔细回忆,好像是有两个多礼拜没有和郭沐通话了,也不是没有通话,是大家时间都不凑巧,郭沐来电话的时候方童正在忙,等方童有空了回过去,郭沐又不得空了,说起来好像煲电话粥都是很久之前的事了。

"最近大家都很忙,我这边忙着捐赠方案的事,他那边也到年底了,开始冲销量了,比我还忙,经常晚上加班。"方童说完又埋头写方案。

"谁知道他是加班还是去找小三、小四、小五去了。"夏淼淼坏笑着说,"对了对了,听说那边离那个什么著名的红灯区很近哦,你说他会不会是按捺不住寂寞,找人排解寂寞去了。"

"他的工资好像不高,我估计也就够他日常开销,如果要去找小三、小四,应该没有那个本钱吧。"方童想了想,认真地说。

"万一有那种倒贴的呢?"夏淼淼继续问。

"你觉得有那种人吗?我反正不太相信。"方童笑道。

"哈哈哈哈,说得也是,谁这么不开眼看上他,还倒贴。"夏淼淼在一旁大笑着。

"喂，夏淼淼。"方童回过头，怒瞪着夏淼淼。

"我知道我知道，你就是那个不开眼的，不用急于承认。"夏淼淼跷着腿，脚跟着头一起晃动着。

"哼，我不开眼就不开眼，你的方案做得怎么样了，明天要给别人了，你还在那里优哉游哉。"方童知道夏淼淼的死穴，一句话，夏淼淼就不开腔了。

"真是的，哪儿有要方案要得这么急的，第一次看见给钱给得这么积极的。"夏淼淼生气地一边说着一边窸窸窣窣地从床上爬了起来，不情不愿地开了电脑，大叫道："我美好周末的下午啊！"

方童和楼筱一起白了夏淼淼一眼，就又忙各自的方案了。

方童在两天后把方案发给了唐总，一个小时后便接到了唐总的电话。

"方童，这个方案是你写的吗？"唐总在电话那头语气严肃地问。

"呃，是我写的。"方童有些紧张，"是不是写得不好，问题比较多？"

"你知道就好。"唐总缓了一下语气，接着说，"我知道你没有做过这种方案，但是我说过有问题可以问我啊，可是这两天你有来过一个电话吗？"

"我……"方童确实知道自己理亏，不知道怎么回答。

唐总在电话那头已经调整好了语气，放轻了声音："方童，我对你是很有信心的，你也不要有压力，我说过我会帮你就肯定会帮你的，刚刚语气有点重，是因为你明明遇到困难和问题了却没有来找我，我觉得我没有那么不通情达理吧。"

"唐总，非常感谢您对我的信任和支持，我会努力的。"方童对于唐总对自己的帮助的态度很是感动，非常真诚地感谢。

"你拿笔记一下，我们来讨论一下这个方案里的问题。"

"好的。"

半个小时后终于结束了通话，方童看着写得密密麻麻的一页纸，长叹了一口气。突然想到刚刚在和唐总通话的时候，郭沐好像有来电话，于是忙回过去。

"喂，你和谁讲电话呢？好像讲得挺久的。"郭沐在电话那头酸酸地问。

"和援建我们学校的唐氏集团的副总，上次来的时候他提出了体验生活这个想法，于是让我来写这个方案。"方童说到这里才发现好像确实很久没有和郭沐聊天了，这些大事郭沐都不知道。

"哦。"郭沐回答了一声后就沉默了。方童也在电话这头沉默着。

"我们过年放十天假，不过我可能大年二十九才能回来。"郭沐想了半天，找到了一个话题。

"我们也快放寒假了，不过放假我就回家了，不知道你回来的时候我们能不能见面。"方童算了算日子，学生们要期末考试了，应该要准备模拟考的试卷了，于是顺手记录下来。

"嗯。我到时给你电话。"

"好。"

方童发现，现在两个人的话题越来越少，突然觉得其实之前大家都挺忙的时候挺好的。彼此想起对方时去个电话，因为忙碌，就只是简单的问候，那个时候没有现在这么尴尬。

"我还有点事……"

"我先去忙了……"

方童和郭沐两人同时开口，虽然吐出的字不一样，但是表达的意思却一样。

"嗯，那你忙吧。"

"嗯，那你忙吧。"

两人又同时开口。

方童在电话这头笑了，尽管心中很是无奈。

挂了电话后，方童又长叹了口气，大概两个人走到瓶颈了，自己鼓励郭沐去那么远的地方，到底对不对呢？

方童的方案按照唐总的建议改得非常顺畅，很快通过了唐氏集团的认可，并纳入次年的工作计划之中，打算在暑假召开这个活动。方童的心也终于落地了，能为学校争取更多的利益，学生们的教学条件也就会更好。

方童把这个方案给了夏淼淼和楼筱，让她们在拜访企业的时候也可以提一下这个项目，就算不能带来捐赠，这个方案能得到认可，也能为学校带来一些收入，变相的也是种捐赠。

"哇，方童你太厉害了，这么多字，都是你写的？"夏淼淼看着方案赞叹道。

"夏淼淼，谁看方案是看字数多少的？要是光看字数，那就写本小说得了。"楼筱对夏淼淼的奇葩思维感到无奈。

"我是变相夸奖方童，这个你都听不懂。"夏淼淼对楼筱的理解能力很是伤心。

"是啦是啦，是我笨。"

"嗯嗯，承认就好。"

"你们两个，可以尊重我的劳动成果不？把里面的企业名称修改一下，然后按你们拜访的那些企业大小啊，实际情况修改一下，看能不能也推动这个活动，就算今年没有得到这些企业的捐赠，但如果他们认可这个方案，愿意参与，也能为学校带来一些收入，我们拿这些收入再去给学生们购置衣物、文具。"

夏淼淼和楼筱也非常认可这个方案，一人负责一个企业去修改成对应的方案，争取在过年前把方案递交到企业。

日子就忙碌中流逝了，方童和郭放与唐氏集团对接得很成功，教学楼的修建暂定于第二年春天开工。

楼筱和夏淼淼辛苦联系的其中一家企业也承诺年后新学期开学时捐赠一批文具。

关于外联企业的任务终于告一段落，还没有来得及喘口气歇息一下，就迎来了期末考试。

第二十章

期末考试终于结束，夏淼淼期盼的寒假终于到来。方童她们在宿舍收拾着行李，第二天学校老师就放假了，她们也可以回家了。

"再见了，我亲爱的热水袋，等我回来时再继续宠幸你们。"夏淼淼一边收拾着东西一边吼着。

"夏淼淼，每次放假你最激动，请问你那么激动是为什么呢？搞得好像要去会情人一样。"方童看着夏淼淼把热水袋撒在床上，打趣道。

"嘿，还不允许我有情人了是吧！"夏淼淼一屁股坐在了方童的床上，刚好压着方童准备打包的裤子。方童一把把夏淼淼推开，嫌弃地看了她一眼："拉出来遛遛，下学期你的碗我给你洗了。"

"哟，这可是你说的！"夏淼淼激动地叫道："楼筱，你听见了，这可是方童说的。你是证人。"

楼筱也好奇地看着夏淼淼："夏小姐，你真的发展了一个情人？隐形人还是外星球的。"

"你们两个！怎么看不起人，我夏淼淼怎么就不能有男朋友了？我这么如花似玉的！"夏淼淼咆哮了。

"不是不能有，也不是说你不如花似玉，问题是你能带出来让我们开开眼界，见识一下吗？"方童好笑地说，这个夏淼淼性格虽然开朗活泼，可是也没有见她和哪个男生打得火热，这一年多更是没有听

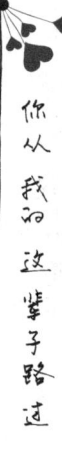

她提过她有男友，还闹着让村主任给她介绍个"村草"，怎么突然之间就有了男友？

"哦，你要是寒假回去相亲认识的可不算啊！"方童想到了父母，以前读书的时候千叮万嘱咐不让早恋，一毕业就问什么时候谈恋爱，真是异想天开。要不了两年，就会开始张罗相亲，搜罗各种自己认为优质的男生，逼着见面。方童看着夏淼淼，觉得很有可能会是回家被父母逼着相亲的对象。

"切！谁会相亲那玩意儿！我夏淼淼天生丽质，用得着相亲吗？"夏淼淼不屑地说："追我的人多了去了，我只需要勾勾手指头，就会有一堆优秀的男生拜倒在我的石榴裙下。"说完眼神妩媚，很销魂地勾了勾手指头。

"呵呵，你什么时候得了幻想症了？"楼筱被夏淼淼妩媚的眼神吓了一跳，伸手在夏淼淼眼前一晃。夏淼淼突然抱住了楼筱，更是惊吓了楼筱和方童。

"楼筱，还有方童，很高兴认识你们。"夏淼淼深情地说。

"哎，我以为你中邪了，吓我一跳。"楼筱回搂着夏淼淼，笑道，"我也很高兴认识你们，都说社会是个大染缸，形形色色的人都有，尔虞我诈，你算计我，我算计你的事更是多了去了，还好遇到你们两个。"楼筱说完对着方童伸出了右手，示意她也加入这个拥抱。

方童心里暖暖的，伸出双手搂住夏淼淼和楼筱："我也很高兴认识你们。一起吃一起住，一起高兴一起快乐，一起努力一起拼搏，感觉像读书时那样，相处得简简单单，没有比拼，不用争夺什么，多好。"

夏淼淼使劲儿地点了点头，又长叹了口气："以后离开这里，不知道会遇见什么样的人，发生什么样的事，自己有没有能力去面对和解决呢？"

"傻丫头，以后的事以后再说，我们还有一年半的时间呢，好好珍惜，努力做一名好老师。"方童拍着夏淼淼的后背安慰着。

"好了好了，搞得我们好像现在就各奔东西了一样，只不过是放寒假，就三个多星期不见面而已。"楼筱放开了夏淼淼和方童，"快收拾东西吧，你不是归家心切吗？我们还等着看你的小情人呢！"

夏淼淼听见小情人一下子就恢复了活力，傲娇地说："肯定会让你们看到我帅气的情人的。"

这次负责送方童她们去车站的任务还是落到了郭放身上。

"方童，郭沐什么时候回来呢？你回家了，那你们怎么见面呢？"夏淼淼坐在后排啃着面包问方童。

"他好像要大年二十九才能回来，我也不知道怎么见面，只有等他回来再看了。"方童淡淡地说。

"哦。"夏淼淼听着方童的语气不是太好，忙岔开话题，"郭老师，你们班的那个胖大虎，居然泡我们班的班花！你得去管管！"

"胖大虎？"郭放记得班里没有人叫这个名字，奇怪地问夏淼淼。

"哎呀，就是那个长得胖嘟嘟的，肚子圆滚滚的，鼻子也大大的那个，很像《哆啦A梦》里面的胖虎。"夏淼淼详细地解释到。

"哦！"郭放恍然大悟，"你说的是赵小梅吧？"

"什么？他那么庞大，居然叫小梅！"夏淼淼吃惊地叫道，"是梅花的那个梅吗？"

郭放也觉得好笑，解释道："他们家是种梅花树的，赵小梅有两个哥哥，他妈妈一直想要一个女儿，怀他的时候找瞎子摸过，找半仙算过，还找县里的医生帮忙看过，都说一定是个女儿，便把名字都起好了。他们家世代都是种梅花树的，就叫小梅，念着也像小妹的发音，让大家知道这个女儿是整个家族的小妹，想让大家都能疼爱她。谁知道生出来一看，还是个儿子，把他妈伤心得半死，于是懒得给他想名字，就还是叫赵小梅。"

"哦，怪不得我看他身边的同学都叫他大哥，他是不想听他的名字吧。"夏森淼听到了名字的由来，哈哈大笑起来，方童和楼筱也觉得很是有趣。

到了车站，郭放帮她们下着行李。

"谢谢你了，每次放假都是麻烦你送我们到车站。"方童接过行李，朝郭放道谢。

"这没什么。"郭放想了想，又说："郭沐一回来我就让他联系你。"

"啊？"方童愣了愣，笑着说道："现在大家都很忙，有了奋斗的动力和目标，短暂的分离是为了更好的相见，我没有太伤心。"方童以为郭放因为郭沐回来时间短，又和自己错过，无法见面而难过，忙解释。

"嗯，他要是做了对不起你的事，我不会放过他的。"郭放点了点头，丢下了一句让方童觉得暖心又奇怪的话后便不开口了，方童也不好意思再继续问下去。

大年二十八的晚上，方童正带着弟弟妹妹放烟花，接到了郭沐的电话。

"新年快乐！"方童接起电话第一句很高兴地说。

"新年快乐！"郭沐也回了一句，只是语气没有方童那么高兴。

"是明天回来吗？机票有买好吗？"

"我现在已经在家里了。"

"啊？你提前回来了啊？那太好了！"

"嗯，因为前段时间加班工作，所以提前完成了任务，就申请提前休假了。"

"嗯嗯，那加班还是值得的。"

"我过年这几天要走亲戚,然后还要陪陪父母,就不能去找你了。"

"你妈肯定想死你了吧?好好陪陪她,等你走之前我们再碰面吧。"

"嗯,好的。"

"对了,那你什么时候去 G 市呢?"

"可能初九吧,具体时间还没有定,等我买了票告诉你时间吧。"

"好的。"

突然烟花在方童头顶绽放,声音盖住了电话那头的声音,方童没有听清楚郭沐在电话那头说的话。等烟花放尽后,郭沐那边已经挂了电话。"估计也吓了郭沐一跳吧,突然这么响。"方童看了一眼在旁边高兴得直拍手的弟弟妹妹,舍不得责怪他们。

除夕晚上,一大家子吃过了年夜饭,围着电视看春晚时,方童接到了郭放的电话。

"方童,新年快乐。"

"新年快乐。"

方童接到郭放电话还是有些开心,这年头过年过节的祝福都用微信发了,大家连短信费都省了。祝福语也是千篇一律的,不是你抄我的就是我搬你的,能接到一个祝福的电话,实实在在地听听对方的声音,是一件多么快乐的事。

"今年过年什么安排呢?有去旅游的安排吗?"郭放也心情不错,愉快地聊着一些琐事。

两个人东拉西扯地聊了半个小时,直到方妈妈大吼着告诉方童她喜欢的明星出来唱歌了。"不和你说了,守了一晚上的节目就为了看他!"说完兴奋地挂了电话。

方童家没有除夕守岁的习惯,春晚完了,大家也都纷纷睡去。

临睡前,收到了郭沐的短信,再简单不过的四个字:"新年快乐!"方童已经很困了,迷糊地想了想,大概和郭沐也就到这里了吧,

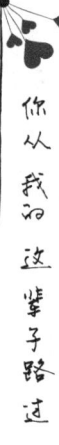

内心有些失落,可是没有太大的悲伤,方童怀着复杂的心情沉沉睡去。

无溪河村小学放假是放到大年十八,其实学生们是大年二十才报到,老师们需要提前到校做新学期工作的部署。

郭沐定了初八的机票,方童跟着家人去外婆家省亲,没有办法送行,于是这个寒假两个人终究还是没有见面。

开学一个星期后,夏淼淼都还没有来报到。老校长说只是接到了夏淼淼的电话,说个人有些事情需要处理,要请假一段时间,也没有具体说是什么事,一段时间是多久。

方童和楼筱也试着给夏淼淼打了电话,可是一直无人接听。

唐氏集团把教学楼设计方案稿做了出来,唐总通知方童和郭放来集团开会商讨方案的可实施性。方童想趁这个机会去看看夏淼淼怎么样了,可是夏淼淼的个人资料表只填写了家庭住宅的小区名,没有具体到几单元几楼几号,电话也不接,去了可能也找不到人。

开会的时候,方童因为想着夏淼淼的事,一直心不在焉,唐总提的问题都没有留意。

散会后,唐总把方童请到办公室。坐在唐总办公室,方童想着刚才开会时自己的表现,有些懊恼。

"喝点花茶,这个不苦。"唐总递给方童一杯樱花味的花茶,坐在了方童对面的沙发上,"现在说说你的问题吧,遇到了什么事?家里的问题还是和男朋友吵架了,今天这个会心不在焉得太明显了。"

"实在不好意思了唐总,是我自己没能调整好状态,今天几个问题都没能反应过来。"方童知道问题出在自己,也不推卸。

"谁没有个烦心事,你不要把我当成高高在上的唐总,我们相识这么久了,你也知道我的为人,有什么困难可以跟我聊聊,说不定我能帮到你。"唐总诚恳地对方童说。

方童很是感动，想了想，便把夏淼淼的情况告诉了唐总。

唐总抿了口茶，说道："那个小区的物业经理我认识，你打听一下她父母的名字，发给我，我让小区物业的负责人查查她的具体单元和楼牌号。"

"太好了！"方童没有想到事情一下子就解决了，非常感激，"太谢谢唐总了。我一定请您吃饭。"

"找到人当然是最好的，吃饭也不一定要选时间，今天你们应该也不会回学校了，晚上就一起吃个饭吧，不过这顿我来安排，你请我的，我们就改天私下去吃吧。"唐总说完便走到办公桌旁呼叫秘书安排晚饭。

在唐总的帮助下，方童第二天就到夏淼淼小区找到单元楼的门牌号了。一大早方童就跑了过去，却吃了个闭门羹。她又懊恼地回到酒店，找郭放商量。

"我们吃了晚饭后再去，夏淼淼不接电话，我觉得事情可能不是家里有事这么简单。你这样跑去，如果夏淼淼没有告诉家里人已经开学了，你会把她父母吓一跳的。"郭放思考了一下，说，"我们去买点水果，我陪你一起，如果夏淼淼在家，我们就说来办事，顺便接她去学校，如果不在，我们就以学校派我们关心老师的名义问候。"

方童觉得郭放说得很有道理，自己忽然跑到别人家去，又没有事前和夏淼淼联系，如果她是偷懒的话，那不就穿帮了。

傍晚，方童和郭放一人拿着一口袋水果去了夏淼淼家。

方童忐忑地摁了门铃，不一会门开了。开门的是个中年妇女，烫卷了的头发被她随手挽在了脑后，皮肤很紧致，只有眼角的皱纹暴露了年岁。

"你们是？"中年妇女开口问道。

"阿姨您好，我们是来找夏淼淼的。"方童自我介绍道，"我们是

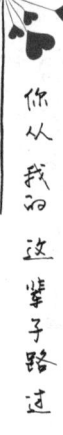

和她一起支教的老师，我是方童，这位是郭放郭老师。"

"你们好你们好，快请进来。"中年妇女听见是夏淼淼的同事，忙请两位进屋。

进屋后，方童和郭放放下手里的水果，中年妇女看见后很是感谢。

方童和郭放接过中年妇女递来的饮料，表示感谢。

"这些都是我们淼淼买来的，我一般不让她喝这些饮料，都是色素和化学剂，还不如鲜榨果汁呢。"中年妇女利索地洗了苹果，放在了方童和郭放面前，"吃点水果吧，我今天才买的，可甜呢。"

"谢谢阿姨，"方童说道，"阿姨您是夏淼淼的母亲吧？您好年轻啊。"

"哈哈，夏淼淼像她爸爸，所以没有我漂亮。"夏妈妈听见别人夸她年轻，很是高兴，虽然经常会被别人这样夸奖，可是对于中年妇女来说，被赞扬年轻漂亮是最开心的事。方童也一乐，终于知道夏淼淼的开朗是从哪儿来的了。

"夏淼淼不在家吗？"

"唉！"夏妈妈一听这个问题，就没了笑脸，"她真的没有去学校是吧？"

方童对于夏妈妈的反问很是奇怪，摇了摇头："她跟校长请假了，说是家里有事。"

"哼！什么家里有事，家里什么事都没有！"夏妈妈气鼓鼓地说，"还不是她那个男朋友的事！"

"男朋友？"方童脑袋嗡地一下炸了。放假前确实听夏淼淼扬言要带男朋友来遛遛，当时以为是开玩笑的，没想到真有个男朋友。

"你们不知道吧？"夏妈妈无奈地说，"什么男朋友，我觉得就是她一厢情愿的，那男的爸妈一点也不认同她，她还死皮赖脸地贴过去。"夏妈妈说到男方爸妈不认同自己女儿时，做母亲的那种护子情绪一下子就涌了出来,"你们说,我家淼淼要身高有身高,要身材有身材,那个脸蛋多少也得到了我的遗传,还有脑袋,虽然不聪明,但是至少也大学毕业了嘛,那个男的爸妈只不过是当官的,当官的有什么了不起的,还不是靠祖辈上前线打仗才换来了今天的仕途,居然说我们家配不上他们家,说什么门不当户不对!都什么年代了,还讲究这个?"

方童看着越说越激动的夏妈妈,大概明白了,夏淼淼有个男朋友,只是双方父母都不认可,所以她也一直没有公布。

"阿姨,那夏淼淼去哪儿了呢?"方童好奇地问。

"去等那个男的了,那个男的好像下个月回国。我就真不明白,那个男的究竟哪儿好了,又没有很帅,也没有很有钱。"夏妈妈想了一下,"哦,可能还是有钱,毕竟当官的,送礼的多。"

方童看着夏妈妈对夏淼淼又是气又是爱,恨女儿不矜持,更恨男生父母不待见自己的女儿。

夏妈妈起身进了一个房间,拿出了一个信封,递给了方童。方童看见信封正面写着"辞职信"三个字,惊讶地问:"这个是夏淼淼的?"

"是啊,她让我帮她寄给学校,她爸气得要死,让我先不要寄,觉得她要是不习惯那边的天气和饮食,说不定就回来了。"

"那边?不是在 C 市吗?"

"不是,是 B 市。"

方童很是震惊,突然想起好像不久前,夏淼淼有提过,她可能会去一个冬天很冷的城市,当时方童和楼筱都没有在意,原来从那个时候开始,夏淼淼就已经决定要去 B 市了。

"阿姨,这封信我们先收着,我们一直联系不上夏淼淼,如果她跟您去了电话,麻烦让她联系一下我们,我们才能确定这封信到底要

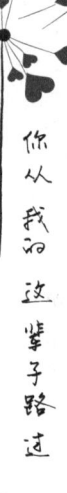

不要交给校长。因为她是县教育局分配的支教老师,三年的服务期还没有到,辞职的事估计不是一封辞职信就可以解决的。"郭放从方童手中拿过辞职信,严肃地对夏妈妈说。夏妈妈只知道女儿任性,没有想到这次任性任大发了。

"阿姨,我们就先走了,如果夏淼淼跟您联系了,拜托一定让她给我来个电话。"方童和郭放已经大致了解了夏淼淼的情况,看看窗外天已经黑透了,决定先回酒店商量对策。

方童和郭放回酒店看了辞职信后哭笑不得,夏淼淼辞职的理由和告诉老校长的是一样的:家里有事。

可是理由太过简单了,人又联系不上,具体家里什么事、为什么要耽误这么久都不清楚,老校长估计也没有办法跟县教育局解释。加上夏淼淼这一走,学校少个老师,得向县里申请今年开学再分配一个老师过来。

方童和郭放决定先不上交这封辞职信,等联系上夏淼淼再说。

回到学校后,方童把夏淼淼的事情告诉了楼筱,楼筱听完深深地叹了口气:"连这么开朗活泼的夏淼淼都有一个不能说的故事,现在看来,我们三个里面,方童你是最幸福的。"

方童咬了咬下嘴唇,轻轻说道:"我和郭沐分手了。"

"什么?"楼筱吃惊地问。

"昨天晚上,我们通了电话。他提出了分手,我也同意了。"方童眼中有些悲伤,今天回来的路上,一直忍着,忍着难受,忍着伤心,更要忍着不能告诉郭放,方童怕郭放去质问郭沐,更怕他去劝和,让大家都难堪。

"你们过年见面了没?"楼筱关心地问。

"没有,他忙着走亲戚,陪父母。我也没有时间回无溪河村,他回G市的那天刚好我们全家去外婆家了,所以也没有去送他。"

"虽然你们是异地恋,可是也才开始异地不久啊,他难道这么快就在那边有新欢了?"

"有没有新欢我不知道,不过郭沐说得对,两个人感情越来越淡,这样耗下去也不是办法,不如分手,各自解脱。"

"方童,你对他感情深吗?"

"我不知道……心还是很痛。"方童说完靠在了楼筱的肩上。

楼筱叹了口气,轻拍着方童的背:"这件事郭放迟早也会知道的,等着他去质问郭沐,不如你先开口告诉他。"

方童觉得可能上辈子自己欠了郭放和郭沐,这辈子是来还债的,不然为什么从之前一直到现在都在相互纠缠。也许上辈子的债到这里已经还完了,以后不会再有交集了。

第二天方童约了郭放放学后在村主任办公室碰面。方童犹犹豫豫了很久,才开口把自己和郭沐分手的事告诉了郭放。

"这小子居然这样!"郭放握紧了拳头,眼睛似乎要喷火了。

"其实主要原因还是因为两个人感情淡了,好聚好散,以后还是朋友。"方童反而看得开,开解郭放。

"方童,郭沐没有跟你说其他的事吧?"郭放试探地问。

"没有。"方童摇了摇头:"你不会也怀疑他有什么吧?"郭放没有说话,想了很久,叹了口气:"方童,我会帮你教训那小子的,你不要太伤心难过,你那么好的女孩,会遇见更好的人的。"

"好官方的安慰。"方童笑道。

"我是说的真心话。郭沐虽然是我弟弟,但是他配不上你。不管以后你们怎么发展,还会不会在一起,我都支持你的决定。"

"以后的事以后再说吧,谁知道以后的路会怎么样。郭放,这件事我决定主动告诉你的原因就是不希望你去质问他,他一个人在那边也不容易。"

"我明白你的意思，他不提，我也不会问的。"

"嗯嗯。"

"需要借肩膀吗？"

方童一笑："你来晚了，昨天已经用了楼筱的了。"

"嗯，难过的话就告诉我，需要人陪的话就找我。"

"暖男先生，谢谢你。不过我要是随时去找你，估计敏姐得恨我了。"方童无意识地提到了张敏，郭放也没有接话。两个人突然陷入了沉默。

"我，我先回去了，楼筱还等我一起看今天更新的连续剧呢。"方童打破尴尬的沉默，起身准备离开。

"嗯，我也回去备课了，明天我的课有点多。"郭放本来还想多陪陪方童，但是听她这么说，便决定告辞。

"明天见。"

"明天见。"

方童一踏进宿舍，楼筱就急忙问道："怎么样了？你们谈得怎么样了？"

"啊——"方童长叫一声，扑到了楼筱的怀里，"我说完了后就急忙跑了回来，我怕他问我一些我不知道该怎么回答的问题，也不想让他安慰，女生在最脆弱的时候最容易爱上一个人。"方童委屈地说，"更何况我还喜欢过这个人。"

不知道是大家对方童比较上心，还是村子真的比较小，大家仿佛一夜间都知道了她和郭沐分手的事。大家也都很有默契地不在她面前提起郭沐，连看见郭放都不开口叫郭老师，直接省略郭这个姓，叫老师。

方童很感谢大家对她的照顾，失恋这件事，也就在她心里慢慢淡去了。

第二十一章

　　唐氏集团的施工队在龙抬头的那天正式入场施工,学生们兴奋地看着戴着安全帽、穿着统一施工服的叔叔们在学校里到处测量,"轰隆隆"的施工车在打坑。虽然砌了围墙,但是每次下课都有一群学生好奇地从围墙缝往里看,然后兴奋地告诉周围的人自己看见的情况。

　　唐总也增加了来无溪河村小学的次数,只不过每次来都"邀请"方童跟着自己一起参加施工检查或者施工讨论会。

　　"方童,明天周末,朋友约了我打高尔夫,你有空吗?我想邀请你参加。"周五的下午,方童跟着唐总开完施工讨论会后,一起从板房里出来,唐总突然问方童。

　　"啊?谢谢唐总的好意,我不会打高尔夫球。"方童客气地回道。

　　"不会没有关系,我可以教你。"

　　"我是体育白痴,运动这方面比较笨,估计很难学会,就不麻烦唐总了。"

　　"这项运动不需要跑跑跳跳,也不需要耐力体力,可能你其他运动不行,但是高尔夫却有天赋,也许是个未开发的高手呢?"

　　"真的谢谢唐总的好意,我下周有公开课,周末估计有点儿忙,要准备课题。"方童委婉地拒绝了唐总。

　　唐总没有一丝不愉快,反而乐呵呵地说:"好吧,不想去就不勉强你了。不过,你欠我的一顿饭打算什么时候兑现呢?"

方童一下子想起当初因为夏淼淼的事拜托了唐总,答应了要请吃饭的,结果放寒假了,又和郭沐分手了,一堆事凑到一起,方童已经完全忘了这事了。

"不好意思唐总,我忘了这事了。下个周末怎么样?我一定推掉所有的事,保证大餐的时间。就是不知道唐总你有没有时间?"

"那我下周五等你电话。"唐总没有回答方童的问题,直接留下一句话离开了。

周五的中午,方童还在纠结怎么去推掉与唐总的聚餐。如果有郭放或者徐主任一起,方童觉得还没有那么尴尬,可是唐总之前明说只有他们两个人,这搞得像约会一样,让方童很不自在。电话还没有打,唐总就出现在了方童面前,说是来无溪河小学视察工作,顺便等方童放学后接她去C市。

"唐总,您看这饭就在县上去吃怎么样?我知道县上有家不错的馆子。"方童知道这个约会是跑不掉了,但是去C市太麻烦,不可能吃了饭又赶回来,那个时候也没有车了,住宿也是个问题。不如争取去一个近一点的地方,如果太晚了,就拜托郭放来接一下,实在不行坐个"黑车"也方便许多。

"你是不想和我吃饭是吧?"唐总听着方童推辞,直截了当地问。

"不是不是,您帮了我那么大的一个忙,我非常感谢,也是真心诚意地想请您吃饭。前段时间因为事情太多而忘了,并不是有意假装不记得此事。"方童急忙解释道,"主要是去C市太远了,晚上回来我不太方便。"

"这个你不用担心,住宿都已经安排好了,吃饭的地方也选好了,经济实惠的大餐,我知道你们支教老师没有工资,都是生活补贴,不会让你破费太多的。"唐总虽然轻描淡写地交代着一切,却让方童感到无法反抗。

放学后，方童想了许久，决定这件事还是不要告诉郭放，于是只跟楼筱打了招呼便坐着唐总的车往 C 市去了。

晚餐是西餐，餐厅位于 C 市市中心的一栋高楼的顶层，透过玻璃可以俯视 C 市的夜景。餐厅装修得非常讲究，而且每张桌子都临窗，每桌之间又用植被分隔，起到了很好的保护个人隐私的作用。

"不是说经济实惠吗？在这种地方吃一顿，估计得我一个月的生活补助了吧。"方童坐下后心里嘀咕着。

"从这里可以欣赏到 C 市最美的夜景。"唐总坐下后对方童说。

"哦。"方童回答了一句便去看窗外的景色。

服务员过来开了红酒。

方童奇怪地问："我们不是还没有点菜吗？"

"女士您好，唐先生已经安排好了餐点，这瓶酒是之前唐先生存在这里的。"服务员说完给方童和唐总倒上了红酒，接着上了第一道开胃菜。

方童举起了酒杯："唐总，非常感谢您帮忙找到了我好朋友的地址。"说完轻碰了一下唐总的酒杯，然后抿了一口，接着说，"实在是不好意思，我不太能喝酒，所以只能抿一点以表敬意。"

唐总却笑了起来："我可没有打算把你灌醉。今天选的这个酒口感偏甜，度数不高，后劲也不大，我想你应该会喜欢。"

"谢谢唐总的好意。"方童说完又端起酒杯，"这第二敬，是感谢您对无溪河小学的支持。谢谢唐氏集团为我们小学修建教学楼。"方童又碰了一下唐总的杯子，抿了一口红酒。

唐总听完方童的话，端起杯子喝了一大口，乐呵呵地说："看样子你应该比较喜欢这红酒吧，接连喝了两口了。但是这红酒要慢慢品，红酒醒酒时间够了，才能散发出应有的芳香和美色。"唐总用两个指头握住酒杯底座，轻轻地摇晃，暗红的液体挂在了杯壁上，"这

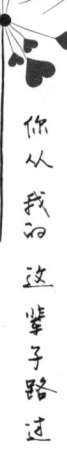

人就如同红酒一样,不是年龄越老就资历越丰富,而是到了一定的年岁,有了沉淀,才能如同这醒好的红酒,让人沉醉。"唐总说完,举起了酒杯,示意方童碰杯。

这顿饭吃了近两个小时,席间都是唐总在聊他的生活趣事,所见所闻,还有一些商场上的无奈,方童听得很认真。整个聊天唐总都没有显摆自己的丰功伟绩,这让方童感到很舒服。最后一口红酒喝完后,方童看了看手表,已经 10 点了,看样子今晚只能在 C 市住宿了。

"买单!"唐总突然举手示意服务员。

"唐总,说好了这顿我请点。"方童急忙掏钱包。

"我没有打算付款,只是看时间晚了,想让你早点去酒店休息。"唐总笑意盈盈地看着方童。

"唐总您好,这是您的消费账单。"服务员拿着账单递给了唐总。

"今天是这位女士买单,账单给她看看吧。"唐总指了指方童,对服务员说。

"好的。"服务员回答完便走到方童这边,递过了账单。

方童有些紧张地接过,努力回忆着自己的卡里有多少钱。看了一眼账单,大吃一惊。

"528?"方童忍不住开口问道。

"是的,因为唐总是我们这里的 VIP 会员,所以打了折。这个红酒是之前唐总自己带来存在这里的,所以也不收费。这个价格是折扣后的价格。"服务员耐心地解释。

"哦,我是觉得你们这里的性价比挺高的。这牛排味道很不错,还有这甜品,甜而不腻,很好吃。"方童想了想,掏出了现金,给了服务员。

"谢谢您的夸奖,如果有什么不足也请您提出来,我们会加以改进。"服务员毕恭毕敬地接过现金,去收银台找零。

"下次你可以把你的好姐妹带来尝尝，这里的主厨是从意大利的高级餐厅挖过来的，我们吃的牛排也是每天从国外空运来的，非常新鲜。"唐总看见方童比较喜欢这里，高兴地介绍道，"下次你来，报我的名字就可以了，服务员会给你打VIP折扣的。"

"谢谢唐总了。"方童刚才吃着甜品时就在心里盘算着想带楼筱和夏淼淼来开开眼界，只是不知道价格是否能承受，"可惜夏淼淼跑到B市去了，不然我肯定拉她来尝尝这里的美味，她那么一只吃货。"

唐总给方童订的酒店就在餐厅旁边的高楼里，唐总表示晚饭是方童请的，而且也是他非得带着方童来C市吃，这酒店的费用怎么也应该算在自己的账上，再加上酒店与唐氏集团有合作，价格非常优惠，方童这才难为情地接受了。

"我订这么好的酒店也是有私心的，"唐总在临走前对方童说，"我想请你帮我一个忙。"

"唐总您太客气了，能帮到您是我的荣幸。"方童觉得这个位置有些尴尬，一男一女站在酒店门口。

"是这样的，明天晚上我要参加一个慈善晚宴，但是我的秘书突然生病住院了，另外一个是男秘书，不太方便在晚宴的时候一直跟着我，所以我希望你能充当一下我的秘书，帮我拿一下包，拍卖的时候举一下牌号。"唐总非常诚心地对方童说，"当然，你要是不愿意我也不会勉强。"

"唐总您太看得起我了，我什么都不会。"方童听见"慈善晚宴"这四个字，脑袋一大，这不是电视剧里才有的剧情吗？富豪带着女伴，穿得漂漂亮亮地去参加有钱人的聚会，感觉很不真实。

"你不需要做什么，跟着我就可以了，需要你做什么的时候，我会告诉你的。"

"可是，这么隆重的一个晚会，我怕做得不好丢您的脸。"

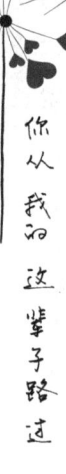

"方童,接触了这么久,你的为人处事我还不了解吗?你在做许多事的时候,比我的秘书都还考虑得周全。因为事态紧急,一时半会我也找不到其他合适的人,所以还务必请你帮我这个忙。"

"我……"方童想了想,说,"非常感谢唐总您这么抬举我,明天就请您多多关照了。如果在晚宴前没能找到合适的人,那么我就荣幸之至地陪您去参加。"

"好的,明天我派司机来接你。"唐总说完便上车离去。

方童深吸了口气,这是拍戏呢?

第二天中午,就在方童纠结午餐吃什么的时候,酒店送来了精致的料理,说是昨天定酒店的时候定的午餐。

方童被唐总的细心感动不已,既然都送来了,那就恭敬不如从命了。

方童愉快地享用完了美食,就接到了唐总的电话:"午餐怎么样?还吃得惯吧?"

"午餐很美味,我吃得很饱。非常感谢您。"方童高兴地说。

"本来打算接你去吃好吃的,但是临时有个会要参加,所以让酒店送了午餐。"唐总在电话那头带着歉意说。

"原来不是昨天就定的,而是今天临时有事,怕我没有午餐吃所以特意定的?"方童在心里默默地想着。

"下午会议还要继续,我无法抽身去接你了,但我会派司机去接你,我们晚上就在宴会厅门口见吧。"

"好的。"方童挂了电话,看了看自己的打扮,厚厚的毛衣外套,牛仔裤,运动鞋,这一身哪儿像是去参加晚宴的,于是懊恼地叹了口气。

方童无聊地躺在床上又睡着了,下午三点多,被一阵敲门声给弄醒了。开门只见两个女生提着几个袋子跟她问好:"方小姐是吧?"

方童迷糊地点了点头。

"您好，我是唐总派来给您送衣服的，这位是给您化妆的。"前面的这个女生介绍道。

"啊？"方童丈二和尚摸不着头脑。

两个女生也不等方童邀请，便进了屋，开始准备。

两个小时后，方童像变了个人似的坐在唐总的车上。透过车窗倒影，方童看见自己精致的妆容和漂亮的衣服，感觉像是在做梦。

到了晚宴的酒店门口，唐总已经在那里等候了，看见从车上下来的方童，吃惊地赞叹道："真是让人惊艳啊！"

方童不好意思地道谢。

整个晚宴，方童都落落大方地跟在唐总身边，帮他递酒递烟。

慈善拍卖也进行得非常顺利，在唐总的示意下，方童成功拍下两件藏品，拍卖的金额达到了上百万。看见唐总开支票时，她才意识到从自己手中流过了那么多钱。

晚宴上的气泡酒很好喝，方童不知不觉就多喝了几杯，等唐总提醒她时她才发现自己已经有些微醺了。方童对唐总道了个歉，打算去阳台透透气，醒醒酒。

举行晚宴的地方在酒店的二楼，阳台正对着酒店的中庭，中庭里修了一口喷泉，只是时间已晚，喷泉已经关了。

"好点了没有？"唐总突然出现在方童旁边，递过一杯热水。

"谢谢。"

"举手之劳。"

"我是谢谢您带我来参加这种慈善晚宴，让我开了眼界，长了见识。"

"你要是有兴趣，我倒希望每次都能有你做伴。"

方童以为这是唐总的客套话，还是非常感激地道谢。

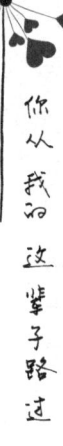

"方童,其实我很喜欢你。"

"噗!"方童把刚喝的一口水全喷了出来。

唐总贴心地递过自己的手帕:"我有一个女儿,今年刚上小学。我和我太太是在女儿两岁时分开的,那个时候的我只顾工作,她一个人在家照顾女儿。那天女儿发高烧,已经打过针吃过药,效果还是不好。她打算冲个凉便带女儿再去看看医生。可是不小心摔倒在了浴室,盆骨破裂,无法动弹。她就这样赤裸裸地躺在厕所里,女儿在外面已经烧得无法哭泣了,她绝望到想死。那天我加了一个通宵的班,第二天早上回到家时才发现她们的情况,急忙送到了医院。结果女儿被烧成了肺炎,她也动了手术,也就是在那个时候,她对我彻底死心了。女儿两岁的时候,她提了离婚,我也同意了,她什么都没有要就离开了。"这些往事一直是唐总心中的伤疤,今天却全部揭开,直接展现在方童的面前。

方童想开口安慰,可是又不知道说些什么。唐总所经历的事,可能是方童这辈子都无法经历的,面对这样一个阅历丰富的男人,方童觉得自己像张白纸。

"我欣赏你的大无畏,喜欢你的坦率、勇敢、不做作。"唐总似乎也鼓起了很大的勇气,对着方童表白:"虽然我曾经有过一段婚姻,还有一个女儿,但是现在与前妻已经没有来往了,她也重新组建了新的家庭。我女儿乖巧懂事,我相信你们一定能相处得很好的。我希望你能考虑一下,考虑和我在一起试试。"

方童握紧了手中的杯子,第一次被一个如此优秀又年长很多的男人表白,她的心中又是惊又是喜,但更多的是无奈。唐总人非常好,算是成功人士,而且为人低调谦和,对所有人都彬彬有礼,如果能与这样的人共度一生,是件美事。可是自己心中已经装了其他人。

"唐总,谢谢您的错爱。我没有您说的那么优秀。"方童觉得,既然不爱，也不要暧昧，给别人希望，最后如果是失望，可能连朋友都做不了，更何况唐总还关系着无溪河村小学教学楼的修建工作，"唐总，您也知道我前不久才刚和男朋友分手，现在一心想好好教书育人，至于感情的事，现在还没有打算考虑。"

"我知道这事有点突然，你不用急着回答我。"唐总也知道自己有些唐突，"时间也不早了，我让司机送你回酒店。我们可以先接触着，你也别老是一口一个唐总地叫，叫我子晋吧。"

"那多不礼貌啊。"方童摆手说，"那我叫您唐哥吧。"

"随你吧。"唐子晋掏出手机给司机去了电话，交代了几句。

"下去吧，司机在门口等你，还是接你来的那辆车。"方童道过谢，准备离开，唐子晋又叫住她说，"明天中午我来接你吃午饭吧，下午送你回学校。"

方童没有回答，道了声谢谢便离开了。

回到酒店方童辗转反侧，想了一晚。

第二天一早，方童便收拾了东西，自己坐车回学校了。没想到来C市两天，就发生了这么多事，她感觉一切都像做梦一样。方童在车上编辑了一条很长的短信，发给了唐子晋。感谢了他的错爱，也表示了郎有情妹无意的心意。最后希望唐总一切以大局为重，不要因为她个人而影响无溪河小学的教学楼修建工作。

一直到方童回到宿舍，都没有收到唐子晋的回复，在她犹豫要不要去个电话的时候，收到了郭放的电话："方童，听说你跟着唐总去了C市，现在在哪儿？"

"我已经回到无溪河村了，现在在宿舍呢。"

"那就好。他没有为难你吧？"方童知道郭放在担心自己，于是回答道："他堂堂一个唐氏集团的副总，干吗为难我一个小女子。我只是请他吃了顿饭，他请我陪他参加了一个活动，临时充当了一下他的

秘书的角色。"

"真的没有发生其他的?"郭放依旧关心地问,"方童,你不要因为他是唐氏集团的副总,现在给我们修建教学楼就忍让着他,我既然能找到唐氏集团这样实力的公司来援建我们,那我就有信心找到其他的公司。"

方童暖心地笑了:"哎哟,真的没有什么啊!难道你还想我和他发生点什么吗?"

"我不是这个意思。"郭放解释道。

"我知道。你放心,唐总人很客气,对人也非常有礼貌,我在C市多待了一晚真的是因为他的秘书临时生病住院,我去充当助理,帮他端茶送水。"

"好吧。"郭放又交代了两句,这才挂了电话。

挂了电话,方童看见了一条未读短信,是唐子晋发来的:"我都明白,你不用闹心和为难,无溪河小学教学楼的修建是集团的决定,不是我个人能左右的,这点你放心。希望下次见面,我们还能谈笑风生。"看完了短信,方童忐忑了一天的心终于落到了肚子里。

放下手机,松了一口气,方童扭头看见了夏淼淼那张已经空荡荡的床,唏嘘不已。"没有你的宿舍和学校,感觉好冷清。"一夜没有睡好的方童给夏淼淼去了条短信,翻身便睡了。

夏淼淼终于在无溪河村第一场春雨过后的一个下午给方童打来了电话。

"夏淼淼!你消失到哪儿去了?"方童听见电话那头是夏淼淼的声音,激动得大叫起来。

"天啊天啊!方童,你什么时候去练美声了?声音居然可以这么高!"夏淼淼夸张地说。

"死丫头!招呼也不打一个,一个人跑那么远的地方!"方童突然声音有点儿哽咽，满心的担心。

"亲爱的方童，我好想你们。我一个人在这边好可怜的。这边的春天好冷。"夏淼淼鼻子也嗡着，在电话那头可怜兮兮地说。

"那你还不回来！这边柳树已经发芽了，前天我都听见鸟儿叫了。还有，天气开始暖和了，我和楼筱都已经不穿毛衣了。"

"我……暂时回不去了……"夏淼淼叹了口气，"我要等他回来。"

"他？你那个男朋友？"

"嗯。"

"唉……夏淼淼，你真是让我们大吃一惊。我们还一直以为你在开玩笑，没想到真的有个男朋友，而且发现平时嘻嘻哈哈的你，居然这么义无反顾。"

"方童，有一天你也会这么义无反顾，只是还没有遇到那个人而已，或者已经遇见，只是你自己还没有发觉。"

"呵，去了B市确实不一样了，说话都文绉绉的，像个充满酸气的诗人。"

"你才酸不拉几的，你最近怎么样了？郭沐回来了没？学校还好吧？还有还有，老校长是不是气死了？估计再见我肯定要戳死我。楼筱怎么样了？"

"我们都很好。校长是又伤心又生气，伤心失去你这么一个好老师。"方童忍住没有告诉夏淼淼自己与郭沐分手的事，一个人在遥远的城市，举目无亲，不想增加她的烦恼了，"倒是你，自己一个人，好好照顾自己。你那个男朋友什么时候回来？回来多久？回来了还要走吗？你在那边是要待很长一段时间还是等他走了就回来呢？"

"哎哟，我的问题宝宝。问得我头都大了。"夏淼淼苦笑着，"这些事我也没有确定，等我确定了再告诉你吧。不过现在先告诉你件神

奇的事情，我找到工作了！"

"恭喜恭喜！不对，找到工作？那你是确定要在那边长待了？"

"我得租房子吃饭啊，不然喝西北风睡桥洞吗？！"夏淼淼无奈地说："虽然条件是苦了很多，但是心中有了念想，还是挺充实的。"

"你自己觉得值得就好，我也不知道你哪儿来的勇气。"方童深深叹了口气，心里对夏淼淼是佩服得五体投地。这个在她看来娇气又讲究的城市小姑娘，估计活到这么大都没有受过现在这样的罪吧，方童突然对夏淼淼的男朋友很好奇，到底是什么样的一个人，可以让夏淼淼变成这样！

"嘿嘿，其实我也不知道自己哪儿来的勇气，只是知道，如果我不去努力，那么以后肯定会后悔的。就算以后没能在一起白头，但回忆起当时，至少我不会因为自己的懦弱，没有去努力争取而后悔。"夏淼淼坚定地说，都已经走到这步了，说什么也不能回头了，未来的路不管有多艰难，自己选择的，咬着牙关也要坚持下去。

"说说你的工作吧，还是老师吗？"方童放轻松了语气，问道。

"不是老师，这份工作也是我无意中得到的，感觉很有趣！"夏淼淼聊起现在的工作，有些兴奋，"你知道是什么工作吗？！叶知秋的助理！你知道叶知秋吧？那个超级无敌有气质的女演员，拍那个什么《我的时间》火的那个。"夏淼淼越说越激动，方童都能感受到她在电话那头手舞足蹈。

"叶知秋？啊？难道是那个叶知秋？"方童想起了那个女演员，也激动地说。

"对对对，就是那个叶知秋！"夏淼淼听见方童知道叶知秋是谁了，很高兴地回答。

"可是，我们说的是一个人吗？我记得她不是因为《我的时间》里面有裸露镜头，被封杀了吗？"方童记得那部片子，在读大三的时候上映的，但当时在内地上映的时候把叶知秋裸露的镜头全部删了，虽然感觉有些断片，但是看到最后，男主一直深爱女主，到死都念念不忘，还是把方童感动得一把鼻涕一把泪。

后来寝室的女生不知道从哪儿找到了无删减版，方童又好奇又兴奋又害羞地跟着寝室的女生又一起看了一遍。虽然是有一些裸露的镜头，但是叶知秋的演技真的震撼到了方童，为此她还专门去百度了叶知秋。这个学园林出身的女子，因为热爱表演，毕业后又报了表演进修学校，从跑龙套、路人甲，到后来有一两句台词的N线女演员，再到今天，全靠自己一步一步努力奋斗而成为一线女星。

可是电影上映后叶知秋就被封杀了，不准有关于她的任何报道，不准出席任何活动。具体时间好像是三年。方童觉得可惜又不公平，为什么同一部片子的男演员也有裸露镜头，却没有任何影响，反而铺天盖地的责骂全部冲着叶知秋去了。

"是被封杀了三年，今年已经到了时限了，她现在准备全面复出。"夏淼淼高兴地说，"不过，她也是个可怜的女子，不光事业受挫，感情也受挫，命运比我还一波三折，我希望她今年的复出之路能顺顺利利。"

"感情受挫？没有听说她有什么恋情啊？"方童一直挺喜欢叶知秋的，现在听说她要复出了，也很激动，但是从查到的资料来看，从来没有看见报道过关于她的感情八卦。

"这个事情因为没有报道，我暂时也不能告诉你，也不是说不信任你，只是现在在为她的复出做全面的准备，不能有一点小差错，所以等以后有机会，我们见面的时候，我再慢慢告诉你。"方童听出了夏淼淼在电话那头有些歉意，虽然自己很想知道，但是工作要求保密，方童也不想为难她，也许还没有到可以公开的时候。方童真心希望叶知秋能遇到一个很好的男人，不要因为她拍的戏而对她有不好的看法，希望她能幸幸福福的。

方童和夏淼淼又聊了许久才依依不舍地挂了电话。

爱情使人疯狂，使人麻木，更使人成长。方童挂了电话后，看着渐渐变黑的手机屏幕想到。

自从和郭沐分手后，郭放来看望方童的次数越来越多了，而且每个周末都会变着法子带方童到处吃吃喝喝。当然也会捎上楼筱。

教学楼在期末考试前终于竣工，外墙贴着金闪闪的"唐氏集团"四个大字。唐总因为业务繁忙，很少来无溪河小学，只是每次需要了解工程进展的时候就派徐主任来监督。

日子就这么过去了，转眼又到暑假了。

郭放知道方童归心似箭，一放假便把方童送回了家。

第二十二章

今年的秋老虎特别凶猛，处暑那天，方童上街购买元宝蜡烛，因为再过两天就是"中元节"。旧时民间习俗从七月初一起，就有开鬼门的仪式，直到月底关鬼门止，都会举行普度布施的活动，每年的这个时候也是祭祖的大日子，家里的亲戚都会回来一起去祭拜祖先。方童当然知道这马虎不得，提前几天就开始准备东西。

这几天，许多外地的同学也都回来了，方童在街上已经遇见两个了，都提着大包小包的祭祖用品。

"王梦琪？"方童在一家服装店的门口看见了一个身高长相都十分像王梦琪的人，只是这个女生挺着个大肚子，方童试探地叫了一声。

女生回过头，看见是方童，惊喜交加，又万分尴尬："方童！你怎么在这里？"

"王梦琪！真的是你！"方童看见真的是自己的好友王梦琪，很是高兴，指了指她的肚子，指责到，"你什么时候结的婚？上次你来无溪河看我的时候，都没有听说你有对象，怎么一下子都要当妈妈了？"

"这个，说来话长。以后有机会我慢慢解释给你听。"王梦琪有些心慌地说。

"不会是未婚先孕吧？！"方童猜到，"不过现在的年轻人也很正常，孩子的父亲在哪儿？也不告诉我们一声。"

"那个方童，下次有机会我们再聊吧，我现在还有些急事，先走

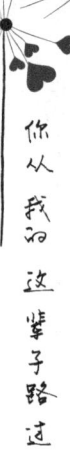

了。"王梦琪说完，不等方童回答，便急急忙忙地走了，留下一脸莫名其妙的方童。

晚上，方童和同学聚餐时提到王梦琪，同学们也纷纷表示很是吃惊，以她那种张扬的性格，居然自己结婚都没有邀请同学去参加，大家猜测应该是未婚先孕，还没有来得及办婚礼。

"谁说没有办婚礼？婚礼是一个月前举办的，我还参加了呢。"姜雪莲坐在角落里，一边吃一边说，"王梦琪没有大办婚礼，只邀请了家里的亲戚，我家和她家是邻居，她爸妈邀请了我爸妈，所以我也跟着去了。不过她一个同学都没有邀请，看见我出现还挺意外的。"姜雪莲努力地回忆道。

"虽然是先上车后补票，但是也不是什么见不得人的事啊，有什么不好意思邀请同学们的。枉你们当初还和她关系那么好。"坐在方童旁边的女生说，"方童，好像读书的时候你和她关系最好吧，还组成一个什么小组合。"

方童对于王梦琪结婚一事没有通知自己，感到很伤心。她点了点头："她之前还到我支教的地方来看望我，就半年前的事吧，那个时候也没有听说她有对象之类的。"

"是不是因为她老公缺胳膊少腿啊，还是智商有问题？"坐在方童旁边的女生继续八卦着。

"不是，她老公还挺英俊潇洒的，不傻也不残疾。"姜雪莲回答道，"仪表堂堂的，我也不知道为什么王梦琪不拿出来给大家炫耀炫耀，以她的个性，要是找到这么一个优质男，她应该早就跳起来了啊！"姜雪莲也觉得不解。

"那她老公叫什么啊？"有同学继续八卦道。

"这个哪儿还记得。"雪莲摇着头说，"我要是记性那么好，早就去读清华北大了。"

众人哄笑起来，各自聊起了读书时的八卦。

"不过名字有点奇怪，我妈当时还说了一句，起了个洗澡的名字。"姜雪莲大概因为吃了一块五花肉，所以又想起了点什么。

"洗澡？洗澡是什么名字？"方童在心中纳闷，突然灵光一闪，急忙掏出手机，打开了相册，跑到姜雪莲旁边，"雪莲，你看看，新郎是不是这个人？"

"好像是有点眼熟。"姜雪莲看着郭沐的照片努力地回忆道："这个人的名字是和洗澡有关吗？"

"他姓郭，单名一个沐字，沐浴更衣的沐字，所以算是和洗澡有关。"

"郭沐……郭沐……"姜雪莲喃喃地念叨，突然一拍头，"对，就是他。当时王梦琪还唱了首歌，唱的什么希望你是我的靖哥哥，那个靖哥哥不就是郭靖吗，都一个姓，这个暗示好啊！"

方童如同被雷劈了一样震惊。一个月前刚放暑假，她听郭放说了郭沐回来了，为了避免见面尴尬，方童跟郭放说想家，于是一放假郭放便积极主动地送她回了家。

"结婚这么大的事，郭放不可能不知道，怪不得在放假前和郭放讨论暑假要不要去哪儿玩，结果一放假就马不停蹄地把她送回了老家，事出有因，肯定有猫腻。"方童抑制住内心的震惊和愤怒，打算让郭放给自己一个交代。

祭祖完毕，方童便收拾行李回了学校。到了宿舍放下行李就冲到了学校，她知道这个时间郭放肯定在学校值班。

"嘭！"办公室的门被突然推开，吓了坐在里面的郭放一大跳。

待郭放看清门口站的是方童时，又惊又喜："不是离开学报到还有两天吗？怎么突然提前回来了？"郭放以为自己把日子记错了，抬手翻着桌上的日历。

"啪!"方童走到了郭放桌前,气急败坏地把包和手机往桌上一丢。

"郭放,我问你,郭沐是不是结婚了?"方童在来的时候想了很多,要怎么去问,问什么,可是一见到郭放就全都打乱了,干脆直截了当进入主题。

郭放没有想到方童会问这个问题,愣在那里不知道怎么回答。

"郭放,你可是信誓旦旦地说要保护我、照顾我,现在连我的问题都没有办法回答了,是吗?"

"你怎么会知道?"

"我为什么不能知道?纸包不住火,这件事迟早我都会知道的。但是我没有想到,你居然也要瞒着我!"

"方童你听我解释。"郭放看着气急败坏的方童,急忙起身让她坐在自己的位置上,按住她的双肩让她不要激动。

"不要激动!你教教我怎么样不激动!我的好朋友和我的前男友结婚了,还有了孩子,这件事居然瞒着我!我是有多么无理取闹,会去砸场子?"方童终于全部爆发了,"我看王梦琪的肚子也不像两三个月的样子,你告诉我说郭沐一个多月前才回来的,那这个孩子是什么时候有的?那个时候我和郭沐还没有分手吧?你们居然帮着劈腿的他瞒着我!"方童越说越气,眼泪直流。

郭放心疼地拥抱方童,任方童在怀里怎么折腾也不松手。终于方童哭累了,闹累了,在郭放的怀里也不挣扎了,郭放这才放开她。半跪在方童面前,握住方童的手说:"我不是有意要瞒你,这件事从一开始我就知道,我只是不希望你受伤害,希望在许久以后,你已经对郭沐没有感情时再告诉你,那时的你就算知道了这一切,也不会像今天这样折腾自己。"

方童没有接话,静静地听着郭放的解释。

"过年前，郭沐说是去同学家玩，其实是陪着王梦琪去出差。他的本意是想去散散心，那段时间因为要去 G 市的事，和你闹得很不愉快。他想和你出去旅行，缓解一下你们之间的矛盾，可是你要准备期末考试和公开课，所以走不开，在王梦琪的热情邀请下，他便跟着一起去了。这件事我知道了后很狠地教育了他一番，他跟我一再保证，和王梦琪什么也没有发生。至于那个孩子，是郭沐在去 G 市之前，王梦琪给他送行，两个人喝了点酒，然后就发生了关系，他也没有想到就一次，王梦琪就怀孕了。"说到这里，郭放叹了口气，"知道有这个孩子后，我提醒过郭沐，这个孩子来的时间太巧了，让他多加留心。他陪着王梦琪去做了产检，时间完全对得上，郭沐曾经劝王梦琪打掉这个孩子，王梦琪死活不肯，说就算郭沐不要她和孩子，她也会自己一个人生下来。虽然有时郭沐不太懂事，但毕竟也是男人，有些事需要担当，他也不会逃避。于是上个月申请调回 C 市，还举办了婚礼。"

方童默默地听着，怎么最近像演电影一样的剧情都发生在自己的身上。先是什么异地恋，后来分手，又遇到集团副总表白，现在又是前男友劈腿还搞大了自己闺蜜的肚子！方童的内心愤怒极了，一时之间消化不了那么多事，她决定回宿舍去睡一觉。

郭放要送她回去，被拒绝了，只好默默地跟在后面，看她回到宿舍，躺在了床上才离开。

方童就这样在床上躺了两天，郭放每天都送一堆吃的过来，可是方童没有胃口。

楼筱回到宿舍后，看见萎靡不振的方童。知道了事情的原委后，她气急败坏地要去找郭沐和王梦琪理论，被方童拦住了。

"事情都这样了，去理论也无法挽回，还是不要浪费口水了。"方童细声细气地劝着楼筱。

"不要我理论也可以，你给我振作起来，你看看你这样像什么！"

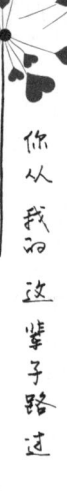

楼筱使劲拽起了摊在床上的方童,"对不起你的是那两个人,你干吗折磨你自己?你这样对得起你父母吗?对得起关心你的我吗?对得起天天来看望你的郭放吗?"

"哇!"终于,方童终于放声大哭了起来。

楼筱紧紧地搂住她:"使劲哭吧,哭出来一切都好了。有些人不值得留恋就让他去吧,有些朋友不值得交心就让她走吧。夏淼淼虽然不在,但是我和她永远是你坚强的后盾。"

方童就这样搂住楼筱哭了大半个小时,终于决定振作精神。

郭放再来看方童的时候,方童已经能吃下东西了,郭放那颗悬着的心也终于踏实了。

"来来来,我们聊聊。"方童叫住了准备离开的郭放,说,"其实我伤心不是因为郭沐劈腿,而是因为作为闺蜜,这么大的事王梦琪居然不告诉我,作为朋友和同事,你竟然也帮着他们瞒着我。"方童叹了口气,"我和郭沐分手的时候就已经调整好自己的心态了,他现在有了好的归属,我是真心祝福他们,只是气你们一起瞒我,我有那么小家子气?有那么不大度吗?"

郭放宠溺地揉了揉方童的头:"你在我心里是最大方、大气、善良的,我就知道你一定会想开的。"

方童撇了撇嘴:"为了惩罚你,快想一下国庆出游的事,放假前都说好了要出去旅行的,结果因为郭沐的事给耽误了。"

"是的,遵命!"郭放若有其事地敬了个礼答应道。

在叶子变黄的时候,国庆长假也来临了。方童、楼筱还有郭放约好了一起去祖国的西部看看。放假的第一天,方童和楼筱背着大包去郭放家等他。

郭放开了门,有些尴尬地看着方童:"方童,那个,这次出游,我们要多加一个人。"方童和楼筱好奇地把头探进屋里,只见张敏提着大包小包朝她们走来,"她昨天来的,我妈跟她说了我们要旅行的事,让她也跟着我们一路。"郭放像个做错事的孩子,无奈地看着方童。

一时之间方童也有些不知所措,倒是楼筱反应快,急忙接过张敏手里的口袋,说:"那正好,我们四个人,两个人一组,坐车吃饭住宿,玩游戏都很方便。"方童忙跟张敏打了招呼,便接过她另外一只手里的口袋。

"太好了,我还怕你们不高兴呢!"张敏看着欢迎她的楼筱和方童,高兴地说:"我准备了很多好吃的,里面还有两大包,你们先上车吧,我去拿。"说完便又转身进屋了。

方童虽然内心有些失望,但是她知道郭放的心里肯定更不好受。于是扬起笑脸,开心地对郭放说:"多个人也好,休息的时候我们可以打麻将,你开车的时候我们还能打个斗地主,如果只有我和楼筱两个人,估计一路上只有睡觉了。"

郭放听着方童这样安慰自己,无奈地笑了。

一路上,方童都表现得很好,不断地说着冷笑话调节着气氛,张敏也非常配合地发出笑声,总的来说,第一天的旅途是圆满的。

晚上到了酒店,四个人开了两间房。虽然方童做好了充分的心理准备,但是看见郭放和张敏进了同一间房时,心里还是酸酸的。

"唉,还以为你和郭沐交往时就整理好感情,断了念想,谁知道今天看你这个状态,看样子,你已经深陷其中无法自拔了。"进了房间后,楼筱看着脸上写满失落的方童说。

"唉!"方童也万分无奈地叹气,"要是人心可以随意控制,大概也就没有人心叵测、人心险恶这种成语了吧。"

楼筱摇了摇头,拿着洗漱用品进了厕所。

三天的旅行就这样不温不火地结束了,路途中大家居然高度配

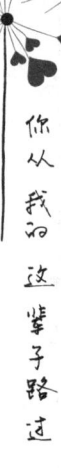

合，没有闹出一丝不愉快，更没有谁为难谁，秉着万事好商量的心态，大家一路上谦让有礼，这让方童很是尴尬。

长假的最后一天，郭妈妈邀请方童和楼筱到家里吃饭。郭沐的事情郭妈妈都听郭放说了，很是心疼方童这个孩子。

"你这个干女儿我认定了。"吃饭席间，郭妈妈斩钉截铁地对方童说。

"好啊好啊，谢谢郭妈妈。以后郭放再也不敢欺负我了！"方童笑盈盈地回答。

"他要是敢欺负你，告诉干妈，我来收拾他，要是我还收拾不了他，我让张敏收拾他，男人可以不怕老娘，但是一定要怕老婆。"郭妈妈乐呵呵地看着张敏说。

张敏脸一红，细声说："郭放做事很有分寸的，他肯定不会欺负方童的。"

"敏敏，这我可得说你了，你得帮着你的小姑子才对。"郭妈妈溺爱地对张敏说，"你们那个订婚的日子选得怎么样了？选好了告诉我们一声，我们要好好准备准备。"

张敏温柔地看了一眼郭放，回答说："我准备选一个良辰吉日，暂定正月，但具体的时间看郭放的安排。"

"好好好，正月好，红红火火，好兆头。"郭妈妈非常同意张敏选择的日期。

郭放、方童、楼筱假装没有听见这个事，没有人接话，都埋头吃着碗里的饭。

自从知道郭放和张敏订婚的日子后，方童便决定斩断情丝，不再搭理郭放。

无溪河小学第一届秋季运动会在十一月中旬正式拉开序幕，虽然学生不多，但是郭放设定的项目都有同学积极报名。

运动会的最后一项是接力赛,不过每个班的老师也要参加。方童头一天晚上,为了练习跳远,没有看见前方路面的坑,崴了脚。结果第二天是接力赛,她一瘸一拐地走到跑道上,恨恨地看了一眼自己不争气的脚。

不出意外,方童的班级得了倒数第一,让方童感动的是没有一个同学责怪她,反而关心她的脚伤会不会更严重了,或者留下后遗症之类的。

吃过晚饭后,方童接了一壶水,准备烫烫已经肿得像猪蹄一样的脚。刚插上电,就听见了敲门声。方童一瘸一拐地去开了门。门口是郭放,还没有等方童开口,郭放便劈头盖脸地说:"脚都伤成这样了还去参加跑步,也不怕落个残疾。"说完就蹲下来看了看方童的脚踝:"这个接力赛不跑又能怎么样?反正有你没你都是最后一名。"

"嘿,你个郭放,大晚上的,存心来拿我开心,是吧?"方童虽然知道郭放是因为担心自己才这样说的,但是听着这种关心的话,她的气也不打一处来。

突然郭放站了起来,横抱起方童,走到了院子里的石凳前,把方童放在了石凳上。抬起她的脚放在自己腿上,轻轻给她揉搓:"这两天刚好周末,能不下床就不要下床,吃的、喝的、用的我会给你送过来。"

方童听着郭放的话,想着他订婚的事,心中不悦:明明都已经有了未婚妻了,还来招惹我,每次都是好不容易自己下决心要断了这份感情时,就跑来"献殷勤"。方童想抽回自己的脚,却被郭放紧紧地握在手里。

"你们的订婚准备得怎么样了啊?郭老师还有闲心来关心我的脚啊。那看来应该是准备得差不多了。不过你们这边有订婚宴吗?我们要不要送红包呢?如果这次送了红包,那等你们结婚的时候,摆的喜

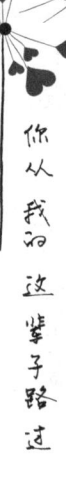

宴我们还要不要送呢？"方童想着既然抽不回自己的脚，也就任由郭放治疗吧，于是噼里啪啦地说了一大堆。

"我对张敏，更多的是兄妹情。"过了许久，郭放才悠悠开口，"我爹和她爹是两个村的，只是两家人种的地刚好挨在一起，所以有了往来。"

那个时候还没有郭老爹和张老爹，他们还都是单身汉。两人经常一块喝酒，比拼谁种的庄稼好。后来都娶妻生子了，郭家生了个儿子，张家生了个女儿，两个孩子就差半岁。在郭放喃喃学语的时候，开始流行外出打工，郭老爹和张老爹也约着一起去沿海打工。他们先在工地干活，可是工作苦、拿钱少，刚好有老乡介绍出海捕鱼的工作，只需要跟着船长出海，把打到的鱼拿回来卖给酒楼，工作轻松，赚钱又多，只是身体不好的容易晕船。郭老爹和张老爹想着远在家乡的孩子和破旧的楼房，决定去试试。那几年市场一片大好，很多人下海赚得衣钵满满，开始讲究吃喝，讲究排场。

郭老爹和张老爹每次出海运气都很好，都能满载而归，有时还能捕捉一两条稀奇的鱼卖个高价给酒店。

第一年回到家乡的郭老爹和张老爹都有衣锦还乡的气势，虽然赚的钱要重新修建自家那个破旧的房子还差点，但是从沿海带回来的新奇的玩意却让大家都很羡慕。

"我还记得那个时候我爹给我带了一个会唱歌的洋娃娃，虽然我是男生，但是却喜欢得不得了，现在我妈还给我收藏着。"郭放回忆起儿时的往事，嘴角全是笑意。

"其他小朋友应该羡慕死你了吧？那个年代，洋娃娃都很少，还是个会发声音的，大家羡慕死了。"方童也被郭放的愉悦感染了。

"不只是会说话的洋娃娃，还有其他许多稀奇古怪的玩意儿，反正那个时候我和张敏是所有小朋友信奉的大王。"郭放有些自豪地说。

郭老爹第二年回来的时候，就把修房子的钱给赚够了，于是家里很洋气地盖了一栋三层楼的洋房，还是村里第一个外墙贴瓷砖的。郭老爹因为在沿海待过，所以托人买了很多电器。郭放家也是第一个有电视机和冰箱的。郭老爹那时在村里人气很旺，每天晚上院子里总是挤满了人，郭老爹就把电视机抱出来，装上一根很长很长的电线，调试许久才能找到那个唯一的频道。也是在那个时候大家知道了什么叫改革开放，什么叫下海，也在那时知道了一代大侠霍元甲。

郭老爹每次走的时候，都会有一帮人追随，要跟着他去打天下。

那一年郭放刚上小学一年级，郭老爹和张老爹又带着一群人去沿海了。郭放也是后来才知道，老爹根本不是去做什么打鱼的生意，而是走私。那个时候，在内陆城市的人们看来，中国香港就是中国的郊区，即神秘又让人向往，他们的电子产品比内地先进很多，而且价格便宜，郭老爹和张老爹偷偷买进一些收音机、留声机、电子手表、录像机等小电器，再转手卖给电器市场的那些商贩，赚取中间的差价。

郭老爹他们进货的时间一般是晚上，拿货的地方一般是在码头或者货船上。那天，郭老爹和张老爹又一起去码头拿货。老板说因为进了一批新奇货品，怕对手搞事，这次出海验货。虽然郭老爹和张老爹觉得有些不妥，但是听说有新产品，也非常动心，于是两人一商量，决定上船。其实这个船只是稍微大一点的渔船改建的，行驶不了多远，只是感觉远离岸边，站在船上只能看见远方岸边的点点灯光。这次的新品是传说中的"大哥大"，郭老爹和张老爹只是听说过，还没有看见过实物。他们俩高兴地拿着"大哥大"在那里研究，兴奋地在模拟对话。

"这个东西内地还没有，保证是新品，随便卖个高价格。"老板在那里骄傲地说，"不是我吹，只有我才有本事拿到这么好的东西，要是其他人，肯定摸都没有摸过。"

"这个我们要，我们要。"郭老爹急忙回答，"多少钱？"

老板举起两根手指晃了晃。

"两千？"郭老爹对于这个价格有些吃惊。

"两万！"老板说。

"什么？两万？"张老爹张大了嘴巴，觉得这么小一个黑塑料盒子要卖两万，简直不可思议。

"这个价格太高了，你看我们也是合作这么久的了，可以便宜点不？"郭老爹也觉得价格颇高，但是又不想失去先机。

"这个已经是成本价了，要不是看你们是老顾客，我连拿都不会拿出来。"老板高傲地回答，"价格没有少了，我免费送你们两台游戏机，算是优惠吧。"

张老爹把郭老爹拉到一旁商量："我说要不然这次就算了，这东西怎么用都还不知道，价格还那么贵，两万块都可以回老家盖房了，买这么个破黑盒子，万一转手卖不出去呢？"张老爹担忧地说。

郭老爹想了很久，终于下定决心地说："这个东西，我曾看见以前我们打鱼卖鱼的那个酒楼老板用过，我觉得转手肯定能卖个好价格。你不是想回去陪女儿了吗？我们这次就做个大买卖，放手一搏，赚够了就一起回去。我也想我家那个小子了，也不知道是不是又长高了。"郭老爹想到郭放，想放手赌一把，这次赚了钱就回老家随便做点小生意，已经错过儿子的几个生日了，再过几年，儿子长大了，就不会和自己亲了。

张老爹也想到了自己家的闺女，钱包里夹着的还是去年她参加表演时的黑白照片，也不知道今年能不能回去亲自看看女儿的表演。于是一狠心，决定也赌一把。

"老板，我们商量好了，要五个。但是今晚我们没有带那么多钱，你看明天给你送过来怎么样？"郭老爹和老板商量道。

"都是老熟人了，货我给你们留着，明天带钱来取货吧。"老板爽快地答应了。

"老板，你都说我们是老熟人了，你看今天我们可以先拿两个不？"郭老爹讨好地说，"哦，我身上带了一万多的现金，我全给你，剩下的明天一起给你送过来。"

"也不差这一个晚上嘛，明天带钱来取货就是了啦。"老板毫不妥协。

"老板，都合作了那么久，你怎么不相信我呢？"郭老爹打算动之以情晓之以理，"我什么时候爽过约？上次你的货没有到全，我还先付了你的款，你不能这么不记情啊！"

"我不是不相信你啦，我进货也需要资金啊，我要拿了钱才能进下一批货啊，不然我怎么卖好东西给你们呢？"老板毫无松口的意思。

"老板……"

"嘭！"郭老爹话还没有说，只听一声巨响，船身跟着剧烈晃动。

郭老爹和张老爹好不容易站稳了，还没来得及问怎么回事，便看见几个人跳到了自己的船上。

"船老五，你好大的胆子！这个是我的地盘，居然敢跑来抢我的东西。"只见老板气急败坏地对着刚上船的光头吼道。

"小叔叔，我尊敬您叫您一声小叔叔。您入行比我早，是前辈，但是前辈也要有前辈的样子啊！"那个光头男也气急败坏地说，"这批货明明是我先定的，你不由分说地抢了，我派人去找你谈，你却把我的人给打了一顿，你说你这样做，让我怎么跟我的兄弟交代？"

郭老爹和张老爹虽然看过关于黑帮的电影，但是第一次真实体验还是心理发怵，两个人紧紧地靠着船舱站着，大气都不敢出。

"今天要不然就给我的兄弟赔礼道歉，要不然就把东西还给我，我还尊敬地叫您一声小叔叔。"光头男继续说。

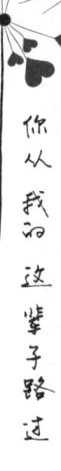

"放屁!"老板吐了一口唾沫,气势汹汹地说:"什么预定不预定的?先到先得!我入这行的时候你还是穿开裆裤的小屁孩,现在居然敢跟我讲条件了。想让我把东西还给你,没门!还想让我赔礼道歉?做梦!"

"既然敬酒不吃吃罚酒,我也不客气了。"光头男转身往船舱外走,刚走出船舱就冲进来几个男的,手拿铁棍开始砸东西。

老板和他的兄弟冲上去阻止,双方抱在一起拉扯,船身又开始剧烈晃动。

郭老爹给张老爹使了个眼色,两个人靠着船壁慢慢往外移动。刚走到甲板上,就跑过来一个男的,手里拿着铁棍看着他们两。

"不是,不是,我们和他不是一起的。"张老爹忙摆手解释。

"那他怀里是什么?"男子看见郭老爹怀里的"大哥大",不由分手上前举起铁棍就朝郭老爹的胸口杵去。郭老爹疼得大叫一声,往后退了一步,船身一晃动,没有站稳,就"扑通"一声掉进了海里。

"老郭,老郭!"张老爹大叫着,他知道郭老爹不会游泳,但是黑灯瞎火的根本看不清人在哪里。郭老爹因为胸口受了一击,突然掉进海里又呛了海水,扑腾了两下便没了力气。

张老爹把心一横,朝着冒泡的地方跳了下去。夜晚的海水冷得刺骨,张老爹摸索了半天也没有找到郭老爹,就在快要绝望的时候,看见船边有个反光物。游过去一看,是还没有撕去外膜的"大哥大",原来船上的微弱的灯光照在"大哥大"反射的亮光,接着他看见一只紧握着不放的手,张老爹又是气又是喜,忙拖着奄奄一息的郭老爹朝岸边游去。

郭老爹因为胸口受了重创,加之又呛了海水,生命体征已经很微弱了,张老爹吓得背着他就往医院跑。幸亏张老爹送得及时,这才保住了郭老爹一条命。从那以后,郭老爹就落下了"心病",受不了刺激，受不了惊吓，不能过度劳累，不然就心痛。郭老爹恢复身体后，变卖了手中所有的东西，回了无溪河村，在村头开了一家杂货店，安安稳稳地过着日子了。至于那个"大哥大"，被郭老爹一直保存着，每次给郭放、郭沐或者其他亲戚朋友聊起以前的"辉煌事迹"时，都会拿出来展示一下。

"哇！你老爹居然还经历过这些！太厉害了！这人生经历简直可以写一本书了！"方童没有想到看似敦厚朴实的郭老爹，居然以前有过这么精彩的人生，简直佩服得五体投地。

"如果以后他跟你聊起这些事，你要假装不知道，还要表现无比佩服和羡慕，不然让他知道我这么大嘴巴在他跟你炫耀前就告诉你了，肯定念叨死我。"郭放想到自己老爹那个唠叨的本事，不禁打了个寒战。

"哈哈哈，你要是欺负我，我就先去告状。"方童知道郭放怕郭老爹的唠叨，像抓着郭放小辫子一样，高兴地威胁他。

郭放看着方童，温柔地笑："我怎么舍得欺负你呢？"

方童脸一红，看着窗外已经暗下来的天，突然觉得肚子有点儿饿了。

郭放没有察觉方童的肚子在咕噜咕噜叫唤，接着说道："其实我爹一直把张敏当女儿一样看待，从小就嘱咐我要照顾妹妹、保护妹妹，如果以后找个老婆对妹妹不好，就休了老婆。"郭放小时候也觉得自己父亲对张敏的宠爱有些过了，对张敏比对自己这个亲儿子还要好，后来长大了，听说了父亲的这些经历，了解到父亲和张敏父亲是患难之交，也知道了张敏父亲对父亲的救命之恩，这样地也就理解父亲为什么从小就喜爱张敏了。

张老爹也放弃了沿海的买卖，和同村其他人去其他城市打工。回到无溪河村已经是两年后的事了，回来的时候人瘦得惨不忍睹，大家

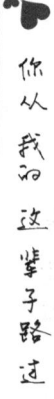

才知道他得了肺癌。

张老爹在临终前把张敏托付给了郭老爹，说他这辈子没能好好照顾女儿，没能陪着她成长，愧对于她，希望郭老爹能帮忙照顾这个女儿，不要让她受欺负。郭老爹看着与自己儿子同岁的张敏，在张老爹面前承诺了他们的婚姻，这辈子郭放就只有张敏这一个媳妇，张老爹听见郭老爹立下了誓言，这才没有遗憾地走了。

那年，郭放和张敏十二岁。

"我知道老爹是想报恩，可是他却牺牲了我的幸福。"郭放非常无奈地说。

方童听到这里无比震惊，她一直以为郭放和张敏至少是青梅竹马、两小无猜，也许两个人之间那种轰轰烈烈、怦然心动的爱情已经没有了，但是细水长流的温情总是有的。现在才知道，其实郭放和张敏算是指腹为婚了，就像封建时期的媒妁之言、父母之命那样。

方童有些心疼郭放，但更多的是无奈。她一直以为郭放徘徊纠结于自己和张敏的感情之中，是因为他对两个人都有感情，无法取舍，现在才知道郭放背负着上一辈的恩情。方童握住了郭放的手，温柔地抚摸着这双因为在部队训练磨出茧子的手，说："人与人的相遇总是很奇妙的。有些看似八竿子都打不着的人却能在十几亿人中相遇、相识、相爱，有些曾经相爱的人却可能因为种种原因分道扬镳。"

"方童，我从小就知道自己长大以后会娶张敏为妻，尽管我不爱她，但是这个事情已经无关爱情了，仿佛已经是板上钉钉，注定了的。所以那么多年，就算遇到各种女生，我都能控制自己，不让自己动心。"郭放反握住方童的手，无奈地说，"直到遇见你。方童，第一次让我如此动心，第一次让我有想逃离这个婚约的冲动，第一次让我感受到爱情的酸甜苦辣，第一次让我如此想守护一个人。"

方童听着郭放的表白，被感动得眼眶红红的。

"我一直知道自己不该动情,这样只会折磨自己。所以我试着不去接触你,但是当我看到你和郭沐在一起的时候,我知道我已经完全爱上你了。"郭放静静地诉说自己对方童的感情,压抑了这么久的心,已经快要崩溃了,干脆今天全部都说出来,不管能否在一起,都要告诉方童自己内心的真实想法,"我看见你和郭沐笑,看见你们一起亲昵相处,看见你们牵手,我难受得想死,但还要装作若无其事的样子和你们一起笑,每天我都在煎熬。"郭放痛苦地说,"特别是后来,看见你为了郭沐那小子哭成那样,我的胸口快要炸了,当时的想法是不管是不是我弟弟,都想收拾他一顿为你出出气。"

郭放看着泪眼蒙眬的方童,心疼地说:"对不起,其实我早就知道郭沐的事,只是一直不知道怎么跟你开口,以为瞒着你,其实就是为你好,却忘了我们虽然可能瞒过你,但是你的同学那么多,瞒得了一时,瞒不了一世,总有一天你会知道的,只是这天来得太快了。"

方童想起当时听到郭沐和王梦琪在一起的消息,是多么震惊,多么悲伤!自己的男友和自己的闺蜜走在了一起,而且两个人是在自己和郭沐还没有分手的时候偷偷在一起的。方童想起了那个时候自己的无助,很想问一问郭沐和王梦琪,问他们为什么要这样对自己,可是却没有勇气去质问他们,只能抱着楼筱哭。

"早点儿知道也好,之前我一直以为是因为自己不够爱郭沐,对他太过冷淡,所以让他伤心,对这段感情没有期盼了,才导致的分手。刚分手的时候我一直责怪自己,感觉自己好残忍,怪自己太冷漠,所以伤了郭沐的心,也没有勇气去挽留。现在知道了真相,我觉得也许他的感情转变有我的原因,但更多的是他自己的心不坚定,外界再怎么云淡风轻,也是会有变化的。"方童算是彻底想开了,不要为不值得的人伤心难过,那个人既然是不值得的人,那么肯定不会心疼自己的伤心难过,"谢谢你这段时间的陪伴,说实话,因为你的开导，让我开心很多。"

"你可不可以等我？"郭放突然问方童。

"嗯？"方童被郭放的问题问得脑袋发懵。

"你不是明年才到服务期吗？在这大半年里，我努力去说服我的父母，也努力说服张敏。我可以一辈子把张敏当妹妹一样照顾，可是我不能娶她。你给我一点时间，我想为我们以后能在一起而努力一把。"郭放非常认真地对方童说。

"可是……"方童有些犹豫。

"你不愿意？还是说，你不喜欢我？"郭放紧张地问。

"我……"方童内心有些发慌，虽然她知道郭放对张敏没有爱情，但是他们毕竟是有父母之命的。她也不知道自己算不算是插足别人感情的第三者，可是第一者与第二者在一起是被动的，"我不是不愿意，是我不知道要怎么回答。毕竟这件事情很严重，已经不是两个恋人之间的问题，而是两个家庭之间的问题了。你有想过如果跟张敏摊牌，她会有什么样的表现吗？你一直说你不爱她，对她只有兄妹之情，可是你问过她吗？她爱你吗？她对你就像你对她一样只有兄妹这情吗？"方童说出了自己的疑问。

郭放愣在那里不说话，方童的问题很尖锐，他只考虑了自己的感情，自己的不愿意，却没有考虑到张敏的心，郭放有些不自信地说："以前我和张敏开玩笑时说过，如果她遇见了喜欢的人，不用顾忌我，大胆去爱；如果我遇到了喜欢的人，也会告诉她，她当时是非常爽快地答应了的，还鼓励我要去寻找自己的爱情，不要因为两个老爸的话耽误了彼此。"

"唉！"方童长叹一声，"女生说的话和内心想的往往是不一致的，她以为你是玩笑，所以也不想当真，就顺着你说了。接触这么久，我觉得张敏姐对你肯定不只是简单的兄妹之情。"

郭放回想着自己和张敏的种种，张敏对自己是挺上心的，喜欢的、不喜欢的，都记在心里。因为自己对她没有爱情，所以也一直忽略她对自己的感情，一厢情愿地认为那只是兄妹之情。郭放突然觉得这件事好像没有想象中的那样简单，不是自己简单去和张敏谈一下就可以解除婚约的。他看着方童，又加大了手上的劲，更用力地握着方童的手："我会努力的，不管家里人和张敏是否同意，我都要去努力争取，不然下半辈子我会在悔恨中度过的。"

　　方童看着郭放坚定的眼神，点了点头。趁年轻，不顾一切地爱一次，挺好的。

　　星空一颗流星划过，方童赶忙闭上眼睛，双手合十，心里默默地说："希望，蒲苇纫如丝，磐石无转移。"

第二十三章

　　这是方童在无溪河村的第三个冬天，这里的秋天来得快去得也快，所以每到秋冬交替时节，家家户户都抓紧时间收割粮食、囤积青草，大雪时节过后的草寒性太重，不能给牲口吃。以前每到这个时候，总是有许多学生请假，回家帮忙务农。郭放来了学校后和校长商量，在最忙的这两周安排特殊课时，上午来学校上课，下午放假让学生回家帮忙，如果家里没有农务的学生，就留在学校上自习或者郭放用自己的电脑放电影给学生看。这样一来，学校每天都能了解这些学生的动态，也预防有些学生打着请假的名义逃学逃课又不务农。

　　方童上午上完了课便回宿舍准备下午的音乐课。其实音乐课是夏淼淼负责的课程，方童和楼筱都不会乐器，唱歌也不是特别好，所以自从夏淼淼走后，音乐课上方童只好给学生们播放一些欧美的动画片。好在迪士尼制作的动画片，配乐都非常用心，很好听。方童偶尔也下载一些时下流行的歌曲，用 MP3 外加音箱放给学生们听。

　　午睡过后，方童抱着自己的笔记本电脑往学校走去，里面是昨天刚下载的迪士尼动画片，打算下午放给留校的学生们看。

　　刚到办公室放下电脑，就见一个中年妇女急急忙忙地跑了进来。

　　"方老师，方老师！"中年妇女直接向方童跑来，"方老师，你快帮帮我，救救我儿子。"中年妇女一脸焦急，眼眶红红的，天气已经转凉，但是她却一头的汗。

"你是李胜的母亲吧！别着急，慢慢说。"方童认出这位中年妇女是自己班上李胜的妈妈，一边安抚着她一边让她坐下慢慢说。

"方老师，我就不坐了，我们李胜昨天下午去河对面那个小山坡上割猪草，到现在都还没有回来。我和邻居已经去那边找两圈了，也没有找到人，方老师，你说我该怎么办？"李胜妈说着大哭了起来，"他爸又在外打工，一时半会也回不来，这李胜要是有个三长两短，我怎么跟他爸交代！我也不想活了！"李胜妈越说越激动。

"李大姐，你先别着急，把具体情况再给我说说。"方童急忙扯了两张卫生纸递给李胜妈。

"昨天中午，李胜在家吃过午饭，就和邻居家的孩子，也是无溪河小学的，叫李建国的一起去河对面那个小山坡割猪草了。其实前几天他们是去村尾的那个小山坡割的，但是李胜说这几天去割草的人太多了，那边的草都不多了，也不知道听谁说的，说河对面那个小山坡上的草还比较多，而且长得好，就和建国约好了一起去。虽然河对面是另外一个省了，但是大家也都经常你来我往，今天你们来赶赶我们的集市，明天我们又去赶赶你们的集市，虽然不亲近，但也算是脸熟，小孩们也经常一起玩耍，所以也不分什么你们的猪草我们的猪草，也都由着小孩去了。"李胜妈说着说着又哭起来了。

方童又急忙递过卫生纸，拍着她的背："李大姐，先别激动，把事情的来龙去脉讲清楚，这样我们也能更好地帮你找李胜啊。"

李胜妈擦了擦眼泪，又继续说："他们俩大概中午一点钟就出发了，可是晚上六点多的时候只有隔壁的建国一个人回来了。我去问他怎么回事，他说他们本来是在割草，那边小山坡上的草长得又多又好，他们一会儿就割满了一篮子。因为头一天晚上下过大雨，所以地上长了许多木耳。他们越往里走，发现地木耳越多，就打算采一些回来，多的晒干了还可以留着吃，于是就越来越往深处走了。"李胜妈

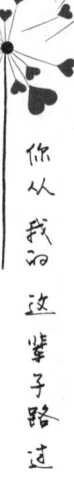

说到这里,激动地比画起来,"虽然他们是在小山坡上,但是小山坡后面连接的是平脊山,方老师你也知道,我们这两个相连着的村为什么这么穷,就是这个山在那里挡着,路也修不进来,土地也不好。"

方童很着急地想知道李胜后来发生了什么,可是李胜妈却突然扯到了地理环境,想打断却又不好打断,只好点点头,等着李胜妈继续。

李胜妈好像也意识到自己有些偏离话题了,于是又急忙接着说:"那个平脊山因为进去的人少,所以也没有路,他们俩就埋着头捡木耳,也不记路,然后就迷路了。"李胜妈说到这里,突然转变了语气,"你说李胜这孩子,虽然我们家不富裕,但是也不用这样贪小便宜啊!"

"李大姐,我想李胜也不是贪小便宜,他平时都是乖巧的孩子,肯定也是想让你高兴,所以才那么努力地采了那么多木耳。"方童安慰道。

"唉,其实我知道。李胜虽然调皮,但也是个好孩子,知道心疼人,他爸喜欢吃地木耳,可是每次回来待的时间都不长,不一定赶巧能遇到下雨,所以他肯定是想多采一些给他爸留着。"李胜妈又嘤嘤地哭了起来,"我的儿啊,你怎么这么命苦。"

方童很是着急:"李大姐,你确定你们已经把小山坡找遍了?那平脊山有多大?找了多大范围?有没有通知派出所呢?"

"建国他爸妈已经帮忙通知村主任和派出所了,村主任已经组织人准备开始找了,我来跟学校说一声,我们都是农民,没有文化,见识也不多,你们几个老师都是读过书、见过世面的,所以想看看你们有没有什么好的主意。"

"我会马上通知校长和郭老师的,你先去找村主任,我们马上过来。"方童说完拿出手机拨给了郭放,简单说了一下情况,具体的细节一起到村办公室碰面商量。

　　方童叫来了班长，把下午的安排交代了，便和李胜妈赶到村办公室。

　　方童前脚刚到，郭放也跟着到了。村办公室外的院坝里已经聚集了很多人，还有村派出所的民警。派出所所长姓罗，是今年刚分配来的。据说之前是另外一个村派出所的干事，因为山林巡逻时发现火灾隐患，及时上报反馈，消除了隐患，避免了一场山林火灾而得到了重用，后来又成功截获砍伐珍稀树种的偷盗者而通报表扬，在这次的换届中被分配到无溪河村担任派出所所长。

　　罗所长看人来得差不多了，站在了高一点儿的台阶上，清了清嗓子，大声说："同志们安静了，都安静了。"大家听他这么一吼，叽叽喳喳的人群顿时鸦雀无声了。

　　罗所长看见大家突然都不说话了，全都望着他，又突然有些紧张了，开口"那个"了半天，才理顺自己要说的："大家都知道无溪河村小学三年级学生李胜的事了吧，他去河对面小山坡割猪草，但是为捡木耳迷路了，现在都还没有回来。他母亲已经带人去找了两遍了，可是没有找到。现在离他离开家的时间已经一天了，一个小孩一个人在山里迷了路，一天都没有吃东西，肯定又怕又饿。我希望大家尽可能多找些亲戚朋友来帮忙，一起进山找一下这个孩子，我代表这个孩子的家长谢谢大家了。"罗所长说完向大家鞠了个躬。

　　李胜妈听着罗所长的话，又看见他替自己拜托大家，泣不成声地也跟着鞠躬。

　　"放心，李胜那么乖的孩子肯定会没事的。"

　　"李胜妈，别着急，我们一定会找到的。"

　　"吉人自有天相，李胜会逢凶化吉的。"

　　大家七嘴八舌地安慰李胜妈。

"同志们，我们现在开始分组，平脊山进山只有一条路，但是走到小河沟那里就开始分叉路，具体有多少条路我也不太清楚，我们就先分成四个人一组，进了山后如果有岔路，我们再分成两个人一组，确保不要落单。"罗所长利索地分配着人，"大家都来这里领取一个哨子，如果找到李胜了，就吹哨子通知大家，我教大家怎么吹。"说完罗所长从旁边的口袋里拿出一个哨子，使劲一吹，"找到人了，就这样一股气地吹，听见的人仔细分辨，如果是这种长音，也这样一股气的吹，通知自己附近的人。如果遇到了情况，比如走散了、崴了脚或者其他情况，就一股气一股气的吹，像这样。"罗所长说着又给大家示范起来。示范结束便示意大家来领哨子，并让大家一起试试。

"很好，大家都掌握得很好，我们现在准备出发。孩子一天没有吃东西了，我们每人领取一瓶水，如果找到了李胜，就给他喝点水，先不要吃东西，等带回来我们让村卫生院的医生检查后再吃。"罗所长说完给大家发水，"不管有没有找到，晚上八点的时候，都必须回到这里集合。"

大家领了水后就往平脊山出发。方童、郭放、楼筱还有村主任的侄儿一组。村主任去河对面村找他们的村主任说明此事，并请求帮忙。

罗所长在分岔口将大家分开了，方童他们从最右边的那条路进入。平脊山大致可以分为西、中、东三段。无溪河村所在的是中段，这里有黄土堆积，水土流失比较严重，靠近东段附近的平均海拔在两千五百米到三千米，是无溪河的发源地。平脊山是古老的褶皱断层山地，所以底部堆积了大量的砾岩，没法种植庄稼。不过虽然大自然赋予的土地不好，但是给予的动物却很多，大熊猫、金丝猴、羚牛，还有朱鹮、黑鹳，以及堪称世上最为丰富的雉鸡类族群。

方童他们走了大约一个小时，遇到了第一个分岔口，楼筱提议分成两组，两个人一组，这样速度快一点，但是郭放不同意，虽然分成两组每组都有一个男士，但是大家都没有入山寻人的经验，虽然没有听说这山上有什么野兽，但是毒蛇、蜈蚣总还是有的。于是四人又继续一起往深山里走了一个小时，第二个分岔口出现在了面前。

"我觉得我们还是分开走吧，不然速度太慢了，现在天黑得又比较早，等下再折转回来走另外一个岔口可能时间来不及了。"方童提出了自己的意见，楼筱和村主任的侄儿也非常同意。

"看这个天可能也快下雨了，我和小村主任一组，你和方童一组，我们分开行动，抓紧时间吧。"楼筱看了看已经有乌云的天，对郭放说道。

"那好吧，我们就分开行动，现在时间四点二十三分，不管有没有找到李胜，八点钟我们在入山口那里集合。"郭放同意了大家的意见，分开前再次叮嘱，"找到人或者遇到情况就吹哨子，同组的两个人最好不要再分开了。"说完一组往左一组往右，继续朝大山深处迈进。

五点，方童看了一眼有些黯淡的天再次确定时间，扭开了水盖小小地抿了一口。不知道会不会找到李胜，还好郭放也带了一瓶水，于是方童把水递给了郭放，郭放也小小地抿了一口："你渴了就多喝点，看你都一下午没有喝水了，我这里的这瓶给李胜留着。"

方童看了一眼前面郁郁葱葱的树木和青草，一点儿人的痕迹都没有的样子，心中有些失望："我们能找到李胜吗？也不知道他现在怎么样了。"

"会的，就算我们没有，其他人也会找到的。"郭放安慰着方童，"走吧，我好像听见水流的声音了，我们继续往前去看看。"

方童点了点头，怀着不安的心情，继续跟着郭放前进。

因为头天下过雨，一路泥泞，脚前的树叶和花草被郭放用树枝刨

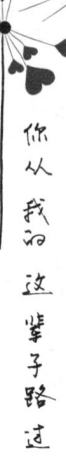

开,方童跟着郭放一脚深一脚浅地走着。终于在一块巨大的岩石后发现了一个小瀑布。瀑布大概只有两层楼那么高,一个人双臂伸开那么宽。只是日积月累,瀑布的下方已经被冲击成了一个池子,清澈见底。方童走到瀑布旁,伸手去感受瀑布的冲击力。郭放也在旁边坐下,温柔地看着方童。

突然方童看见对面池子边的泥土被刨了一个坑,以为是什么动物刨的,便好奇地走过去看,可是她觉得这个坑像是人挖的,因为坑很圆,也不深,里面还铺了一层树叶,而且这个树叶还是绿的,这说明这些树叶刚被摘下来没有多久。方童内心有些激动,急忙在四周寻找更多的线索。就在距离这个坑不到三步的地方,有一个已经干瘪瘪的黑色东西,方童觉得很眼熟,捡了起来。郭放看方童很认真地在研究和寻找什么,急忙走了过来。

"郭放你看,这个是地木耳吧?"方童有些怀疑地问。

郭放拿过方童手上的黑色东西,仔细闻了闻:"这个肯定是,你不是从小也捡这些吗?怎么突然不认识了?"

"我不是不认识,是不确定。因为这里有水源,所以泥土一直偏湿润,我刚才也看了一圈,没有一点儿长这个的痕迹,所以地木耳突然出现,让我觉得有些奇怪。"方童想了想,惊喜地对郭放说:"李胜应该来过这里,你看这个坑里的树叶,都还是绿的,还有这个地木耳,就是最好的证据。"

郭放非常认同方童的观点,于是两人不再休息,继续前进。

"李胜!"

"李胜!"

方童和郭放这样边喊边走走了半个小时,可是再也没有发现一丝痕迹。方童有些心急:"会不会是他走不动了,然后找个地方躲着,睡着了,所以没有听见我们的叫喊。还是说他遇到了蛇,或者其他危险的动物呢？再或者他没有东西吃，饿晕了，也不知道倒在了哪里呢？"

郭放一把搂过方童，轻轻拍着她的后背，安抚着她："不要着急，我们不要自己吓自己。李胜那么聪明的，可能他找到了可以吃的东西呢？我们从小就在地里找吃的，这种本领是与生俱来的，他肯定不会饿着的。至于危险的动物，我也不敢保证这山里没有危险的动物，但是我想李胜能应付的，这些孩子经常下河抓鱼，上山抓蜻蜓知了的，肯定也遇到过蛇虫之类的东西，经验绝对比你丰富。"郭放放开了方童，用手轻抚着她的头发，继续说，"你想想，那些蛇虫从小到大都待在这里，没有出去过，说不定是第一次见到人类，可能害怕的是它们。"

方童被郭放的谬论逗笑了，紧张的心情也缓和了不少："嗯，我知道了，我不会自己吓自己了。天快黑了，我们抓紧时间吧。"

郭放牵起方童的手，继续往前走去。

太阳已经开始落山，天色渐渐暗下去了。方童和郭放面对的是一个分岔口。

"我们……"方童开口才说了我们两个字，就被郭放打断了。"不行，天已经暗了，我们不能分开。"郭放坚决地说。

方童深吸了一口气，做了决定："郭放，我们不能放弃，李胜可能就在这附近。"方童掏出手机看了一眼屏幕，北京时间是六点零四分，"我手机还有百分之八十的电，用来当电筒两个小时应该不是问题。不管有没有找到，六点半我们准时往回走，如果对方找到了李胜，就在瀑布那里做个记号，带着李胜先往回走。如果没有找到，我们就在瀑布那里等。"方童摇了摇郭放的手，无比坚定地说，"如果不尽全力，我会恨我自己的，所以不要让我恨自己，就依我的意见吧，我会注意安全的，也会准时往回走的。"

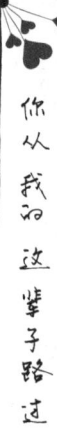

郭放叹了口气,他知道方童有时就是这样的倔脾气,也知道这次事态严重,如果方童没有尽力的话,她会像自己说的那样恨死自己的,特别是如果李胜有个什么闪失……于是他只能说:"注意安全,哨子拿在手里,有情况马上吹响。六点半准时往回走,不管发现什么,都不许再往前了。"说完使劲扯下自己毛衣外套的袖子,递给方童,"你把这个线拆了,每走一米,就在树上做个记号,不要迷路了。"郭放再次叮嘱,内心十万个不放心。

"嗯!我肯定不会把自己弄丢的。"方童使劲儿地点头:"事不宜迟,我们出发吧,等下瀑布见。"说完就往面前的这条路走去。郭放担忧地看着方童的背影消失在视野里,才迈开步伐往旁边的小路走去。

方童一个人走在这寂静的深山里,内心直发凉。"早知道就不和郭放分开了。"方童有些后悔,但是现在也只能硬着头皮走下去。

"还好只有二十分钟就往回走。"方童拿出手机,看了一眼时间,打开了电筒。"两只老虎两只老虎,跑得快,跑得快,一只没有眼睛一只没有耳朵,真奇怪,真奇怪。"方童哼着歌曲为自己壮胆,突然又发现自己哼的歌不对,怎么能在深山里唱老虎呢。俗话不是说"说曹操曹操到"吗,万一这山里真有老虎,还被自己唱出来了,那这个好运气一定要买彩票了。方童想到这里赶忙换了首歌:"在那山的那边海的那边有一群蓝精灵,它们活泼又聪明,它们调皮又机灵,它们自由自在打败了格格巫!"怎么一紧张就只会唱儿歌了呢?方童觉得败给了自己,于是又换了首儿歌哼了起来。

天越来越黑,虽然只有短短的二十分钟,但是每往前一步,天就越黑一点,在方童打算往回走的时候,已经伸手不见五指了。

方童鼓起勇气,开始往回走,走了不到十分钟,方童便找不到自己来时做的记号了,就在她快要崩溃的时候,突然旁边的草丛发出了动静。她的心快要跳到嗓子眼了，紧张地看着草丛，握紧了手里刚刚捡到的木棍。

突然从草丛里钻出一个东西，方童举起木棍就敲了下去。

"啊！"突然那个东西发出了人叫，方童很是诧异，小心翼翼地用木棍拨开了草丛，看见一个小男生委屈地趴在那里。

"李胜？"方童试探地叫。

"方老师？是方老师吗？"男孩激动地问。

"李胜！真的是你！谢天谢地，终于找到你了！"方童听出来是李胜的声音，高兴地跑了过去，"天啊！你这是怎么了？怎么满手是血，还在地上趴着？"方童看着依旧还背着背篓的李胜，心疼地问。

"呜呜呜呜……"见到了熟人，一直紧张的神经得到了释放，李胜一下子止不住地大哭了起来。方童心疼万分地想扶起他，却见他大叫着疼。

"哪儿疼，告诉老师。"方童看着他满手是血，也不知道伤到了哪儿，不敢碰他。

"呜呜，我不小心掉到了一个大坑里，崴了一只脚，疼得我站不起来，好不容易爬出了那个大坑，用另外一只脚跳着走，可是走了太久了，我的这只脚也疼得没法站立了，于是我就用手往前爬，我爬了一个下午才爬到这里。"李胜虽然手脚都很疼，但是他又想像个男子汉一样坚强，这让方童心里更难受了。

"不怕了，老师找到你了，现在就带你回家。"方童用手机照了一眼李胜的两只脚，一只已经变形了，另外一只肿得像吹胀了的气球。方童轻轻擦去眼角的泪，安慰着李胜说，"老师看了一下，不是特别严重，但是伤筋动骨一百天，现在你肯定是不能走了，老师背你。你上来的时候可能会用到脚，有一点疼，你忍一下，爬上老师的背就不疼了。"说完方童蹲在了李胜的面前。

李胜咬着牙关，使劲地爬到方童的背上，方童摇摇晃晃地站了起来，与李胜商量到："李胜，老师和你商量件事，因为老师是女生，体力不是很好，你可以把你背上的篮子放在这里吗？等明天白天老师再来给你拿回去。"

"可是，里面都是我采给爸爸的木耳，他最喜欢吃这个的。"李胜有点儿舍不得。

"老师知道你爸爸爱吃地木耳，老师向你保证，一定帮你摘满满一篮子的木耳，来拉钩。"说完方童朝后面举起了小指头，李胜想了想，于是放下了背上的背篓。伸出小指头勾了勾方童的小指。

"李胜真乖，老师这就带你回家去。"

方童背着李胜，靠着手机上电筒微弱的光，找寻着自己来时做的标记。不知道是不是刚才背起李胜时搞错了方向还是自己来的时候迷糊得忘了做标记，反正走了许久，也没有看见绑了毛线的树。这时天已经完全黑透了，哨子也在刚刚找到李胜时弄丢了。突然雷声炸响，方童心想，这下完了，要是等下下雨了，这荒山野岭的，哪儿去找避雨的地方。

方童回头看了一眼爬在自己背上的李胜，可能因为又饿又累，已经在背上睡着了。方童咬了咬牙，想着李胜受伤了的腿，无论如何，也要走出去。

不知道又走了多久，手机已经提示电量不足百分之二十了，方童瞟了一眼，没有一丝信号，时间九点三十九分，已经背着李胜走了三个小时了，可是感觉离郭放他们越来越远了。

这时天也开始下起了小雨，方童绝望地跪在地上，背上的李胜也不小心滑落下来。大概是脚触地了，李胜疼得醒了过来，揉了揉眼。没有时间概念的他也不知道方童已经背着他在山林里转悠了三个小时，迷迷糊糊地问："方老师，我们还没有走出去吗？"

方童的体力已经严重透支了,加上内心的绝望,她已经不知道要怎么样去安慰李胜。

　　"方老师你怎么了?是不是我太重了?"李胜看着老师累瘫在地上,雨越下越大,他捡起了身边的一片大树叶,挡在了方童的头上,关心地问。

　　方童看不清李胜的脸,但是她感觉自己头上的雨突然变少了,可是身上还是能感觉到雨下得很大。方童向头上摸去,摸到了一片叶子,这才知道李胜给她举着遮雨。方童连忙给自己打气,现在不是放弃的时候,当务之急是找个避雨的地方,李胜的脚伤得那么厉害,如果沾了雨水,感染了那可不得了。于是她振作精神,重新背起李胜,开始新的征途。

　　终于皇天不负有心人,在方童手机电量最后一格耗尽的时候,他们找到了一块凸出的石头,已经浑身湿透了的方童和李胜忙躲了进去。

　　方童把自己里面比较干的衣服脱了给李胜换上,大概是因为淋了太多的雨,李胜身上有些发烫。

　　"李胜,不能睡,来,和老师说说话。"方童一边摇着李胜,一边对他说。其实方童也不知道现在该怎么办,只是想起看过的电视剧,一般这种情况下都不要睡着,因为睡着了身体机能会下降,万一李胜突然发起高烧怎么办,自己完全束手无策,于是忙摩擦着李胜的手臂,帮他取暖,又给他讲故事,让他兴奋起来。可是讲着讲着,方童觉得自己也越来越冷,越来越困,两个眼皮已经不听使唤了。她拍了拍自己的脸,又把李胜往自己的怀里搂了搂,如果自己真的睡着了,这样搂着李胜,他也不至于太冷。

　　终于,方童也坚持不住,迷迷糊糊地睡着了。等醒来时,她发现自己已经躺在了病床上。

"李胜呢?"方童急切地问道。

"在隔壁病房呢,他因为伤口发炎而引起了发烧,现在已经退烧了,脚上的伤也都给处理了,你不用担心,倒是你,你知不知道你中毒了?"

"中毒?"方童有些莫名其妙。

"是啊,还是一种非常罕见的毒,还好郭老师以前听长辈提过这个毒的解法,一大早就去给你挖草药去了。"

"噢,原来我是中毒了,怪不得我一直昏昏沉沉,对昨晚的事都没有什么印象了。"方童后怕地说,"那你们是怎么找到我的呢?"

"不是我们,是郭放。他那天晚上等你很久你都没有出来,他就在想你是不是找到李胜了,于是急忙跑了回去。刚到村办公室就下大雨了,他没有看到人,认为你肯定还在山里,本来当天晚上就要进山的,结果雨越下越大,不得已只好放弃了。第二天天一亮,他就背着工具去找你了。下午的时候,他背着你,抱着李胜出来了,然后直接就往医院冲,而且大概他检查了你的伤口,都是不太厉害的小伤口,不过还是让细心的郭放发现了些什么,不然你现在就一命呜呼了!"楼筱替方童掖了掖被子,又给方童倒了杯热水。

郭放听说方童醒了,就急忙赶了过来,拉着医生问了一遍方童的情况,直到确定那个毒素正在慢慢排出体外,这才放心下来。

楼筱看着郭放来了,识趣地离开。

"我不是让你做好记号吗?如果有情况出现就吹哨子,我听见就会去救你的!"郭放又生气又心疼地说,好像在教育一个不听话的学生。

方童有些委屈,"我肯定是做好了记号的,只是后来不知道怎么的,突然之间找不到有记号的树了,然后又下起了大雨,我只好背着李胜先去避雨。"

"方童，我不能没有你，你知不知道？"郭放突然的表白让方童措手不及，呆呆地望着他。

"我思考了很久，特别是那天找不到你的时候，我从来没有想到你会对我如此重要。"郭放眼眶红红的，声音有些呜咽，"那天我等了好久好久都没有等到你，当时我就在想，要是以后我都等不到你了，那我要怎么办？应该会疯吧。后来找到你了，以为你淋了雨，所以才发高烧，结果幸好当时我看了一下你的脚底和手心，看见了一个不起眼的小洞，这才意识到你浑身发烫不是单纯淋了雨的原因，把你送到了医院我就急忙去采药了。这个方法是以前老一辈留下的土方法，我也不知道灵不灵，不过我知道医院的抗生素可以让你支撑到我回来。"郭放揉了揉含着泪水的眼睛，继续说，"回医院的路上我就在怕，怕我动作慢了，没能及时给你带回药草进行治疗，如果有什么后遗症怎么办，一路上就这样忐忑地想着，一刻也不敢耽误地跑到医院。"

"方童，我们私奔吧！"

"啥？"方童以为自己脑袋被烧坏了还没有好，听见郭放的建议很是震惊。

"我想好了，等你服务期满了，就不要干了，我也辞职。我们可以一起去C市，或者去其他的城市，你不是说你喜欢海吗？我们可以找一个靠海的城市生活。"方童开始怀疑烧坏脑子的那个人究竟是自己还是郭放。

"丢下一堆人和事，不管不顾，你怎么和你妈交代？你怎么对张敏交代？"

"方童，你知道我对你的感情，你也知道我对张敏的感情，有些事勉强是不会有幸福的。"

"我知道勉强的事是不会有幸福的，但是也不能把自己的幸福建立在别人的痛苦之上啊！"方童听见郭放这么自私的说法，有些生气，

"不管是媒妁之言,还是父母之命,普天之下,我们还是要遵守道德,既然答应了父母,也给了对方承诺,怎么可能说私奔就私奔,你爸妈要是有天找我要他们的儿子,我怎么还给他们?"

郭放默默地听着方童的指责,静静地握着方童的手,方童继续说道:"这件事不是轻轻松松说走就走就可以解决的,你得给你爸妈一个交代,给张敏的妈妈一个交代,特别是她过世了的爸爸,当初郭爸爸可是当着张爸爸的面答应了要你娶他女儿的,虽然说这个年代实行这种包办婚姻是有些过分,但是逝者为大,你作为男人就该信守承诺,除非是张敏那边提出解除婚约,不然我是不会跟你走的。"

"方童,你还记得你曾经答应过我,会等我吗?等我处理完这些事情,等我跟张敏谈清楚,等我和爸妈好好聊一聊,让他们明白我的心。"郭放看着方童说。

"我记得,我一直都记得,我也一直在等你。"方童点了点头,"可是郭放,我希望我们之间的感情是被大家所祝福的,不是这样偷偷摸摸,更不是要两个人逃到远方才能相守在一起!"方童看着郭放真挚的目光,很是感动又很是无奈,"郭放,我的父母和你的父母年事已高,我们又都是独生子女,赡养父母的重任都在我们的身上,我们能去哪儿?能走多远?"方童反握住郭放的手,无奈地摇着头,"就算我们走得再远,终究还是要回来的,也终究是要面对你爸妈和我爸妈的,我们更要面对的是张敏,如果没有得到她的谅解和祝福,我们就算在一起也不会幸福的。"

郭放点了点头,方童所担心的,其实也是自己所担心的,只是这两天因为方童身体的问题而紧张过了头,才病急乱投医,想到了私奔。

"好好养病,等我名正言顺地来牵你的手。"郭放坚定地说。

第二十四章

郭放思考了两天，决定先找张敏谈，如果张敏的想法和自己一样，那么说服爸妈又多了个说客。

刚从流水线上下来的张敏揉着发酸的肩膀往宿舍走去，突然手机铃声响起，她看了一眼来电人是郭放，平时郭放很少主动给自己来电话，而且还是清晨这个时间点。

"喂？郭放。"

"打扰你工作了吗？"

"没有，我刚从流水线上下工，准备回宿舍休息呢。"张敏不知道郭放找自己什么事，语气很是愉快。

"如果方便，我想和你谈谈。"

"现在吗？"

"嗯，现在。"

"好吧，什么事这么着急？"张敏突然想到了春节后自己与郭放的订婚，会不会是和订婚有关的事呢？张敏心里想着。

"我们取消订婚吧？"

"什么？"张敏以为自己听错了。

"不光是订婚，还有父母一厢情愿的结婚，我们都取消吧。"

"郭放，你怎么了？"张敏满心震惊。

"张敏，对不起，我知道这对你来说太突然了，虽然我们逃避了

十几年，但终究是要面对的！"

"面对？面对什么？我们马上要订婚了，你却突然说要取消！那为什么那天晚上吃饭时你不提，还是说，你有喜欢的人了？"

"不是的张敏，这和有没有喜欢的人无关。你一直都知道，我们为什么会在一起，你也一直都知道，其实我不爱你，我一直把你当成我的妹妹。对不起，拖到现在都是我的懦弱和愚孝造成的，我希望你能谅解，也希望我们能好好谈谈。"

张敏捂着嘴，不让自己哭出声来。

"对不起对不起，是我太懦弱，一直没有去努力反抗，害了你，也害了自己。当初你父亲在临终前把你托付给我父亲，我父亲根本没有考虑我们的感受便承诺让我娶你，那个时候我们都还很小，不懂什么叫娶，什么叫嫁，更不懂得去违抗父母的命令，不管他们的命令有多么过分，多么不合适。"

"所以，现在你是要反抗了吗？"

"张敏，我不是要反抗，我是希望我们都明白自己的感情，不要因为父母之命而赔上了自己的一辈子。小时候，你一直跟在我后面叫着郭放哥哥，我也一直叫你敏妹妹，我们从小一起长大，你是如同我妹妹般的存在，我怎么能用'爱情'的'爱'去爱我的妹妹呢？"

张敏站在路中间没有说话，她上了一个通宵的夜班，现在本应该在宿舍的床上休息，现在听着郭放在电话那头的声音，耳朵开始发出嗡嗡的响声。"早知道就不接你的电话了，我以为你要和我商量正月订婚的事，结果是要让我取消订婚，然后分手。你说你一直把我当妹妹一样宠爱，你说我一直把你当哥哥一样看待，你有问过我吗？把你当哥哥一样看待是我的心里话吗？我们之间只能存在兄妹之情，这又是谁的意思呢？郭放，你既然不爱我，为什么不早点说出来，早点反抗，这十几年算什么？"张敏崩溃地咆哮着。

"张敏,你冷静点。你先回宿舍休息,我放学了过去接你。"

突然一辆运货车从右方拐弯过来,熬了一个通宵的张敏和熬了一个通宵的货车司机都有些恍恍惚惚,司机没有想到一大早有个人在这里游荡,急忙减速打方向盘避开了张敏,司机长叹了口气,还没来得及庆幸,只听"嘭"一声,一个货物掉了下来。司机忙踩了刹车,下车查看情况。只见一个木制大箱子压在了张敏的下半身,张敏昏迷当场,箱子下面已经开始渗出斑斑血迹。司机急忙拨打了急救电话。

接到电话后,方童和楼筱急忙赶到了县医院的重症监护室,经过几个小时的手术抢救总算是保住了张敏的性命。只是由于木箱里装的是铁质器材,重量差不多按吨计算,这箱器材一下子掉在了张敏的盆骨上,造成了盆骨粉碎性骨折,骨头的一块碎片插进了子宫,而且受创的方向是后方,可能造成括约肌的障碍,影响生活,行动不便。

方童听到这一切,整个人都软了。她看见郭放穿着防菌服在张敏的病床旁紧握着她的手,看着郭放满脸的愧疚,她猜到郭放已经找张敏谈了,而且是在谈的过程中或者之后出的事。

方童看着躺在病床上的张敏,突然恨死了自己。因为自己的自私,害得一个无辜的人受了如此严重的伤害,以后要怎么面对郭放?怎么面对张敏?怎么面对郭家人和张家人?

楼筱紧紧搂着已经崩溃了的方童,低声安慰道:"吉人自有天相,张敏不会有事的。我刚才已经查了,只要后期康复治疗妥当,不会影响走路的。至于碎片插进子宫,这个要看医生的技术以及插进去的碎片的大小。"方童听着楼筱的话,身体越来越不受控制,感觉沉重得快要站不稳了。

楼筱努力地托起了方童,对她说:"你现在这样像什么话?张家人和郭家人都在呢!要是让他们知道这事与你脱不了关系,非得扒了你的皮。现在你能做的就是打起精神来,给郭放加油打气,祈祷张敏

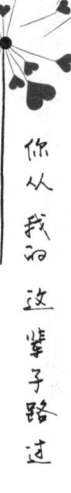

快点醒来。后续需要解决的事看郭放怎么说吧，如果他那边需要你陪着一起道歉、照顾之类的，你要拒绝！"方童听到这话，奇怪地看着楼筱，楼筱咬着牙说，"不是我狠心，方童，事到如今，是我们都不想看到的，可是既然已经发生了，我们就要把伤害降低到最小，特别是对自己的。你本来也是个受害者，郭放这样两边拖泥带水，害了张敏也害了你。具体的解决措施还得等郭放出来后了解了情况再说，如果郭放只是不想接受父母之命的婚姻，没有提及你和其他任何人，那么你不要出现，如果郭放已经提到了你，那么我们更得找郭放谈谈，如果他爱你让他把所有的一切都揽过去。"方童知道楼筱是为了自己好，可是良心的谴责却让她生不如死。

三天后，张敏终于醒了。郭放搂着她一直说着对不起，张敏面无表情地看着他。张敏的盆骨手术很成功，只要接下来的一年加强治疗，恢复正常走路是完全不成问题的，只是插进子宫的那块碎片有点儿大，造成了子宫不可逆转的伤害，可能会影响生育。张敏麻木地听着这一切。自从醒过来后，她没有开口说话，这把张妈妈和郭妈妈急得快要跳起来了，天天问医生怎么回事。

"我不恨你，你不用再来了，我会让他们解除我们的婚约的。"那天，郭放给张敏擦过身子后，张敏终于开口说话。

"敏敏，对不起，这一切都是我的错，是我太自私了。"郭放听见张敏愿意和他说话了，急忙跑到张敏面前，"我总是以我的想法为主，忽略了你的想法。我们从小一起长大，我对你怎么可能没有感情呢？我只是不想委屈你，不想让你因为父母之命而嫁给一个自己不爱的人，我怕你恨我。"

张敏淡淡一笑："那天电话里，你好像不是这样说的。"

郭放叹了口气，握着张敏没有输液的那只手，缓缓说道："我当时是提的分手，还想解除我们的婚约，因为我以为我不爱你。"郭放伸出手轻轻摸着张敏的额头,说,"我以为我不爱你,我以为这么多年的感情只是亲情,但是在知道你出了事的那一刹那,天崩地裂,我的世界都坍塌了,我腿脚发软,完全没有办法开车,都是托人把我送到医院的。这个时候,我才知道,你在我心中如此重要。"张敏静静地听着郭放的话,"张敏,再给我一次机会吧,让我好好珍惜你,好好补偿我对你造成的伤害。"郭放说到这里已经泣不成声了,张敏依旧面无表情地看着远方,只是眼角落下了一滴泪。

那天郭放表白后,张敏的神色没有之前那么绝望和恨了,虽然她还是不爱说话。

一个月后,张敏出院回家了,不过是回的郭放家。郭家和张家商量后,把订婚的日子定在出院的那天。两家人提前布置了一下新房,郭放也积极参与,搞得一片喜气洋洋。

这一个月,方童和郭放没有再见面,也没有再联系。在张敏出院的那天,方童收到了郭放的一条短信,只有三个字"对不起",方童便全都明白了。

寒假过后,这是方童在无溪河小学的最后一次开学。她已经决定服务期满了就离开这里。来到学校后,听说了郭放订婚的消息,方童没有吃惊,擦肩而过时淡淡地说了句:"恭喜。"

最后的这一个学期,方童和郭放再也没有任何交集,仿佛连陌生人都不是,碰面了不再点头问好,遇到麻烦了方童也去拜托其他老师。从此,他们好像在对方眼中隐了身。

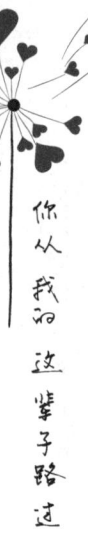

第二十五章

　　方童在墨脱的第三年初春，接到了楼筱的电话，说她下个月结婚，让方童一定一定要回 C 市参加。挂了电话，方童思绪万千，自己离开无溪河村已经三年了。服务期满后，虽然老校长一再挽留，但是方童还是选择了离开。刚好一直关注的公益组织需要人员进入墨脱支教，方童不顾父母反对，毅然决然地进入藏区，几乎和所有人都断了联系。

　　墨脱在雅鲁藏布江的下游，毗邻印度，意为"隐秘的莲花"。墨脱县曾经是全国两千一百多个行政建制县中最后通公路的县，人力背夫曾是这里唯一的运输方式，这里的人们几乎过着与世隔绝的原始生活。但是墨脱四季如春，植物种类繁多、植被结构复杂，被称为"植被类型天然博物馆"。最初方童来到这里是为了逃离郭放，躲避世人，到了墨脱后却爱上了这里。墨脱的人民朴实淳厚，学生尤其如此，学校的学生很少，但是对老师毕恭毕敬，对待学习十分努力，因为他们想走出墨脱，去看看外面的世界。

　　方童来的时候墨脱公路刚好通车，一路上听前辈们聊以前进墨脱的经历。雨季时，沿路都是泥石流，几次差点命丧途中，应该是老天知道他们是去做好事的，所以庇护着他们。

　　墨脱的天永远都是那么蓝。刚到的时候，方童无法适应高原气候，每天都需要吸氧才能下地走动。就在方童觉得自己快要死在这里的时候，身体却突然适应了，每天不再需要吸氧，吃了东西也不会全都吐了。

墨脱的孩子们都不太会说汉语，方童又不会说藏语，校长便把一个会一点汉语的孩子分到了方童的班级，方童在墨脱学校的主要任务就是教大家说汉语。

日子就这样平平淡淡地过着，偶尔方童会想起那遥远的人和遥远的事。方妈妈最初会每天打电话关心方童的生活，极力劝说她回来，如果是因为想继续当老师，C市有那么多学校，实在不行还可以去周边郊县的学校，再不济就回无溪河村，总比一个人在遥远的墨脱好。方童明白妈妈的心，但是这里真的很好，天永远都是蓝的，空气虽然稀薄，但是没有C市那种沉闷。吃的味道虽然不怎么样，但都是纯天然的。还有一望无际的植被，郁郁葱葱。方童每次看着这些就心情大好，感慨着大自然的神奇。

过年的时候方童回家了，由于紫外线太过强烈，她的皮肤被晒成了小麦色，因为经常吃牛羊肉，她的身体也更结实了。放下一切的方童眼神也更加坚定了。方妈妈看着变得如此干练的女儿，也不再劝说她了。每个人都有自己的路要走，每一步都是历练。

走出机场时，方童看到夏淼淼戴着墨镜靠在车旁优雅地和一个男生说话，去B市磨炼一番后的夏淼淼越来越风情万种，魅力暴增。不知道夏淼淼说了一句什么，男生脸上一变，有些尴尬地道别走了。

"我还以为那个小帅哥是你朋友呢！这么久不见，越来越迷人了，夏淼淼！"方童走到夏淼淼面前，高兴地说。

"我亲爱的方童，你终于回来了！"夏淼淼看见方童，高兴地冲上去拥抱着她。说完把方童放开，坐拽右晃地仔细打量起来，"你怎么这么黑了？"夏淼淼夸张地说，"以前你可是我们三个里最白的，羡慕死我的那种。"夏淼淼有些可惜，可是随后又非常佩服，"天啊！你的

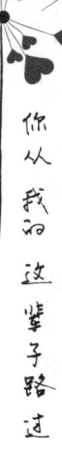

肉居然这么结实了！你是不是天天在那边上山爬坡啊，还是要自己宰牛杀羊，或者是那些人欺负你，让你干苦力活？"

方童呵呵呵地笑了起来，看着夏淼淼还是那个风风火火的奇女子，方童的心暖暖的。当年服务期还没有满，夏淼淼就一个人跑到B市去追寻自己的爱情。后来方童知道了夏淼淼与蒋漫墨的故事，感觉那些在电影、小说中的故事确实真实地发生在自己的身边，方童被深深地感动和感染了。当她像夏淼淼一样，决定为爱冲动一次的时候，却换来了郭放订婚的消息。方童悲伤的同时也释然了，也许这个就是世人所说的有缘无分，这辈子命中注定无法在一起。

方童努力地想忘记郭放，可是只要在学校，两个人总是要见面的。好不容易熬到了期末，方童的支教服务期也满了，于是她便毅然决然地选择了离开。

"夏淼淼，你最近怎么样了？"方童有些犹豫，没有直接说出蒋漫墨的名字。

"我很好！今年过完年后，我就回到C市了。自己开了个工作室，拍拍广告、宣传片、微电影什么的，毕竟在叶知秋身边待了三年，在C市这种地方，已经足够炫耀了。"夏淼淼眨了眨眼，接过方童的行李箱，打开车子的后备厢，准备往里放行李，脸上依然若无其事地说，"蒋漫墨去年结婚了。"

方童吃惊地张大了嘴，一时不知道怎么接话。

夏淼淼放好行李后，关了后备厢，对着站在身边的方童说："他身上背负的责任太大了，有些事他也不得不妥协。他让我等他，可是我已经等了他三年又三年了，不想等了。"夏淼淼拍了拍方童的腰，"好了，远方归来的方小姐，我们上车吧，我带你去吃好吃的。晚上还要去酒店彩排呢，我们两个伴娘要是迟到了，楼筱肯定会骂死我。"说完便进了驾驶室。

一路上，方童看着窗外熟悉又陌生的城市，唏嘘不已。曾经她以为自己会在这个城市安家立业，每天穿梭于城市的各个角落，如今命运崎岖，离开了偏远的无溪河村，却去到了更遥远的墨脱，这一切可能冥冥之中是老天的安排。

　　"对了，刚才看见有个男生在和你说什么，然后又突然被吓到了一样？"方童突然想到自己刚出机场时看见的场景，便问道。

　　"刚才？"夏淼淼有些莫名其妙，突然又想起来，大笑了起来，"刚才那个哪儿是什么男生，是男生打扮的大叔！"夏淼淼大概是看见许久未见方童，心情大好，打开了收音机继续说，"他来找我搭讪的。"夏淼淼在方童面前一点也不隐藏地表现出自己的骄傲，"他要我的电话号码，我说我有男朋友了，他说他是什么公司的老总，身价上千万，然后自己的玛莎拉蒂在什么停车场停着，如果方便能不能搭一下车，顺便请我吃饭！我夏淼淼是为一辆玛莎拉蒂和一顿饭折腰的人吗？"

　　方童点点头说："是啊，太小气了，我们夏淼淼小姐是一顿饭就能搞定做朋友的吗？至少五顿起嘛！"

　　夏淼淼被方童逗笑了，笑得花枝乱颤。方童看着夏淼淼精致的脸蛋，无限感慨。夏淼淼的家庭条件方童知道个大概，之前夏淼淼支教服务期还没有满的时候突然不辞而别，方童去C市见到了她的母亲。夏淼淼的家虽然不在C市中心地段，但是地理位置很好，处在一环边上；小区是大开发商修建的，配套设施全面，小区的周围分布着一个大型综合体商场，一个市政绿化公园，一个废旧工厂改建的音乐广场，还有一面是临河。夏淼淼的父亲开了一个小公司，母亲打理着自家的三个超市，虽然不是身价上千万的富豪，但是"白富美"这个称号却是名副其实的。如果不是后来知道了蒋漫墨的家庭背景，方童根本无法理解一个男生怎么会放弃条件这么好的夏淼淼。

夏淼淼把车停在了一家老字号的火锅店门口，下了车。

"多久没有吃了？馋了吧。"夏淼淼一边锁车一边对方童说，"这家店生意超级好的，还好现在不是晚饭点，我们先吃了再去酒店吧。"

方童之前没有注意，现在才看见夏淼淼开了一辆乳白的Mini Cooper："夏老板，看样子你的生意做得挺不错的。"方童仔细地想了想，"那我等下点菜可要点好的了。"

"吃，随便吃，我夏淼淼管你几顿饭还是没有问题的。"夏淼淼豪爽地说："至于我那个生意，挣得不多，反正也饿不死。"说着摊了摊手，"我老爸听见我自己要在C市开工作室，二话不说就给了我一笔启动资金，还赞助了我这辆车。毕业那会儿，我好说歹说让他给我买一辆Mini，他死活不同意，说我开车毛躁，技术又不好，怕我出事。结果这次非常积极主动的就给我买了，后来我妈跟我说，我爸是怕我又跑了，所以赶快让我找点事做，好安安心心地留在C市。"夏淼淼的口气虽然有些无奈，但内心满是对父母的感激。

方童也想起了自己的父母，其实自己去墨脱也算是不辞而别，她没敢在走之前告诉父母要去哪儿，因为以母亲的性格，肯定会想各种办法阻拦，说不定还会哭闹。于是方童告诉他们自己去旅行，到了墨脱报平安时，才告诉他们自己的决定。母亲在电话那头就急哭了，打算马上去墨脱把方童抓回来，可是墨脱没有飞机也没有火车，只能坐汽车，母亲又严重晕车，方童一再保证会好好照顾自己，每天打电话报平安，母亲这才勉强同意了。一眨眼都三年了，母亲虽然没有再提让方童回来，但是现在通电话会偶尔提起介绍对象的事，方童知道父母还是希望自己回到他们身边。

"嘿，方小姐，想什么呢？点菜了。"夏淼淼把菜单递给方童，豪爽地说，"想着你刚从高原回来，可能会醉氧，所以我做了人生最大的让步和妥协——鸳鸯锅。"

方童看着笑脸盈盈的夏淼淼，忽然在考虑自己是不是也该回来了，许多事已经过去，曾经悲伤的心也被洗礼得渐渐平静，父母年事已高，做子女的也不能凡事都那么任性了。

　　晚饭后，方童和夏淼淼带着一身浓浓的火锅味冲到了楼筱彩排的酒店。

　　"方童！你终于来了！"楼筱正在舞台上和林杰商量着什么，看见方童走了进来，激动地跑下台，"太好了，谢谢你大老远地来参加我的婚礼。"楼筱万分感动，她知道方童所在的墨脱只有汽车，为了不耽误时间，方童坐了一晚的汽车到了拉萨，然后转飞机回来的。

　　"我们是有着深厚友情的革命战友，要是错过了你的婚礼，那我可得后悔死。"方童看看脸上洋溢着幸福笑容的楼筱，也看到了站在楼筱身后看着她们微笑的林杰，她知道楼筱这次是找到了自己的幸福。

　　为了方便第二天一大早接亲，楼筱把房间就定在了举行婚宴的这个酒店。

　　"累死了！我以后不要结婚了！"夏淼淼进了房间脱了鞋就躺在了床上。

　　"夏淼淼，以你的性格，估计婚宴设计得比我还花哨，过程比我还烦琐。"楼筱打趣地说。突然想起了什么，转身对方童说，"方童，那个，明天的婚宴，我邀请无溪河小学的校长和老师了。"

　　方童一愣，其实回来的时候，心里大概知道楼筱会邀请他们："嗯，我理解，毕竟那里是我们革命友谊的根据地，那里的老师和学生们见证了我们的成长，现在你结婚，也应该邀请他们一起见证、一起为你高兴。"

　　"那，你放下了吗？"楼筱有些担心地问，"因为明天不知道他会不会来。"

"有什么放不下的！天涯何处无芳草，何况这根草也不怎么好！"夏淼淼听见她们俩的对话，突然从床上跳了起来，激动地对方童说："你看我，当初要死要活的，不也放下了吗！男人就是这样，一心一意地对他，他不知道好歹，非得伤了我们的心，断了我们的念想，到时又忽然觉得悔不当初，没有好好珍惜，晚了！"

"夏淼淼，你那么激动干吗？我又没有邀请你那个什么蒋漫墨。"楼筱白了夏淼淼一眼。

"嘿，我这是在开导方童，就算明天见面了，又能怎么样？老娘现在过得很好。"夏淼淼甩了一下自己的长发，"对了楼筱，明天有没有超级宇宙帅的男同志，介绍给方童，就算没有看对眼，明天也能当个男伴，气死某些负心汉。"

方童和楼筱听着夏淼淼的建议，哭笑不得。

"放心吧，我很好。就算明天见面，我也心如止水。"方童对夏淼淼说，"你刚刚不是说对伴娘服不满意吗？还不快抓紧时间改，不然睡晚了，明天可是顶着黑眼圈的水肿伴娘哦。"

"对哦对哦，虽然明天美不过新娘，但至少我要当最美的伴娘。"夏淼淼说完就去找自己的伴娘服了。

"放心吧，我真的没事。"方童宽慰着楼筱，也鼓励着自己。

第二十六章

　　第二天一大早,林杰带着伴郎来抢亲。夏淼淼在得到了一堆红包后妥协了,打开门放新郎进屋。虽然身边很多朋友都已经结婚了,但这还是方童参加过的流程最完整的抢亲。

　　外景拍摄完后,一群人浩浩荡荡地到了喜宴酒店。酒店的正门气势磅礴,门口立着一副巨大的海报,海报上是楼筱和林杰深情地望着彼此,背景是一片花海。

　　"哇,这个婚纱照好漂亮啊!"方童称赞道。

　　楼筱跟着方童抬头看着自己的婚纱照,幸福地说:"这些景都是林杰找的,我们没有找专业的摄影机构,摄像师和化妆师都是林杰单独找的,婚纱也是他去挑选的,他安排好了所有行程,我只需要美美地当个新娘就好了。"

　　"真是美死你了!"夏淼淼在一旁超级羡慕,可突然又无比幽怨无比焦虑地说:"万一以后我的老公没有林杰这么细心怎么办?"还没有等楼筱和方童回答,夏淼淼又继续说,"算了,以后我就旅行结婚吧,搞这么复杂。"说完掏出口红给自己补妆,"楼筱,你看我多尽职,为了不抢你这个新娘的风头,我选了一个清淡的口红颜色,够姐妹吧?"

　　"是啦是啦,最美丽的伴娘!"楼筱高兴地说,"这里就交给你们了,我的好姐妹,我去换衣服了。"说完便和化妆师往酒店房间走去。

　　临近中午,宾客们已经陆陆续续到了。楼筱虽然找了方童和夏淼

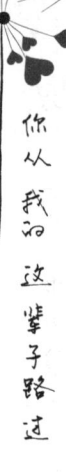

淼两个人做伴娘，可还是忙不过来，又是递烟又是发糖，看见小朋友还得给红包。

楼筱更是忙得晕头转向，父母的亲戚来了，拉着她给大家介绍，父母的朋友来了，也要拉着她给大家介绍，林杰的亲戚朋友来了，依旧要拉着她给大家打招呼。终于熬到快十二点了，楼筱这才得空抽身去换衣服。

夏淼淼和方童也丢下手中的东西，跟着一起去了。

"天啊！楼筱，你的婚纱太漂亮了！"夏淼淼扯着楼筱的婚纱说，"不行不行，我不能旅行结婚，不然这么漂亮的婚纱都没法穿，太可惜了。"方童正在努力地帮楼筱系着婚纱背后的绑带，听着夏淼淼一会儿一变的主意，抬腿踢了踢夏淼淼的裙子："我的天，夏小姐，你快来帮我拽着，不然错过了上台的良辰吉时，可拿你是问了！"

"噢！"夏淼淼这才反应过来自己的任务。

整个舞台被林杰设计得非常温馨浪漫，楼筱挽着父亲的手臂来到了舞台中央，林杰像个孩子一样兴奋又紧张地接过楼筱的手。

方童和夏淼淼退到了舞台的后方，把主位让给了两位新人。

主持人在那里咿咿呀呀地说着早已倒背如流的台词，方童没有留心去听。看着长裙拖地，耳鬓贴花，笑颜迷醉的楼筱，方童满心祝福。

曾经为了逃避离婚，楼筱跑到了无溪河村躲着，可是为了让学生们拥有过冬的物资，她又鼓起勇气去面对前夫，接受离婚。世事难料，也许一切都是老天注定的。不幸运的楼筱又是幸运的，可能因为身边一直有个守护的人，所以她才没有放弃爱情，才收获了今天的幸福。

方童看了一眼站在旁边已经泪光闪闪的夏淼淼，不知道她有没有和蒋漫墨一起幻想过，属于他们的婚礼要布置得像城堡，还是像森林一样？可惜已经物是人非，蒋漫墨最终娶了别人，就像当初给自己承诺的郭放，如今也已为人夫了。

原来，我们都曾因自己最深爱的人而伤痕累累，但也曾经因为他们，而体会和感受到了爱情的美好。如今，时过境迁，那些无法忘记的事，就让它停在脑海；那些无法放下的人，就让他留在心里。过去的已经过去，勿悲勿喜，忆之淡然。这大概是最好的成长。

"走啦，去抢捧花！"方童还沉浸在自己的思绪里，突然被夏淼淼拉着来到了舞台中间，原来主持人已经讲完了，现在是抢捧花的环节了。

方童看着如此积极的夏淼淼，好笑地说："你连个对象都没有，抢到捧花又能怎样？"

夏淼淼挤开所有人，在正中间半蹲着，虎视眈眈地看着楼筱的背影："抢到捧花就是好兆头，说不定下个月，或者明天，要不然等一会，我就能遇见我的白马王子呢！"摩拳擦掌的夏淼淼看了一眼茫然站在旁边的方童，说，"你要是不感兴趣，就帮我挡住那些人，别让他们抢我捧花。"方童看着周围已经涌上了很多人，大家都志在必得的样子，于是举起双臂，帮夏淼淼挡住往中间挤的人。

"准备好了没有？"林杰站在背向大家的楼筱旁边，拿着话筒说："三，二，一！"

楼筱随着林杰的倒数，往后抛起了捧花。

随着捧花的抛起，人群也开始沸腾了，方童不知道被谁一推，冲到了夏淼淼的前面，还没有站稳，捧花就落到怀里。

"这！"方童有些尴尬地看着捧花，又看了看夏淼淼。

"哎！"夏淼淼无奈地叹了口气："既然是方童你抢到了，我就不争了，反正我们是好姐妹，我等你的捧花就是了。"夏淼淼说完便下了舞台。

林杰走到方童身边,邀请她站到楼筱的身边,方童看了看怀里的捧花,又看了看一直对她微笑的楼筱,局促地走到楼筱身边。

　　"方童,我想楼筱肯定很高兴你能接到捧花。有什么想要对楼筱说的吗?"林杰临时充当了主持人,说完便把话筒递给了方童。

　　一束光朝着方童打了过来,一时间方童的眼睛无法适应,她眨了眨眼。恍惚中看见了一双熟悉的眼睛,那双眼睛用炽热的目光看着她。

　　"你终究还是来了。"方童看见了台下的郭放,迎宾的时候一直没有看见,以为不会出席今天的婚礼,结果还是来了。

　　方童深吸了一口气,缓缓说道:"人与人之间的相遇总是很神奇的,有些人成了兄妹,有些人成了爱人,有些人成了知己,有些人却只能是朋友。"方童把捧花递给了林杰,牵起楼筱的手,继续说,"很高兴你们能相遇,成了爱人。更高兴的是,今生我们能相遇,成了朋友。"方童说完搂住了楼筱。宾客们也鼓起了掌。

　　婚礼仪式结束后,大家开始用餐。方童换了衣服,等在了大门口。

　　"方童。"一个熟悉的声音在背后响起,方童知道他会出来的。

　　"好久不见。"方童回过身,微笑着打招呼。三年不见,郭放的两鬓居然有些斑白了,领口被洗得发白看样子是经过精心打扮的。

　　"好久不见。"郭放有些拘谨,两手不知道往哪儿放。

　　"最近怎么样了?老校长身体还好吧?楼筱说邀请了他的,可是今天没有看见。那些学生们还好吧?"方童寒暄道。

　　"本来我没有打算来的,但是老校长今天有个教育局的会,来不了,就嘱咐我一定要代表无溪河小学把祝福送到。"郭放大概也是不知道怎么面对方童,原本没有打算来参加婚礼,"学生们都挺好的,去年生源增加了,我们打报告又申请了支教的老师,现在有五个老师，把学生们高兴坏了。"

方童听到这个消息也非常高兴，毕竟支教老师是自己大学毕业后的第一份工作，她真心希望那个充满着理想的地方能越来越好。

"你在墨脱怎么样了？我之前听楼筱说你去墨脱支教了？"郭放关心地问。

"刚开始时很不适应，高原反应特别严重，吃不好睡不好，后来慢慢适应了，就喜欢上了那里。青山绿水，奇光异彩，以后有机会一定要去看看，那里是大自然最美丽的馈赠，没有一丝被破坏。"方童说起墨脱，无限喜爱，"你呢？最近怎么样了？郭爸和郭妈身体还好吧？张敏身体怎么样了？有找到治疗的办法吗？"

郭放低下了头："爸妈身体都还不错，我也挺好的。前两年带着张敏去了很多城市看病，不过都说没有希望，我们现在也不再纠结这个了。大概是老天对我们的惩罚吧，伤害的人太多了。"

方童突然有些心疼郭放，轻声安慰道："你不要太难过，现在医学这么发达，试管婴儿的技术已经非常成熟了，肯定可以成功的。"

郭放悲伤地看着方童："我们永远不可能了，是吧？"

方童突然觉得，最可怜的不是被逼而逃到墨脱的自己，不是无法生育的张敏，而是眼前这个无能为力的男人："郭放，许多事情其实没有自己想象的那么放不下，执念太重，是无法走出心魔、无法解脱的。"方童继续说道，"我们都曾努力过，而且是用尽全力地去努力过，虽然结局是悲伤的，但是我们对得起自己，对得起彼此。"

郭放握紧了拳头，强烈抑制着悲哀："我只是觉得对不起你，无法兑现自己的承诺，还让你一个人逃到了墨脱这么远的地方。"

方童摇摇头笑着说："郭放，你没有对不起我，我反而很感谢你，我知道你当初的选择是迫于无奈和对我的保护，可是既然已经选择了，那么就选择你所爱的，这样才能对得起当初受伤了的张敏，和后来离开了的我。郭放，当初我爱你又不是你逼我的，后来我离开也不是你逼的，你只是一个起因，过程都是我自己选择的，所以我从来没有恨过你，但是这也不代表我心里还有你。"方童突然像个唱诗班的人，说出了一大堆道理，"你也不要再深陷其中无法自拔了，张敏是个好女人，你换个眼光去看待她，可能一切都会有新的变化。"方童看了看手表，对郭放说，"我得走了，我们的事到今天也该告一段落了。就像我在台上说的，很高兴，今生能与你成为朋友，谢谢你，从我的这辈子路过。"方童说完对他挥挥手，准备离开。

"你以后什么打算呢？"

"以后？"方童看了一眼右手的捧花，高兴地说，"我打算这学期结束后就回到C市，找一份工作，重新开始。然后，遇到一个人，开始新的生活。"说完，她转身离开，背对着郭放扬了扬手中的捧花。

今天老天很给楼筱面子，天空晴朗，阳光普照。方童准备坐车回家看看爸妈，告诉他们自己准备回C市的好消息。

捧花在方童手里散发着淡淡花香，让人心旷神怡，也许，自己的下一段爱情即将要开始了呢？